Kobra Bar

Thriller

Sina Graßhof

Kalter Regen prasselt lautstark auf den Asphalt während eine Gruppe Nachtschwärmer ihren Heimweg antritt. Mit über den Kopf gezogenen Jacken laufen sie durch die verlassenen Straßen eines ungemütlichen Januarmorgens.

Vibrierende Bässe strömen durch die Dunkelheit, als sich die Tür einer Kneipe ruckartig öffnet. Für den Bruchteil einer Sekunde wird Einblick ins Innere gewährt. Stark angeheiterte Gäste bewegen sich ausgelassen auf der engen Tanzfläche, andere vergnügen sich bei Trinkspielen. Jeder versucht auf seine Art, den harten Alltag hinter sich zu lassen. Alkohol wird in rauen Mengen genossen.

Ein schwarz bekleideter Mann tritt heraus, sein ebenso unscheinbarer Begleiter dicht hinter ihm. Hastig laufen sie einem wartenden Taxi entgegen, das kurz darauf mit ihnen davonfährt. Die groteske Reflexion einer Schlange, die als Leuchtschild über der Eingangstür prangt, scheint ihnen verschwörerisch hinterher zu blicken.

1

Seit Monaten war die Kobra Bar eines der angesagtesten Lokale der Stadt. Lange Warteschlagen am Eingang waren keine Seltenheit. Jeden Abend der Woche herrschte Hochbetrieb. Am späten Abend des 24. Januar war die Tür jedoch fest verschlossen. Polizeiliche Absperrungen hinderten die Gäste am Eintreten. Neugierig schauten sie sich um, dann gingen sie ahnungslos ihrer Wege.

Für die Menschen in der Bar war die Zeit zum Stillstand gekommen. Drei junge Kellnerinnen beobachteten regungslos, wie Kommissar Schiller und seine Kollegen von der Kriminalpolizei Spuren sicherten, Beweismaterial eintüteten und den Tatort fotografierten. Der noch frische Schock ließ bei den Frauen keine absichtliche Bewegung zu. Doch bei jedem Blitz zuckten sie in sich zusammen. Die Jüngste unter ihnen hatte die größte Mühe, ihre Tränen zurückzuhalten. Erst vor einem Monat war Fanny Blixen nach Deutschland gekommen, um ihren Freund bei seinem Auslandspraktikum zu begleiten. Dieser – ihr erster – Job war für sie ein Glücksgriff gewesen. Die Bezahlung war gut und die Arbeit unterhaltsam, wenn ihr das Treiben auch manchmal zu wild war. Die Bilder dieses Abends sollten ihre Euphorie nun ein für alle Mal beenden. Sie hatte es nicht gewagt, erneut hinzusehen. Dennoch sah sie das Ergebnis der grausamen Tat wie ein Standbild vor ihrem geistigen Auge. Vier gut gekleidete Männer lagen regungslos vor ihr am Boden. In ihrem eigenen Blut.

Kein Wort wurde gesprochen. Vergeblich bemühten sich die Mitarbeiter, ihre Fassung wiederzugewinnen. Doch schon bald würden sie die furchtbaren Ereignisse für die Polizeiprotokolle wiedergeben und erneut durchleben müssen.

***

"Ihr Name ist Fanny Sophie Blixen, sie ist 19 Jahre alt und schwedischer Staatsangehörigkeit", hielt Hauptkommissar Schiller für das Protokoll fest. "Sprechen Sie Deutsch?"

Fanny blickte starr zu Boden, nickte stumm.

"Ihre Bestürzung ist verständlich, aber es führt kein Weg daran vorbei, ich muss Ihnen ein paar Fragen stellen. Versuchen Sie bitte, uns zu helfen." Schiller sah die junge Frau abwartend an. "Wo waren Sie während der Vorfälle?"

"Ich" Ihr Blick richtete sich noch immer zu Boden. Ihre Stimme war zittrig. "... es war voll. Und sehr eng. Auf einmal fielen Menschen zu Boden ... direkt neben mir. Gläser schepperten. Es gab ein Gerangel. Und die Männer ... lagen da."

Fanny hielt die Hände vor den offenen Mund, als hoffe sie, ihre Emotionen dadurch unterdrücken zu können.

"Frau Blixen, können Sie mir sagen, wie viele Schüsse gefallen sind?"

Fanny schluchzte laut auf bevor sie antwortete: "Ich habe keine Schüsse gehört."

"Dann haben sie Schalldämpfer benutzt", gab Schiller zu Protokoll. „Haben Sie gesehen, wer geschossen hat? Waren es vielleicht mehrere Personen?" wandte er sich wieder an Fanny.

"Ich weiß es nicht. Oh Gott, das ganze Blut." Fanny konnte nicht länger an sich halten. Tränen strömten über ihr Gesicht.

Schiller hatte Mitleid. "Dacher, sorgen Sie dafür, dass das Mädchen nach Hause kommt."

Der junge Kommissar nickte wenig begeistert und machte Anstalten zu gehen.

"Moment noch, Dacher! Haben Sie etwas Brauchbares vom Barkeeper erfahren?"

"Nein. Er war zum Tatzeitpunkt im Lager, hat Getränkenachschub besorgt. Auch die beiden Kellnerinnen haben nichts Genaues gesehen. Eine von ihnen war im entscheidenden Moment auf der Toilette. Hat wohl einen Magen-Darm-Infekt."

"In Ordnung, können alle gehen. Wo ist die große Blonde?"

"Für kleine Mädchen. Müsste gleich wieder hier sein."

***

Wenige Minuten nachdem Kommissar Dacher den Tatort verlassen hatte, kehrte Viktoria Suhrer in den Hauptraum zurück. Schiller notierte ihre Personalien. Dann beäugte er sie mit ernstem Blick.

"Frau Suhrer, was können Sie über den heutigen Abend aussagen? Ist Ihnen vor dem Anschlag etwas Ungewöhnliches aufgefallen?"

Mit unveränderter Mimik dachte Viktoria an den frühen Abend zurück. Ein ihr unbekannter Mann, den sie vor ihren Kolleginnen wie einen Vertrauten behandelte, hatte ihr eine Lederhandtasche überreicht. Beim Gedanken an den Inhalt begann ihr Herz schneller zu schlagen.

"Ich war hinter der Theke als es passierte. Vorher habe ich nichts Auffälliges bemerkt."

"Es gab keine Auseinandersetzung?"

"Nein."

"Haben Sie im Nachhinein jemand Auffälligen gesehen?"

"Nein, es herrschte völliges Durcheinander. Ich konnte nichts erkennen, tut mir leid."

"Können Sie mir sagen, wie viele Schüsse sie gehört haben?"

"Keinen einzigen."

Obwohl sie gerade einem schrecklichen Mordanschlag beigewohnt hatte, wirkte Viktoria Suhrer seltsam gefasst. Das war verwunderlich. Doch nach Fanny Blixens Gefühlsausbruch fand Schiller ihre Gegenwart beinahe angenehm.

Sie erhob sich. "Kann ich gehen?"

"Es spricht nichts dagegen." Schiller schrieb eine Notiz in sein Heft, sie stand auf. "Moment noch. Wo ist ihr Chef? Der Besitzer der Bar?"

"Die Besitzer. Sind seit einer Woche in Kuba."

Sie ging zum Tresen. Adam Schillers Augen folgten aufmerk-sam jeder ihrer Bewegungen. Sie waren geschmeidig, wie die einer Katze.

"Wo ist meine Handtasche?" fragte sie plötzlich.

Schiller schaute sich um. "Wo sollte sie denn sein?"

"Hier, unterm Tresen, wo wir alle unsere Sachen aufbewahren!"

Ohne ihn weiter zu beachten lief Viktoria in der Bar umher und durchsuchte jeden Winkel nach ihrer Tasche. Schiller sah tatenlos zu. Als sie die Suche schließlich abbrach, ließ sie sich wie versteinert an der Theke nieder. Von ihm abgewandt genehmigte sie sich einen Drink und eine Zigarette.

Ihr Verhalten gab Schiller Rätsel auf. "Hören Sie, falls das heute Erlebte Sie doch mehr mitnimmt, als es den Anschein machte, kann ich Ihnen psychologische Hilfestellung zukommen la-"

"Darum geht es nicht", unterbrach Viktoria barsch. Durch seinen skeptischen Blick alarmiert erklärte sie beiläufig: "Meine Schlüssel waren in der Tasche. Ich weiß nicht, wie ich in meine Wohnung kommen soll."

"Das sollte kein Problem sein. Ich kann Sie zu Hause absetzen und dann rufen Sie einen Schlüsseldienst."

"Nicht nötig! Ich fahre zu einem Freund."

Sie warf sich elegant ihren Mantel über. Ohne eine weitere Reaktion abzuwarten, stürmte sie aus der Bar.

"Sie hören von uns", rief Schiller ihr in letzter Sekunde hinterher. Kurz darauf machte auch er sich auf den Weg.

***

Während der Heimfahrt in Dachers Wagen war es Fanny Blixen nicht gelungen, sich zu beruhigen. Zuerst schien es, als entspannte sie sich immer mehr, je weiter sie sich vom Tatort entfernte. Doch die Bilder der Toten kehrten rücksichtslos in ihr Bewusstsein zurück. Beinahe ohne Unterbrechung liefen Tränen über ihr Gesicht. Ab und zu entwischte ihr ein Schluchzen, daraufhin schaute sie beschämt zu Boden. Mit Kommissar Dacher wechselte sie kein Wort.

"Wir sind da. Nummer 144. Haben Sie jemanden, der sich ein wenig um Sie kümmern kann?"

Fanny wischte sich mit dem Jackenärmel die Tränen von den Wangen. "Meinen Freund. Er wohnt auch hier."

"Kommen Sie, ich begleite Sie nach oben."

Fanny hielt den Wohnungsschlüssel in der Hand, doch sie zögerte. Etwas anderes als die Tragödie schien sie zu beschäftigen.

„Ist alles ok?"

Keine Reaktion. Dacher betätigte kurzerhand die Klingel.

Als Kalle das tränenverschmierte Gesicht seiner Freundin sah, war der heftige Streit vom Nachmittag vergessen. Er blickte sie und den Kommissar besorgt an. Fanny fiel ihm in die Arme und weinte ungehemmt.

Kalle schaute ratlos zu Dacher. Dieser flüsterte kaum hörbar: "Ihre Freundin hatte einen sehr harten Tag. Es gab einen Mordanschlag in der Bar. Nehmen Sie sich etwas Zeit und kümmern sich um sie. Sehen Sie zu, dass sie etwas isst und schläft. Falls irgendetwas sein sollte, rufen Sie an."

Kalle verstand. Dacher überreichte ihm seine Karte und verabschiedete sich.

***

"Das will mir nicht in den Kopf. Ein Typ, oder mehrere gehen in eine Bar, erschießen im Rekordtempo vier Männer und machen sich völlig unerkannt davon? Die Angestellten haben niemanden gesehen. Und die halbwegs nüchternen Gäste, die noch da waren als wir kamen, ebenso wenig. Keine Täterbeschreibung, keine brauchbaren Anhaltspunkte. Wir haben nichts. Es sei denn, die Schwedin bekommt ihre Nerven in den Griff und hat vielleicht doch noch Infos für uns." Dacher plauderte angeregt. Schiller ging einem Gedanken nach. "Kann ich zur ihr fahren? Morgen vielleicht? Ich glaube, ich habe einen guten Draht zu ihr."

"Dazu gibt es keinen Anlass", entgegnete Schiller kurz angebunden. Er mochte es nicht, in seinen Überlegungen gestört zu werden.

Stumm saßen sie sich gegenüber. Als das Schweigen für beide unangenehm wurde, ergriff Schiller schließlich das Wort. Sein Ton klang etwas versöhnlicher. "Zuerst müssen wir herausfinden, wer die Opfer waren. Schreiben Sie Ihren Teil des Berichts fertig, dann haben wir für heute getan was wir können."

"Alles klärchen, Chef!"

Eine Stunde später schaltete Dacher seinen Computer aus und verabschiedete sich in den Feierabend.

Schiller blieb. Es gab etwas, das ihm keine Ruhe ließ.

***

Noch vor Sonnenaufgang erwachte Fanny, mit stark geschwollenen Augen. Ihre Nacht war kurz und wenig erholsam gewesen. Sie hatte versucht zu schlafen, doch dies schnell wieder aufgegeben. Sie saß in der Küche und trank Kaffee. Dabei schaute sie aus dem Fenster. Ihr leerer Blick richtete sich auf die verlassene Straße. Der Regen hatte nachgelassen und sich in Schnee verwandelt. Es wurde langsam Tag. Fanny nahm von all dem keine Notiz. Ihr Körper war angespannt. Hin und wieder schüttelte sie den Kopf, so als hoffte sie, die Gedanken an das blutige Durcheinander würden dabei einfach aus ihm herausfallen.

Gegen zehn Uhr fand Kalle sie in unveränderter Position. Er setzte sich schweigend auf den Stuhl ihr gegenüber. Es fiel ihm schwer die richtigen Worte zu finden. Er hielt ihre Hand – das war alles was er tun konnte.

"Ich will nicht darüber reden. Und nie wieder in diese Bar. Ich will das einfach nur vergessen", sagte sie.

Kalle nickte. Er nahm sich vor, alles zu tun, um ihr dabei zu helfen.

Nach dem Frühstück machte er sich daran, den Caljas Brüdern, Fannys Chefs, in ihrem Namen eine Kündigungsmail zu schreiben. In der Zeit nahm seine Freundin ein ausgiebiges Entspannungsbad. Für sie war es jedoch weit mehr als das. Sie wusch sich das Erlebte förmlich vom Körper und hoffte, danach einen Neuanfang machen zu können – ohne die unliebsamen Schatten auf ihrer Seele.

Die Beiden trafen sich im Wohnzimmer wieder. Fanny hielt eine ihr fremde Tasche in der Hand, die sie kurz zuvor im Flur gefunden hatte. "Wem gehört die?"

Ihr Freund überlegte, dann stellte er fest: "Dir! Der Polizist, der dich hergebracht hat, hat sie mir gegeben."

"Das ist nicht meine."

"Bist du sicher?"

"Na klar. Meine hat an der Seite einen Metallanhänger. Und sie ist kleiner. Die hat bestimmt jemand vertauscht. Sie muss einer

Kollegin gehören..."

Fanny öffnete die Tasche. Was sie zu finden hoffte, war ein Portemonnaie mit Ausweis oder ein Handy. Doch der Inhalt ließ ihren Atem stocken. Sie starrte eine Weile in die Lederhandtasche, klappte diese wieder zu und sah Kalle fassungslos an.

"Was ist?"

Ein leiser Seufzer war alles, was Fanny Blixen in der Lage war hervorzubringen.

***

Viktoria Suhrer trank die Nacht über einen Whisky nach dem anderen. Sie war entrüstet. Jemand hatte sie bestohlen und sie wusste nicht wer. Sie konnte sich nicht erklären, wie es zu einer derartigen Panne hatte kommen können. Die Übergabe am frühen Abend war reibungslos verlaufen. Sie war sicher, dass niemand etwas bemerkt hatte. Ihre Kollegen auf keinen Fall. Der permanent zugedröhnte Jerry, ihr Barkeeper, interessierte sich nur für die aktuelle seiner unzähligen Bekanntschaften. Therese war, seit sie vor ein paar Tagen erfahren hatte, dass sie schwanger ist, komplett neben der Spur. Fanny und Kata bedienten gerade, das hatte sie aus dem Augenwinkel beobachtet.

An die Gäste konnte sie sich nicht erinnern. Es war natürlich möglich, dass jemand die Übergabe mitbekommen und ihre Tasche still und heimlich genommen hatte. Im Grunde hielt sie diese Theorie jedoch für unvorstellbar – es sei denn, derjenige war eingeweiht.

Ob das verschwundene Geld mit den Morden in Zusammenhang stand, wusste sie nicht. Es war nicht auszuschließen, dass ihr Auftraggeber darin verwickelt war. Möglicherweise wurde ihr Anteil von einem seiner Geldeintreiber zurückgeholt. In dem vollkommenen Chaos hätten Profis kinderleichtes Spiel gehabt. Für einige Minuten hatte sie nicht auf ihre Tasche geachtet, das hätte jemand ausnutzen können.

Es wäre ein sehr besorgniserregendes Zeichen, wenn ihr Boss damit zu tun hatte, denn es würde bedeuten, dass er mit ihrer Arbeit nicht mehr zufrieden war. Sollten sich ihre Vermutungen bewahrheiten, würde er sie schon bald bedeutend anders behandeln. Wie das aussehen würde, wollte sie sich lieber nicht vorstellen. Ihre unbändige Wut verdrängte derartige Gedanken ohnehin. Gewöhnlich verliefen solche Aktionen genau nach Plan. Die Tatsache, dass dieses Mal alles schief ging, ließ sie beinahe die Wände hochgehen. Etwas anderes stieß ihr allerdings noch bitterer auf. Es war der Gedanke, vorerst weiterhin in dieser Bar arbeiten zu müssen – ein Job, den sie verachtete. Doch sie musste ihn wieder aufnehmen. Nicht etwa, um ihren Lebensunterhalt zu verdienen – das hatte sie nicht nötig – aber sie musste herausfinden, ob nicht einer ihrer Kollegen das Geld an sich gerissen hatte. Wer auch immer es gewesen sein mochte, würde bald seines Lebens nicht mehr froh sein. Das schwor sie sich.

***

"Da ist Geld drin."

"Geld? Wie viel denn?"

"Ein paar ... Bündel... 500er Scheine."

"Was?! Zeig mal her!"

Kalle schüttete den Inhalt der Tasche aus. Ein Haufen Geldbündel fiel vor ihm auf den Boden. Sie zählten 20 Bündel. Jedes bestand aus 50 500-Euroscheinen, was nicht weniger als eine halbe Million Euro ergab.

Fasziniert und ungläubig starrten die beiden auf den Geldberg.

11

Der Anblick hatte ihnen die Sprache verschlagen. Er löste ein Hochgefühl aus, das ihre Körper angenehm kribbelnd durchfuhr.

Nach langem Schweigen unterbrach Fanny die träumerische Stille. "Wir sollten die Polizei informieren."

Während sie das Telefon anstarrte, nahm er ein Bündel in die Hand. "Hast du irgendeine Idee, wem das gehört und wie es hier gelandet ist?"

Fanny dachte nach, dabei ließ sie ihren Blick schweifen. Sie sah ihre Tasche in der Ecke stehen. Kalle schaute verwundert in dieselbe Richtung. "Das versteh ich nicht! Kannst du dich an irgendwas von gestern erinnern, was das erklärt?"

"Ich weiß nicht ... Nach dem Vorfall wurden wir alle befragt. Ich war als Erste dran, musste mich ausweisen und sagen, was ich gesehen habe. Danach hab ich Jacke und Handtasche genommen und wurde nach Hause gefahren."

"Deine Tasche?"

"Ja."

Fanny schüttelte verwundert den Kopf. Plötzlich entspannte sich ihr Gesicht. "Mann, was bin ich durcheinander! Ich war doch gestern vor der Arbeit Pizza holen. Wir haben zusammen gegessen. Dann, als ich gehen wollte, haben wir uns gestritten. Weißt du noch?"

"Ja, das tut mir leid."

"Schon gut. Aber ich war so spät dran, dass ich einfach losgegangen bin – ohne meine Tasche. Mein Portemonnaie hatte ich noch in der Jacke, da war auch mein Ausweis drin." Sie machte eine kurze Pause, sammelte sich. "Nach dem Verhör meinte der Polizist, ich solle meine Sachen nehmen, damit er mich nach Hause bringen kann. Das hab ich getan. Aber ich habe offenbar irgendeine Tasche genommen, ohne weiter darauf zu achten. Ich stand völlig neben mir."

"Dann gehört sie ja wirklich jemandem aus der Bar! Was, wenn das Geld mit den Morden zu tun hat?"

Kalle und Fanny sahen sich fassungslos an.

"Meinst du, irgendwer hat gesehen, dass du die Tasche genommen hast?"

"Keine Ahnung."

In diesem Moment klingelte es an der Tür.

"Oh Gott, die kommen sich das Geld jetzt bestimmt holen", rief Fanny panisch.

Kalle schob reflexartig den Geldhaufen zusammen. Schnell versteckte er ihn, mitsamt der Tasche, im Mülleimer.

"Ich mach das schon, bleib ganz ruhig", beteuerte er, bevor er zur Tür ging.

Kalles Herz raste. Er war groß gewachsen, aber schmal gebaut. Wenn es hart auf hart kam standen seine Chancen schlecht. Er hoffte inständig, dass man ihm Zeit für erklärende Worte ließ. Er würde denjenigen klarmachen, dass es sich um ein Missverständnis handle. Kein Mensch würde jemals davon erfahren und er würde ihnen das Geld sofort zurückgeben, wenn sie es verlangten.

Durch den Türspion war niemand zu sehen. Kalle hielt den Hörer der Gegensprechanlage an sein Ohr und machte sich auf das Schlimmste gefasst. So gelassen er konnte, stellte er sich der drohenden Gefahr. "Hallo?"

"Hallo. Kommissar Dacher. Ich würde gerne kurz mit Ihrer Freundin sprechen."

Erleichterung, das angenehmste der Gefühle durchströmte Kalles Körper mit solcher Wohltat, dass er hoffte, es würde ewig anhalten. Er musste sich kurz anlehnen, dann kehrten seine Sinne zurück.

Dacher hatte, dank seiner exzellenten Fitness, unerwartet schnell die Dachgeschosswohnung erreicht. Als er das Wohnzimmer betrat, fand er Fanny auf dem Sofa sitzend vor – blass um die

Nase und noch immer leicht verstört. Die langen blonden Locken waren zerzaust. Ihre in sich zusammengesackte Haltung ließ den zierlichen Körper gebrochen erscheinen.

Große blaue Augen, die sonst fröhlich über ausgeprägten Wangenknochen erstrahlten, starrten ins Leere.

"Guten Morgen, Frau Blixen", brachte er hervor. Ihr trauriger Anblick machte Dacher verlegen. Fast bereute er, hergekommen zu sein. "Ich habe noch ein paar Fragen. Denken Sie, es wäre Ihnen möglich, sich kurz mit mir zu unterhalten?"

Fanny war so angespannt wie sie wirkte. Es fiel ihr schwer, sich auf den vorangegangenen Abend zu konzentrieren. Einerseits, weil sie hoffte, durch Verdrängung alles Erlebte ungeschehen zu machen; andererseits hatte sie große Mühe, ihre Gedanken von den Geldbündeln in ihrem Mülleimer abzuwenden. Sollte sie den Kommissar einweihen, um auf der sicheren Seite zu sein? Seine Anwesenheit gab ihr das Gefühl, geschützt zu werden. Aber was würde er tun, wenn er davon erfuhr? Würde er ihr glauben? Oder würden sie beide dadurch zu Verdächtigen werden?

"Wir können es versuchen", sagte sie unsicher.

"Gut. Ich werde Sie auch nicht lange stören."

Kalle platzierte einen Stuhl vor Fanny. Dacher setzte sich, wobei er Block und Stift aus seiner Jackentasche hervorholte. Bereit, sich ein paar Notizen zu machen, begann er die Befragung.

"Fanny – ich darf Sie doch Fanny nennen?" Die junge Frau nickte. "Sie verstehen sicherlich, dass Ihre Aussage für unsere Ermittlungen von großer Bedeutung ist. Sie waren sehr nahe am Geschehen. Ich möchte Sie also bitten, sich genau zu erinnern." Der Ermittler ignorierte Fannys gepeinigten Gesichtsausdruck nun ganz konsequent. "Um wie viel Uhr sind Sie gestern zur Arbeit erschienen?"

"Meine Schicht begann um 20 Uhr. Ich war ein paar Minuten

früher da."

"Was tun Sie dann für gewöhnlich?"

"Ich gehe meistens direkt ins Hinterzimmer, um mich umzuziehen und meine Gürteltasche mit Wechselgeld zu füllen. Dann bespreche ich mich kurz mit den Kollegen und nehme an den Tischen Bestellungen auf."

"So auch am gestrigen Abend?"

"Ja."

"War viel Betrieb?"

"Als ich anfing noch nicht. Aber gegen neun waren alle Tische belegt und auch der Stehbereich komplett gefüllt. Es war sehr viel los."

"Die Morde wurden gegen 21.45 Uhr verübt. Sind Ihnen die Opfer der Schießerei vorher aufgefallen?"

Ihr Gesicht wurde kreidebleich, doch sie bemühte sich um eine Antwort. "Nur einer von ihnen – der Rothaarige." Die Erinnerung wollte sie mit aller Macht überwältigen, doch Fanny riss sich zusammen. "Kurz vorher hatte er bei mir ein Bier bestellt. Er war ziemlich betrunken."

"Haben Sie gesehen, ob er sich mit jemandem unter-halten hat?"

"Nein."

"Ist Ihnen sonst irgendjemand aufgefallen, der sich seltsam verhalten hat oder vielleicht nervös war?"

Fanny überlegte. Sie dachte an die Gäste, deren fremde Gesichter. An Gesprächsbrocken, die sie im Vorbeigehen aufgeschnappt hatte. An ihre Kollegen.

"Nein."

Dacher sah ein, dass er hier nichts erfahren würde, was die Ermittlungen vorantrieb. Nach einem kurzen Austausch von Belanglosigkeiten verabschiedete er sich und lief hastigen Schrittes die Treppen hinab.

Als er außer Sichtweite war, schloss Kalle die Tür und wandte sich Fanny zu. "Du hast ihm nichts von dem Geld erzählt."

"Ich habe mich nicht getraut. Aber es war falsch! Hast du noch seine Karte? Ich muss es ihm sagen!"

"Warte mal, ich finde, wir sollten uns das gut überlegen. Vielleicht behalten wir das doch besser für uns."

Sie sah Kalle ungläubig an.

"Überleg doch mal, was wir mit der Kohle alles anstellen können! Wir kaufen dir was Tolles zum Anziehen, gehen schick essen. Vielleicht in Paris? Dann Venedig, New York ..."

"Kalle, als er mich fragte, ob sich gestern jemand seltsam verhalten hat, ist mir etwas eingefallen. Zwischen den Bestellungen habe ich immer mal wieder leere Gläser an der Bar eingesammelt, dabei habe ich Viktoria mit einem Mann gesehen. Ein seltsamer Typ, hat gar nicht zu ihr gepasst. Sie haben sich unterhalten und Viktoria war total gut drauf – das ist sie sonst nie. Als sie mit ihm da stand, hielt sie eine Tasche unterm Arm. Darüber hab ich mich noch gewundert, normalerweise lassen wir die unterm Tresen. Nun rate mal, wie die aussah..."

"Warte, Viktoria – ist das nicht eure neue Kollegin?"

"Ja, neu und merkwürdig. Redet kaum mit uns, es sei denn, sie fragt uns über die Chefs aus. Keiner kann sie leiden. Einmal hat sie sich am Telefon mit jemandem gestritten. Ich hab durch Zufall mitgehört. Sie ist vollkommen durchgedreht. Das war richtig beängstigend."

"Weiß sie, wo du wohnst?"

"Das ist es ja. Wir haben nie über Privates gesprochen. Aber sie muss in der Nähe wohnen. Neulich ist sie an unserem Haus vorbeigegangen und hat mich reingehen sehen. Es ist bestimmt nur eine Frage der Zeit, bis sie hier auftaucht."

***

16

Adam Schiller hatte sich in der Mordnacht, nachdem Dacher das Büro verlassen hatte, ebenfalls auf den Weg gemacht. Allerdings nicht nach Hause, sondern zum Kiosk um die Ecke. Eiskalter Wind wehte die fallenden Schneeflocken vor seinem Gesicht umher. Er hasste diese Jahreszeit.

"Na, wieder Überstunden, Herr Kommissar?" Der Inhaber kannte Schiller inzwischen gut. Mit überzogenem Augenzwinkern deutete er an, dass dessen Arbeitsgewohnheiten manchem Betrachter unkonventionell erscheinen könnten.

"Wohl ein schwieriger Fall, was?"

Schiller zahlte schweigend. Er nahm die Whiskyflasche vom Tresen, um ebenso wortlos aufzubrechen.

"Viel Glück, Inspektor!"

Das würde konnte er gebrauchen, dachte Schiller, winkte dem Kioskbesitzer im Gehen zu und verschwand.

Der erste Schluck war eine wahre Wohltat. Schiller hatte das Gefühl, die unsichtbare Schlinge um seine Kehle würde sich langsam lösen.

Zwanzig Jahre war er inzwischen bei der Mordkommission. Seit längerem verfügte er über ein eigenes Büro, war fast allein für seine Fälle verantwortlich. In all den Jahren hatte er vieles erlebt und einiges an Erfahrungen angehäuft, doch dieser Fall beunruhigte ihn. Eines war klar, die Morde wurden von Profis verübt. Vier tödliche Treffer in Rekordzeit, das war kein Zufall, sondern Können. Zudem wurden Schalldämpfer verwendet. Alles Anzeichen für ein professionell ausgeklügeltes Verbrechen. Ein Verbrechen, dessen Aufklärung intensive und langwierige Ermittlerarbeit voraussetzte.

Der zweite Schluck ließ den imaginären Strick zu Boden fallen.

Nach dem Dritten streckte er entspannt die Beine von sich und ließ seinen Gedanken freien Lauf. Dabei erinnerte er sich an die mysteriöse Kellnerin –

Schiller ermahnte sich. Er durfte sich nicht zu Fantasien hinreißen lassen. Derartige Gedanken waren unprofessionell und noch dazu sehr untypisch für ihn. Er musste sich auf seine Arbeit konzentrieren.

Noch konnte er sich keinen Reim auf die Geschehnisse machen, doch er würde der Sache auf den Grund gehen. Alles, was er brauchte, war ein wenig Geduld.

Am frühen Morgen fiel er endlich in einen rauschartigen Schlaf. Nur wenige Stunden später erwachte er, duschte und kehrte ins Büro zurück. Von Frühstück hielt er, wie so oft, nicht viel.

Am späten Vormittag gesellte sich Dacher zu ihm. Nach einiger Überwindung wagte der junge Ermittler es, seinen Besuch bei Fanny Blixen zu beichten.

Der stark übernächtigte, leicht reizbare Schiller musste sich sehr zusammennehmen, um seinen einfältigen Kollegen nicht aus voller Kehle anzubrüllen. Er atme tief ein und betrachtete den jungen Kommissar mit ernstem, prüfendem Blick.

Dacher war ein gutaussehender, athletischer Mittzwanziger mit verbissenem Gesichtsausdruck. Er war in seiner Arbeit sehr bemüht, das musste Schiller ihm lassen. Auch die Polizeischule hatte er mit akzeptablen Ergebnissen abgeschlossen. Leider war er bei den Ermittlungen oft sehr oberflächlich, neigte zu voreiligen Schlüssen und unvernünftigen Handlungen. Er war noch nicht lange genug im Dienst, hatte noch nicht genug Lebenserfahrung, um auf eigene Faust Entscheidungen zu treffen. Obwohl dieser Hausbesuch im Grunde eine Lappalie war, so war er doch unprofessionell. Es zeigte sich, dass Dachers Übereifer dringend gebändigt werden musste. Erst vor zwei Wochen war er Schiller zugeteilt worden, doch dieser war es schon jetzt leid, den Aufpasser spielen zu müssen.

"Was bitte haben Sie sich dabei gedacht, alleine und entgegen meiner deutlichen Anweisungen zu diesem Mädchen zu gehen?"

Dacher saß mit schuldbewusster Miene an Schillers Schreibtisch, dessen Blick meidend.

"Bilden Sie sich nicht ein, schon alles zu wissen. Sie sind mir unterstellt und das nicht ohne Grund! Mit derartigen Dummheiten könnten Sie uns noch große Probleme einhandeln."

"Entschuldigung, kommt nicht wieder vor." Nach einer demütigen Pause gestand er ein: "Sie hatten Recht, das Mädchen war immer noch sehr mitgenommen. Wirklich weitergebracht hat uns mein Besuch nicht. Sie kehrt in den nächsten Tagen mit ihrem Freund nach Schweden zurück, hat sie gesagt."

"Das ist wohl das Beste für sie", versicherte Schiller, während er einen flüchtigen Blick auf Dachers Notizen warf.

***

Fanny Blixen packte eilig die wichtigsten Sachen zusammen. Ihr Freund hatte sie überzeugen können, das gefundene Geld zu behalten. Große Überredungskünste brauchte er dabei nicht anwenden, denn ihre Angst hatte längst über die Vernunft gesiegt. Jede weitere Minute, die sie in ihrer Wohnung verbrachte, steigerte ihre Nervosität. Sie fühlte sich, als säße sie in einer Falle. Der einzige Lichtblick war die Flucht an einen weit entfernten Ort. Wo dieser sein mochte, war ihr beinahe gleichgültig. Die Hauptsache war, dass sie diese immer bedrohlicher erscheinende Stadt schnell verlassen konnte.

Während Fanny packte, recherchierte Kalle wichtige Details. Er informierte sich im Internet über die Zollbestimmungen verschiedener Länder.

"Wenn wir das ganze Geld mitnehmen wollen, müssen wir uns etwas einfallen lassen. Man kann überall nur ein paar tausend Euro problemlos einführen. Alles andere muss man deklarieren oder sehr gut verstecken. Wenn wir das Geld legal einführen, werden wir registriert. Mal davon abgesehen, dass die uns bei so viel Bargeld sofort auf ein Polizeirevier bringen, kann man die Kohle ab dann jeder Zeit mit uns in Verbindung bringen."

"Hier lassen können wir es aber auch nicht. Wenn wir wenigstens wüssten, wohin wir fliegen, dann könnten wir es als Paket verschicken."

"Nein, das wäre viel zu riskant." Kalle rieb sich nachdenklich die Stirn. "Wir sollten auf dem Weg zum Flughafen aber trotzdem bei der Post anhalten. Oder besser bei der Bank ..."

Als alles gepackt war, legte er die Geldbündel in einen Schuhkarton, den er wiederum in einer Reisetasche verstaute. Vorher entnahm er zwei Bündel und ein paar einzelne Scheine. Letztere packte er in seine Brieftasche, erstere gab er Fanny. "Die müssen wir irgendwo hintun, wo sie auf keinen Fall jemand findet."

„Warum nicht in den Koffer?"

„Wenn der verloren geht haben wir nichts. Und du weißt, wie oft Koffer verloren gehen."

"Ja. In unsere Schuhe vielleicht? Das hab ich mal in einem Film gesehen."

"Besser nicht, die müssen wir womöglich ausziehen. Ich hatte da eigentlich eine andere Idee..."

Er senkte den Blick, bis seine Augen auf Höhe ihrer Oberweite stoppten. Ein leichtes Kopfnicken beantwortete Fannys wortlose Frage. Sie rollte mit den Augen.

Schließlich ließ sie sich dazu überreden. Es schien die einzige Möglichkeit zu sein, das Geld unbemerkt zu transportieren.

Kalle bewunderte in aller Ruhe den Push-Up-Effekt. Fanny schaute ihn sorgenvoll an. "Denkst du, wir kommen mit alldem durch?"

Sein Beschützerinstinkt war geweckt. Er nahm seine Freundin fest in die Arme. "Mach dir keine Gedanken, Schatz. Wenn wir erst mal hier weg sind, wird alles gut."

Im Taxi beschloss Kalle, das Schließfach ohne Fanny anzumieten. Er hatte seit Praktikumsbeginn ein deutsches Konto, sie nicht. Außerdem hielt er es für sicherer, sie nicht nachweisbar zu beteiligen.

"Warten Sie bitte hier, bis ich wieder da bin", sagte er zum Fahrer. "Bleib du am besten im Auto, mein Engel, ich mach das eben schnell."

Fanny nickte, schaute ihm jedoch fragend hinterher. Er warf ihr eine Kusshand zu, dann verschwand er aus ihrer Sichtweite.

Als Kalle das Kreditinstitut betrat war ihm mulmig. Er wusste nicht, wie die Abläufe waren. Gab es ein grundsätzliches Recht auf Privatsphäre oder wurden aus Sicherheitsgründen alle Behältnisse kontrolliert? Wie sollte er die große Menge Geld erklären, falls der Karton vor dem Einschließen geöffnet werden musste?

Glücklicherweise hatte er nicht lange Zeit, sich in derartige Gedanken zu vertiefen. Ein freundlich lächelnder Mitarbeiter kam schon auf ihn zu.

"Guten Tag. Wie kann ich Ihnen helfen?"

Hoffentlich guckt er nicht auf meine wackeligen Knie, dachte Kalle. Er musste sich räuspern. "Ich würde gerne ein Schließfach anmieten."

"Aber natürlich. Sind Sie Kontoinhaber?"

"Ja."

"Ausgezeichnet. Dann benötige ich Ihren Namen und die Kontonummer."

Der Mitarbeiter gab die Daten in den Computer ein. Kalle schaute gebannt auf dessen Finger. Wenn jetzt etwas schief ging, war alles vorbei.

"Was möchten Sie aufbewahren?"

Da war sie, die gefürchtete Frage. Sollte er einfach schnell davonlaufen? Oder Angaben zum Inhalt der Schachtel machen? Er konnte doch nicht diesen riesigen Haufen Geld auspacken.

Kalle versuchte mit aller Macht, einen kühlen Kopf zu bewahren. Sein Gehirn schaltete auf Autopilot. Die Reisetasche, die er krampfhaft in der Hand hielt, beinhaltete eine Schachtel. Er holte sie hervor und sagte kurzerhand: "Die möchte ich bitte aufbewahren."

"Sehr gerne. Wenn Sie für den Inhalt eine Versicherung wünschen, müsste ich einen Blick darauf werfen."

"Ohne Versicherung." Er hatte das Gefühl, komplett neben sich zu stehen.

"Kein Problem. Dann folgen Sie mir bitte in den Tresorbereich."

Fast geschafft! Kalle ging wortlos hinter dem Mitarbeiter her. Die Tasche hielt er noch immer krampfhaft in der Hand, doch allmählich schien er wieder zu sich zu kommen.

"Ihr Fach hat die Nummer 44. Hier sind die Schlüssel. Lagern Sie in Ruhe Ihre Wertgegenstände. Wenn Sie fertig sind, geben Sie mir Bescheid."

Kalle atmete durch. Er verstaute das Geldpaket, dann machte er Anstalten, die Schlüssel zurückzugeben.

"Nein, nein, das sind Ihre. Zu jedem Fach existieren genau zwei Schlüssel. Wir geben sie komplett heraus, aus bankinternen Sicherheitsgründen."

Im Besitz beider Schlüssel, und wieder im vollen Besitz seiner geistigen Kräfte, verabschiedete sich Kalle. Kurz darauf saß er erleichtert neben Fanny im Taxi.

Anhand seines Gesichtsausdrucks konnte sie schon erahnen, wie es gelaufen war. "Haben wir genug Urlaubsgeld, Schatz?"

"Ja, haben wir. Jetzt kann es endlich losgehen!"

Er küsste sie, dann lehnte er sich entspannt zurück.

Die erste Hürde hatten sie erfolgreich genommen.

Es schneite stark als sie die Stadt hinter sich ließen. Kalle und Fanny lächelten sich an. Sie beide wussten, dass dies der letzte Schnee war, den sie für lange Zeit sehen würden.

"Alles, was ich Ihnen auf die Schnelle anbieten kann, ist Florida. Das wird aber nicht billig." Die Dame am Last-Minute-Schalter schaute skeptisch über ihre Brillengläser.

"Das ist okay", sagte Kalle mit einem Lächeln. "Wir haben gespart."

Die Mitarbeiterin forderte für sie eine Express-Einreisegenehmigung an. Vier Stunden später saßen die beiden in der Wartehalle, bereit zum Boarding. Schon bald würden sie in der warmen Sonne Miamis am Strand spazieren gehen und es sich einmal richtig gut gehen lassen.

2

Nachdem Schiller Dachers Notizen durchgesehen hatte überlegte er laut: "Eines der Opfer hat bei Frau Blixen e i n Bier geordert. Gruppen bestellen in der Regel zusammen."

"Das bedeutet, sie kannten sich nicht", fügte der junge Kollege hinzu.

"Möglicherweise. Was wissen wir bisher über die Opfer?"

"Nichts."

"Ich habe den Kollegen doch gestern Bescheid gegeben! Sie wollten sich darum kümmern, die Familien zu benachrichtigen und ein paar erste Fragen stellen. Ist der Bericht denn noch nicht abrufbar?"

Die Datei mit ausführlichen Informationen zu allen Opfern wurde in dem Moment in die Datenbank eingepflegt. Dacher startete die Suche und wurde fündig. "Da haben wir sie ja!" rief er gut gelaunt.

Derart positive Menschen waren für Schiller eine schwere nervliche Belastung. Er versuchte ein verhaltenes, nicht sonderlich überzeugendes Lächeln. "Na endlich. Gut, dann schauen wir mal, was wir haben." Mit kritischem Blick beäugte er die Einträge.

"Sie waren alle sehr hohe Tiere in unterschiedlichen Firmen. Herbert Lüdger, derjenige, den Frau Blixen erwähnt hat, war Leiter des Kreditinstituts am Hauptbahnhof."

"Möglicherweise hat er sich dabei Feinde gemacht. Vielleicht wollte ihn jemand aus dem Weg räumen!"

"Geld könnte sicherlich ein Motiv sein, Dacher. Aber das erklärt nicht die anderen Morde."

"Vielleicht waren die Männer nur zur falschen Zeit am falschen Ort!"

"Vertuschungstaktik – das wäre denkbar, ist aber etwas weit hergeholt. Meine Vermutung ist eher eine andere."

"Oder jemand ist Amok gelaufen, ohne nachvollziehbaren Grund. Sowas passiert doch am laufenden Band!"

"Dann hätte sich jemand auffällig benommen. Ein Amoklauf passiert nicht einfach so. Die Täter sind gezielt hasserfüllt und möchten ein Zeichen setzen. Wäre es ein derartiger Fall, hätten wir den Verantwortlichen längst identifiziert. Er hätte es uns absichtlich leicht gemacht."

"Vielleicht hatte jemand einfach einen Hass auf Snobs!" Nachdem Dacher diesen Gedanken ausgesprochen hatte, bereute er ihn bereits.

"Da gibt es mit Sicherheit einige. Was schlagen Sie vor? Alle Ökos und Kommunisten der Stadt auf kriminelle Energie überprüfen zu lassen?" Schiller musterte seinen Kollegen mit höhnischem Blick. Letzterer schluckte seine Antwort herunter. "Wir sollten als Erstes noch einmal mit den Angestellten der Bar sprechen. Kommen Sie, Dacher. Und machen Sie einen Ausdruck des Protokolls, wir werden im Auto weiter lesen."

Die Männer stapften durch den Schnee. Hauptkommissar Schiller aufrecht vorneweg, Dacher leicht gebückt und verunsichert hinterher.

Schiller startete den Wagen. Vorsichtig glitten sie über die rutschige Fahrbahn, Richtung Innenstadt.

"Was wissen wir über Opfer Nummer zwei?"

"Er war stellvertretender Leiter einer großen Versicherung. 37, ledig. Lebte mit seiner Mutter zusammen."

"Irgendwelche besonderen Hinweise?"

"Die Mutter war nicht vernehmungsfähig, stand zu sehr unter Schock. Die Kollegen haben von ihr nur erfahren, dass es eine große Ausnahme gewesen ist, dass er an dem Abend aus war. Er war ein Einsiedler. Freunde hatte er, ihres Wissens nach, keine."

"Klingt seltsam. Ist an dem Abend irgendetwas vorgefallen?

Hatten die beiden Streit?"

"Davon steht hier nichts. Aber vielleicht hat ihn jemand unter Vorwand dort hin gelockt?"

"Ich halte es für wahrscheinlicher, dass er sich mit jemandem angefreundet hat – einem Kollegen oder einer Frau vielleicht – und einfach mal ausgehen wollte. Wir werden an seinem Arbeitsplatz eine Befragung durchführen."

Dacher blätterte weiter. Für einige Minuten war nur das Rascheln von Papier zu hören. Die Männer wechselten kein Wort. Als er die kaum erwähnenswerten Einträge des dritten Opfers durchgegangen war, tippte er mit dem Finger auf einen Vermerk. "Hier ist etwas Interessantes! Die Ehefrau des vierten Opfers hat im Protokoll festhalten lassen, dass – Moment, wie war noch gleich der Name?" Er blätterte zurück. "... Dr. jur. Oskar Dally in letzter Zeit Morddrohungen erhalten hat."

"Gut, wir haben einen Gewinner."

Schiller hatte schon in der Prinzenstraße, direkt vor dem Eingang der Kobra Bar geparkt, als Dacher diese Bemerkung machte. "Vorübergehend geschlossen" war auf dem provisorisch an der Tür befestigten Aushang zu lesen. Hier war niemand anzutreffen. Diese Befragungen würden vorerst warten müssen.

***

Der Tag hatte seinen Höhepunkt längst überschritten. Kühler Wind wehte kraftvoll durch die langsam dunkler werdenden Straßen. Menschen, die unter derartigen Bedingungen das Haus verließen, hatten guten Grund dazu. So auch eine elegant gekleidete Frau, die auf schmalen Absätzen gekonnt die Einkaufspassage entlang lief.

Viktoria Suhrer hatte ihren Tag bis zu diesem Zeitpunkt damit zugebracht, ihrem Apartment und lästigen Überlegungen zu entfliehen. Nach der anstrengenden Nacht hatte sie sich verwöhnen lassen. Ihre Haare und Nägel wurden in Topform gebracht, sie hatte edel zu Mittag gegessen und ein paar Boutiquen beehrt. Doch jetzt stürmte sie gleichgültig an einladenden Auslagen vorbei. Es war an der Zeit, etwas zu unternehmen, schließlich stand für sie einiges auf dem Spiel.

Ihr angeborenes Misstrauen hatte sie davon abgehalten, ihre Geschäftspartner einzuschalten. Doch es gab einen Mann, dem sie blind vertrauen konnte. Andrej Kaminski. Er war ein unscheinbarer Kleinkrimineller mit guten Kontakten zur Russischen Mafia. Sie beide hatten sich vor kurzem in einer Bar kennen gelernt. Sie hatte sich gelangweilt und ihm zum Zeitvertreib Interesse vorgespielt. Nicht einen Moment hatte sie daran gedacht, ihm näher zu kommen. Doch seine Lächerlichkeit amüsierte sie. Er hatte sich seit diesem Abend Hoffnungen gemacht. Deshalb war er immer zur Stelle, wenn sie ihn brauchte. Auch heute war er ihrem Ruf gefolgt. Er wartete bereits vor Viktorias Apartment, als sie sich ihrem Haus näherte.

Sie prüfte in Gedanken die Lage. Obwohl Kaminski in den gleichen Kreisen verkehrte, wusste niemand von ihrer Verbindung. Viktoria konnte davon ausgehen, dass keine Menschenseele über ihr Treffen informiert war. Wenn sie es richtig anstellte, konnte dieser Mann für sie noch sehr hilfreich sein. Im Stillen beglückwünschte sie sich zu dieser geschickt gewählten Bekanntschaft.

Als sie ihn erblickte, lächelte sie.

Bevor er sich versah, gab sie ihm einen Begrüßungskuss auf die Wange – der erste Körperkontakt zwischen ihnen überhaupt.

Andrej Kaminski war nervös. In seiner Fantasie hatte er dieses Szenario unzählige Male durchgespielt. Nun war es soweit. Er hatte sich vorsorglich ein paar Handlungsabläufe zurechtgelegt. Nichts sollte schief gehen, sie sollte ihn begehrenswert finden. Doch ihre Begrüßung nahm ihm früher als erwartet den Wind aus den Segeln. Um lässig zu wirken, hatte er sich gegen die Wand gelehnt, als sie auf ihn zukam. Ohne diesen stabilen Rückhalt wäre er bereits stark ins Wanken geraten.

Sie standen sich schweigend gegenüber. Während er Viktoria unverblümt anstarrte, vergaß Andrej die angezündete Zigarette in seiner Hand, die sich allmählich in sein Hosenbein einbrannte. Er unterdrückte ein schmerzhaftes Stöhnen und klopfte sich so unauffällig wie möglich auf den Oberschenkel. Ein kurzer Blick zu der immer noch lächelnden Viktoria ließ ihn erleichtert durchatmen. Er hatte nichts an Souveränität eingebüßt. Wahrscheinlich hatte er alles perfekt überspielt und der peinliche Vorfall blieb unbemerkt.

Viktoria verdrehte innerlich die Augen, machte jedoch gute Miene zum erbärmlichen Spiel und bat ihn herein.

Ihr Apartment war sehr geschmackvoll eingerichtet. Massive Holzmöbel in Kolonialbraun, eine Sofagarnitur aus weißem Leder, Schwarzweiß-Portraits der größten 50er-Jahre-Idole an den Wänden. Alles wirkte sehr wohnlich, dachte Kaminski, als er sich, ein wenig verunsichert, auf dem Sofa niederließ.

Viktoria begab sich derweil in die Wohnküche, um Getränke zuzubereiten.

Andrej hatte vom gegenüberliegenden Sofa den besten Blick. Er verfolgte das Geschehen fasziniert und leicht erregt. Jede einzelne Bewegung war von unglaublicher Geschmeidigkeit. Es kam ihm vor, als würde dieser traumgleiche Anblick in Zeitlupe vorgeführt. Er selbst war nicht länger ein aktiver Teil der Szene, er war lediglich der Zuschauer einer perfekten Inszenierung. Sie zu beobachten war alles, wozu er in der Lage war. An eine Unterhaltung verlor er keinen Gedanken.

Stillschweigend betrachtete er das Objekt seiner Begierde. Es füllte zwei Gläser mit Whisky und Eis und streifte sich gelegentlich eine lästige Haarsträhne aus dem Gesicht. Er war zu allem bereit, würde alles tun, um diese vollendete Weiblichkeit in vollen Zügen auskosten zu dürfen.

"Ich hoffe, Whisky ist okay?" Ihre sinnliche Stimme holte ihn in die Realität zurück. Sie saß im Sessel gegenüber und beugte sich vor – ihm entgegen. Ihre wohlgeformten Beine hatte sie übereinander geschlagen, die Arme ruhten damenhaft auf ihrem Knie. Doch der Anblick, den ihr kurzer Rock und das freiliegende Dekolleté boten, erschwerte es ihm ungemein, sich auf ihre Worte zu konzentrieren. Er spürte das Blut in seinen Adern. Sein Verstand war kurz davor den Kampf zu verlieren. Langsam, ganz ohne sein Dazutun, nahm seine Hand das Glas, hob es zum Mund und goss den brennenden Tropfen die Kehle hinab. Die Hitze, die seinen Körper kontrolliert hatte, schien langsam zu verdampfen. Er atmete aus. Er fühlte, wie seine Sinne zurückkehrten. Sie sprach.

"Was hört man denn vom Boss? Wie laufen die Geschäfte?"

"Alles bestens." Andrej wollte interessant wirken. Wollte den Eindruck erwecken, enge Kontakte zu den großen Fischen in der Szene zu pflegen. "Soweit ich weiß, ist er gerade dabei, sich ein Problem vom Hals zu schaffen."

"Ein Problem?" Ihre Stimme war etwas dünner als zuvor.

"Ja." Andrej lehnte sich entspannt zurück. Sie schien den Köder geschluckt zu haben, hing nahezu an seinen Lippen.

"Aha. Interessant." Viktoria zündete sich eine Zigarette an und leerte ihr Glas in einem Zug. "Worum geht es da genau?"

"Nun ja, an der Ausführung bin ich nicht beteiligt. Aber er ist wieder deutlich besser drauf als vor ein paar Tagen." Kaminski überlegte. "Die Sache hat mit einer Kneipe zu tun, wenn ich mich richtig erinnere."

Schweigend setzte sie ihr Glas ab, den Blick von ihm abgewandt, auf das Schlimmste gefasst. "Mit der Kobra Bar?"

"Ist das nicht die Bar in der du arbeitest?"

"Es ist die Bar, in der gestern ein Mordanschlag verübt wurde!" Viktoria war aufgestanden und in die Küche gegangen.

"Klar, davon habe ich gehört. Hast du was mitbekommen?"

"Nein." Der Mordanschlag interessierte sie wenig. "Weißt du, ob es dabei um Geld ging?"

"Ich denke, das könnte ich herausfinden."

"Prima!" Viktoria wirkte plötzlich sehr geschäftig. "Ich muss noch etwas erledigen. Lass uns den Abend ein andermal fortsetzen, ja?"

Sie führte ihn zur Tür und verabschiedete sich eilig.

Andrej fühlte sich wie ein ganzer Mann. Ihm gefiel der Gedanke, sich für sie umzuhören und sehr bald wieder mit ihr in Kontakt zu treten.

Viktoria mochte diese Entwicklung bedeutend weniger. Sie fand Kaminski abstoßend. Der kahle Kopf auf dem viel zu kurz geratenen Körper. Die schmalen Schultern über dem deutlichen Bauchansatz. Der starke Geruch von Aftershave und der schlechte Atem. All diese Dinge lösten Übelkeit in ihr aus. Doch sie brauchte ihn, Geschmack hin oder her. Sie würde ihre Abneigung überwinden müssen.

In ihrem Apartment fühlte sie sich unbehaglich. Deshalb beschloss sie, vorübergehend in ein Hotel zu ziehen. Sie packte ein paar Sachen und rief sich ein Taxi. Am anderen Ende der Stadt würde sie so schnell niemand finden.

***

Kaminski setzte noch in derselben Nacht alle Hebel in Bewegung. Das klägliche Resultat war, dass niemand etwas wusste. Nach angestrengten Überlegungen schlussfolgerte er, dass ihr Boss nichts mit diesen Vorfällen zu tun hatte. Dies berichtete er Viktoria mit voller Überzeugung, als er sie am nächsten Tag anrief.

Diese Entwarnung kam ihr sehr gelegen, denn es war an der Zeit, mehr über ihre Kollegen zu erfahren. Nach einem kurzen Telefonat mit ihren Chefs wusste sie, dass die Bar an diesem Abend wieder geöffnet war. Und, dass sie personell etwas knapper sein würden, da Fanny ihren Job aus nervlichen Gründen aufgegeben hatte.

Viktoria war darüber wenig überrascht. Fanny war nicht sonderlich belastbar, das hatte ihre Reaktion am Tatabend klar gezeigt. Manche Menschen sind eben Opfer und andere Kämpfer, dachte sie bei sich, während sie überlegte, was sie mit demjenigen anstellen würde, der ihr Geld an sich gerissen hatte.

***

Das junge Paar passierte überglücklich den amerikanischen Zoll, ohne Zwischenfälle oder Komplikationen. In letzter Minute hatte Fanny die Geldscheine aus ihrem BH entfernt – sie würde womöglich abgetastet werden und in Windeseile als Schmuggler entlarvt. Zwischen Socken und Unterwäsche versteckt, bereiste ihr Geld also unentdeckt und ohne Kalles Wissen das Land der unbegrenzten Möglichkeiten. Die größte Hürde war genommen.

Als sie den Flughafenterminal durchquerten, konnten sie die warme Nachmittagssonne bereits durch die Fensterscheiben spüren. Ihre Winterjacken hatten sie schon vor dem Abflug wie unnötigen Ballast entsorgt. Da sie nur das Nötigste gepackt hatten, zogen sie zwei halbleere Koffer hinter sich her; die freien Hände hielten einander fest.

Schon bald standen sie in der prallen Sonne und schauten auf die ungewohnte Palmenlandschaft. Sie konnten kaum glauben, dass dies ihre neue Realität war. Zur Feier des Tages gönnten sie sich ein Taxi zum namhaftesten Hotel in Miami Beach. Geld sollte an diesem Tag keine Rolle spielen.

Nachdem sie ihr Ziel erreicht hatten, suchten sie ihre Bade-sachen zusammen und liefen zum Strand. Die erste Berührung ihrer Füße mit dem weichen, sonnenwarmen Sand war himmlisch. Wie auf Wolken liefen sie den leise rauschenden, türkisblauen Wellen entgegen.

Sie tobten jauchzend in den Fluten, bis der Hunger sie ins Hotel zurücktrieb. Das Essen bestellten sie aufs Zimmer – nur allerfeinste Spezialitäten, die sie mit teurem Champagner her-unterspülten. Danach fielen sie erschöpft ins King Size Bett.

Noch vor Sonnenaufgang erwachten sie und begannen den Tag mit einem Strandspaziergang. Die rot glühende Morgensonne stieg allmählich aus dem Meer empor und brachte das noch kühle Wasser zum Funkeln. Der Anblick machte sie sprachlos. Seit drei Jahren waren die Beiden ein Paar, doch vor dieser Kulisse fühlten sie sich wie frisch verliebt. Sie spielten Fangen auf dem Weg zurück ins Hotel.

Auf den letzten Metern bekam Kalle Fanny zu fassen. Er nahm sie auf den Arm und trug sie ins Zimmer. Dort ließ er sie aufs Bett fallen, entledigte, mit einem schelmischen Grinsen, zuerst sich und dann sie aller Kleidung.

3

Viktoria Suhrer machte sich für die Arbeit zurecht. Neben der für Kellner üblichen Kleidung trug sie sehr extravagante Accessoires. Sie mochte es nicht, in der Masse unterzugehen. Ihre blonden Haare besprühte sie deshalb mit silbernem Glitzerspray. über ihre weiße Bluse zog sie ein schwarzes Korsett, die bloßen Arme bedeckte sie mit schwarzen Seidenhandschuhen, die ihr bis über die Ellbogen reichten. Diese Handschuhe dienten je-doch nicht nur dekorativen Zwecken. Es widerte Viktoria an, das schmutzige Geschirr fremder Menschen zu berühren. Die Handschuhe waren eine Notwendigkeit für sie.

Ihren Chefs, und vor allem den Kunden, gefiel ihr Outfit sehr. Gäste, die sie bedient hatte, waren generell etwas spendabler was das Trinkgeld anbelangte.

Jerry und Kata waren bereits anwesend als sie in der Bar eintraf. Therese hatte sich krank gemeldet. Es schien jedoch nicht so, als würde die plötzliche Unterbesetzung ihnen Probleme bereiten. Es war bereits nach neun Uhr und bisher hatte sich kein Gast in die Bar verirrt.

Für Viktoria war dies die perfekte Ausgangssituation. Sie stellte sich neben Kata an die Theke und fragte, betont fürsorglich, wie es ihr seit dem verheerenden Abend ergangen sei.

"Hach, nicht gut. Ich schlafe wenig, und wenn, dann träume ich schlecht." Kata war in ihren Gedanken gefangen und kein bisschen irritiert über das Interesse ihrer sonst so gleichgültigen Kollegin.

"Ja, ich auch", gab Viktoria zu.

"Du Arme!" Kata drückte ihre vermeidliche Leidensgenossin solidarisch an sich.

Viktoria war darauf nicht vorbereitet, ließ es jedoch über sich ergehen. Was sie dabei nicht bemerkte, war Jerrys wachsames

Auge, welches ihren abweisenden Gesichtsausdruck genau beobachtete. Viktorias Blick bestätigte ihm den Eindruck, den er von Anfang an gehabt hatte. Jerry schüttelte den Kopf und mixte sich einen Drink. Viktoria gesellte sich zu ihm, während Kata sich die Nase putzte und ein paar Tränen wegwischte. "Mixt du mir einen mit? Könnte ich jetzt gut gebrauchen."

"Das glaub ich." Er schüttete den Rest seines Cocktails in ein Glas und stellte es vor Viktoria ab. "Bitte schön."

Sein aufgesetzt freundlicher Tonfall verriet ihn. Er mochte nette Frauen. Diese hier war ganz und gar nicht nach seinem Geschmack. Jerry teilte zwar seinen Mai Tei mit ihr, sah dabei aber an ihr vorbei. Er legte es nicht unbedingt auf eine Unterhaltung an.

"Und wie geht es dir?"

Er musste sich sehr zusammenreißen, um auf Viktorias Frage hin nicht in schallendes Lachen auszubrechen. "Seit wann interessiert dich das?"

Der höhnische Ton ging Kata gegen den Strich. "Sei nicht so ein Arsch, Jerry", rief sie vom anderen Ende des Tresens.

"Mir geht's so wie immer. Ich lass mir doch den Spaß nicht verderben."

Viktoria wurde hellhörig. "Was hast du denn so getrieben die letzten Tage?"

"Mensch, der Schock hat dich aber ganz schön verändert. Ich war mit ein paar Leuten auf der Piste, hab ein bisschen gefeiert." Sein verwegener Gesichtsausdruck beantwortete ihre Fragen besser als seine Worte. "Das Übliche", fügte er nonchalant hinzu und zündete sich eine Zigarette an.

Selbstbewusst bediente sie sich an seiner Packung. Dabei schaute sie ihm tief in die Augen und hob eine Braue. Sie wusste nur zu gut, wie man das Leben genoss und sich vergnügte. "Ich liebe es, auszugehen. Wo trifft man dich denn?"

Nur wenige Männer hätten diese Unterhaltung an dem Punkt

34

abgebrochen, doch für Jerry war das Maß des Erträglichen erreicht. Gerade in diesem Moment fuhren die Chefs mit einer neuen Lieferung vor. Er verließ die Bar, um ihnen beim Ausladen der Waren behilflich zu sein.

Viktoria schaute ihm irritiert hinterher, bevor sie sich betont gleichgültig abwandte.

Kata missverstand ihre Reaktion als Unsicherheit. "Mach dir nichts daraus, er ist manchmal schwierig. Das wird schon noch!"

Viktoria gab ein gezwungenes Lächeln zur Antwort.

Inzwischen war es fast neun Uhr dreißig. Noch vor wenigen Tagen wäre die Bar um diese Zeit aus allen Nähten geplatzt. Die Kellner hätten längst keine ruhige Minute mehr gehabt. Doch davon war nicht das Geringste zu spüren. Die Meldung über eine mysteriöse Schießerei hatte sich, mit Hilfe der Presse, wie ein Buschfeuer verbreitet. Selbst die treuesten Stammkunden blieben fern. Um sich die Zeit zu vertreiben, trank Viktoria gemütlich ihren Mai Tei. Kata nippte an einem Glas Weisweinschorle, während die Chefs und Jerry sich im Lagerraum zu schaffen machten.

Als die Barbesitzer und Jerry eine halbe Stunde später aus dem Lager zurückkehrten, hatte sich nichts an der Situation ge-ändert. Rodrigo Caljas verkündete daher: „O.k. Leute, das macht keinen Sinn. Wir schließen vorerst, ihr könnt gehen."

"Bekommen wir weiter unser Gehalt?" fragte Kata besorgt.

"Sorry, aber wir können euch natürlich nur bezahlen, wenn das Geschäft läuft."

"Und wo soll ich das Geld für meine Miete herbekommen?"

"Überleg dir irgendwas ..." Rodrigo Caljas hatte in Punkto Mitarbeiterführung noch einiges zu lernen.

"Mal schauen, wie lange es dauert", fügte Gonzales beschwichtigend hinzu. "Vielleicht fassen sie die Täter bald und alles ist schnell vergessen. Bis dahin müsst ihr irgendwie über die Runden kommen. Wir rufen euch an!"

Durch diese Worte waren die drei mit einem Mal arbeitslos. Sie alle waren sehr betroffen, wenn auch aus unterschiedlichen Gründen. Vor der Tür rauchten sie, tauschten sich für die Länge einer Zigarette über die verzwickte Lage aus und gingen dann ihrer Wege.

***

Nachdem Viktoria sich zu Hause als erstes ein Glas Whisky eingeschenkt hatte, griff sie zum Telefon. Für ein Treffen mit Andrej war sie nicht in Stimmung, zudem ließ sich Sympathie auf diese Art leichter vortäuschen.

Bei den ersten Versuchen nahm niemand ab. Eine Stunde später hatte sie Andrej endlich am Apparat.

"Hallo. Gibt es etwas Neues?"

"Hallo! Nein, nichts Neues. Man hört nur, dass der Boss gerade den Waffenhandel für sich entdeckt. Da hängt er sich voll rein. Du musst dir also keine Sorgen machen, mein Schätzchen."

Bei dem Wort musste Viktoria einen starken Würgereiz unterdrücken. "Das ist prima!" rief sie.

"Und, was hast du den ganzen Tag getrieben? Warst du auf der Arbeit?"

"Der Laden ist seit heute geschlossen. Keine Kundschaft."

"Wen wundert's, die Sache ist ganz schön durch die Medien gegangen. Und die Polizei hat noch immer keinen Verdächtigen. Was hast du jetzt vor?"

"Das weiß ich noch nicht. Du hast nicht zufällig Kontakte zu Leuten in Banken, in Geschäften oder ähnlichem?"

"Ja klar, ich kenn da eine ganze Menge Leute."

"Oh großartig! Meinst du, die könnten ein bisschen darauf achten, ob jemand mit 500er Scheinen auftaucht, und dir dann Bescheid geben?"

Schweigen.

"Mir ist etwas Geld abhanden gekommen, weißt du."

"Wird erledigt!"

Hätten Andrej und Viktoria sich in diesem Moment gegen-übergestanden, hätte er eine stürmische Umarmung, wenn nicht sogar einen Kuss erwartet. So sicher war er sich seiner Sache inzwischen. Viktoria ahnte dies und war froh, weit genug von ihm entfernt zu sein.

"Dafür könnte ich dich küssen!" log sie.

"Na, dafür werden wir zwei schon noch Gelegenheit finden", freute er sich.

Sie legten auf. Beide waren nach dem Gespräch voller Hoffnung. Der einsame Andrej spürte deutlich den Beginn einer aufregenden Romanze. Viktoria hatte dank ihm das Gefühl, dem Gelddieb bald auf die Spuren zu kommen. Nichtsdestotrotz beschloss sie, Jerry weiter im Auge zu behalten. Sein abweisendes Verhalten wirkte auf sie äußerst suspekt. Er verhielt sich, als wolle er etwas vor ihr verheimlichen. Von Kata hatte sie den Tipp bekommen, dass er sich an den Wochenenden oft im Steintorviertel aufhielt. Dort würde sie ihn schon finden.

4

Kalle und Fanny blickten gebannt auf die scheinbare Unendlichkeit des Ozeans. Eine Kreuzfahrt war genau das Richtige für sie. Sie fühlten sich frei. Die warme Meeresbrise wehte ihnen um die Ohren, verwuschelte ihr Haar. Ans Geländer gelehnt standen sie nebeneinander und hielten die Köpfe in den Wind, während das Schiff zielsicher auf die Bahamas zusteuerte.

Schon bald hatte das Schiff den Nassauer Hafen erreicht. Nach nur wenigen Schritten ins Landesinnere machte sich jedoch große Enttäuschung breit. Sie befanden sich auf einer Partyinsel. Am Karibischen Ballermann. Wo sie auch hinsahen, standen, saßen und lagen amerikanische Touristen, die feierten oder gefeiert hatten. Man konnte deutlich sehen, dass einiger Rum durch ihre Körper geflossen war.

Während sie überlegten, was sie mit ihrer Zeit hier anstellen sollten, kam ein Nassauer geradewegs auf sie zu. Er machte ihnen ein verlockendes Angebot.

"Sehen Sie die Propellermaschine dort? Sie gehört mir. Wenn Sie möchten, bringe ich Sie an einen entlegenen Ort, weitab des Trubels."

Die klapprige Maschine wirkte ungewartet. Besonders Fanny kostete es einige Überwindung, die Einladung anzunehmen. Eine derartige Chance wollten sie jedoch beide nicht vertun.

Nachdem sie endlos scheinende Minuten zitternd verbracht hatten, landeten sie sicher auf Long Island – einer nahezu unbewohnten Insel des Bahama-Atolls. Ihr Mut wurde umgehend belohnt. Klares Wasser umspülte sanft den weißen Pudersand. Hochgewachsene Palmen neigten sich einander zu. Keine Menschenseele war zu sehen. Sie hatten diesen traumhaften Ort ganz für sich allein.

Die Sonne neigte sich langsam dem Horizont zu. Sie genossen

das Naturschauspiel und beschlossen, nicht in die nahe Pension zu gehen, sondern an Ort und Stelle zu übernachten.

Eingewickelt in ihre Picknickdecke schliefen sie unter sternenklarem Himmel, bis das sanfte Rauschen des Meeres sie am nächsten Morgen weckte.

***

Für Viktoria Suhrer waren die letzten Tage weniger ereignisreich verlaufen. Um Andrej Kaminski auf Distanz zu halten, hatte sie eine üble Erkältung vorgetäuscht. Ihre Zeit hatte sie fast ausschließlich in der Wohnung verbracht. Doch nun war der lang ersehnte Freitagabend gekommen. Endlich würde sie ausgehen.

Im Garderobenspiegel begutachtete sie sorgfältig ihr Outfit. Eine silberne Seidenbluse umschmeichelte lockerleicht ihren schmalen Oberkörper. Dazu trug sie schwarze Stiefel und einen knielangen Rock. Ihr Make-up hielt sie schlicht, denn Jerry bevorzugte den natürlichen Typ. Sie nickte ihrem Ebenbild absegnend zu. Nach einem letzten prüfenden Blick verbarg sie ihre Vorzüge unter einem Wintermantel und machte sie sich auf den Weg in das Rotlichtviertel der Stadt.

Gegen Mitternacht war die Gegend bereits gut besucht. Die kleinen Clubs fassten nur wenige Menschen, deshalb standen die übrigen auf der Straße und vergnügten sich im Freien. Schnellen Schrittes ging Viktoria an ihnen vorbei, in den ersten Club. Die Musik dröhnte. Es war eng. Als sie eintrat, richteten sich alle Blicke auf sie. Das machte es ihr nicht leicht, unauffällig nach Jerry zu suchen. Doch sie bemühte sich, die Aufmerksamkeit der anderen zu ignorieren.

Hier war er nicht.

Drei Bars später hatte sie ihn noch immer nicht ausfindig gemacht. Sie bog in die nächste Gasse ein. Der Club an der Ecke war gut gefüllt und stark verraucht. Dennoch konnte sie durch die Fensterscheibe eine bekannte Gestalt ausmachen. Jerry saß auf dem Tresen und sprach absurd gestikulierend zu den anderen Gästen. Um hören zu können, was er sagte, ging sie hinein.

"... Bier für alle!" waren die letzten Worte, die sie aufschnappen konnte.

Neben ihr stand ein verwundert dreinschauender Mittdreißiger, ihn sprach sie an.

"Was ist denn mit dem los?"

"Keine Ahnung, schöne Frau." Da sein Flirtversuch Viktoria unbeeindruckt ließ, fuhr er fort. "Der hat gerade dem kompletten Club Bier ausgegeben. Muss ganz schön einen im Tee haben, der Spinner!"

Jerry hatte vor wenigen Tagen seinen Job verloren und jetzt warf er großzügig mit Geld um sich? Viktoria konnte sich nur zu gut vorstellen, wie das möglich war. Zielgerichtet bahnte sie sich den Weg durch die Menge, in Richtung Bar. Blicke hafteten dabei auf ihr wie Fliegen am Spinnennetz.

Als sie am Tresen angelangt war, hatte auch Jerry sie entdeckt. Er beobachtete sie auffällig, doch sie ignorierte ihn. "Whisky auf Eis, bitte", sagte sie zum Barmann. Dann wandte sie sich ihrem ehemaligen Kollegen zu.

Jerry Hawks war betrunken und high, das war nicht zu übersehen, aber darauf hatte sie gehofft. Mit laszivem Blick fragte sie: "Na, gibst du mir auch einen aus?"

"Aber klar doch, Sexy."

Er musterte sie interessiert. Sie war nicht sicher, ob er sie in diesem benebelten Zustand erkannte.

"Geld scheint bei dir ja kein Thema zu sein."

"Ich hab gute Einnahmequellen." Er grinste.

"So, so."

In dem Moment stellte der Barmann ihr Getränk auf den Tresen.

"Auf einen aufregenden Abend", sagte Jerry cool. Sie stießen an. Viktoria leerte ihr Glas in einem Zug.

"Wow, du willst mich wohl unter den Tisch trinken!" rief er mit gespielter Empörung. "Komm, Baby, lass uns zappeln gehen!" Er nahm ihre Hand und führte sie zur Tanzfläche.

Beide betrachteten sich ungeniert. Sie bewegten sich zur Musik. Jerry war wirklich gutaussehend, das musste Viktoria sich trotz allem eingestehen. Während ihr Körper sich rhythmisch auf und ab bewegte, lächelte sie ihn an.

Ihr Anblick lockte ihn aus der Reserve. Ohne Hemmungen riss er Viktoria an sich und küsste sie leidenschaftlich. Sie erwiderte den Kuss. Seine Hände wanderten ihren Körper hinab.

Plötzlich löste er die Umklammerung. "Komm mit."

Er führte sie quer durch den Raum, geradewegs in eine Kabine der wenig besuchten Herrentoiletten. Ohne viel Zeit zu verlieren, zog er ihr Oberteil aus und ließ es fallen. Sie küssten sich stürmisch. Er öffnete seinen Reißverschluss, schob ihr Höschen beiseite und hob sie an.

Als Jerry wenig später die Tür öffnete und aus dem Waschraum verschwand, würdigte er die halbnackte Frau, die er hinter sich ließ, keines Blickes. Viktoria lehnte fassungslos an der Wand. Hastig hob sie ihre Kleidung vom Boden auf und richtete sich her, dann kehrte sie zum Tanzbereich zurück. Jerry stand an der Bar. Er unterhielt sich mit einem Bekannten, schien sich zu amüsieren. Viktoria ging geradewegs auf ihn zu.

"Was war das eben? Was fällt dir ein, du miese Ratte?!"

"Zisch ab, Blondi. Wir sind fertig."

"Ach ja? Das sehe ich anders!"

Er packte sie am Arm. "Möchtest du, dass alle hier erfahren, was für eine billige Nummer du bist? Ich denke nicht. Also, verzieh dich!"

Viktoria Suhrers Vorhaben war gehörig gescheitert. Erhobenen Hauptes und hastigen Schrittes verließ sie den Club. Draußen spazierte sie eine Weile in der dunklen Gasse umher, bis ihr eine Idee kam. An einen der Männer, mit denen Jerry sich zuvor unterhalten hatte, konnte sie sich genau erinnern. Er hatte sie beide mit neidischem Blick beäugt, nun stand er vor der Eingangstür und telefonierte. Sie ging zu ihm, um ein paar Informationen einzuholen. Danach setzte sie sich in ein Taxi und fuhr davon.

***

Am nächsten Tag hatte ihre Wut sich noch immer nicht gelegt. Der Vorfall war weit unter ihrer Würde. Niemand durfte je davon erfahren. Sie aß ihr Frühstück mit mäßigem Appetit und beschloss, Andrej Kaminski anzurufen.
"Hallo, mein Sonnenschein!"
Er war über ihren Anruf überaus erfreut.
"Hallo Andrej, gibt es Neuigkeiten?"
"Nichts Neues, nein. Aber wie wäre es, wenn wir uns trotzdem mal wieder treffen? Ich vermisse dich."
Viktoria befürchtete, dass sie wohl oder übel einen Schritt auf ihn zu machen musste, um ihn bei Laune zu halten.
"Ja. Hast du heute Abend Zeit?"
"Für dich hab ich immer Zeit. Wann?"
"Gegen acht?"
"Gut, acht Uhr bei dir. Ich freu mich auf dich!"

Bis zum Treffen schlug Viktoria ihre Zeit damit tot, Modezeitschriften durchzublättern, ein ausgiebiges Bad zu nehmen und die für den Anlass passende Garderobe auszuwählen. Als letztes zündete sie den Kamin an, legte eine Barry White CD ein und stellte für sich und ihren Gast ein paar Getränke bereit.

Auf die Minute genau klingelte Andrej an ihrer Tür. Er stand mit einem Strauß Rosen davor, regungslos, ohne einen Ton von sich zu geben.

Viktorias hellblonde Haare lagen weich auf ihren Schultern. Ihre mandelförmigen braunen Augen sprühten vor Sinnlichkeit. Ihre weiße Kleidung ließ sie strahlen wie einen Engel. Andrej hatte sich vorgenommen, an diesem Abend lässig aufzutreten. Doch er scheiterte ein weiteres Mal. Erst als ihr Geschichtsausdruck sich negativ veränderte, fasste er sich und ging geradewegs in ihr Wohnzimmer.

"Setz dich doch. Schön, dass du hier bist." Sie setzte sich neben ihn aufs Sofa, nahm ihr Glas und forderte ihn zum Anstoßen auf. "Auf einen schönen Abend."

Andrej war durch die ungewohnte Vertrautheit, romantische Umgebung und die langsame Musik irritiert. Er wusste mit Abfuhren umzugehen – das hatte er oft genug erlebt, darauf war er bestens vorbereitet. Für den Ernstfall hatte er jedoch keinen Plan parat. Und für gelungene Improvisation war er zu nervös. Er fühlte sich unwohl in seiner Haut. Also versuchte er, sich intensiv mit Viktoria zu beschäftigen, um seine eigene Unzulänglichkeit vorübergehend auszublenden.

"Wie geht es dir?" war das Originellste, das ihm einfiel.

"Soweit ganz gut." Sie trank ihr Glas leer und zündete sich eine Zigarette an.

"Gut. Schön. Freut mich." Er versuchte ein Lächeln, doch es wirkte verkrampft. "Hast du denn schon eine Spur was dein Geld betrifft?"

Auf diese Frage hatte Viktoria sich eingestellt. "Ja. Gestern Abend war ich mit einer Freundin aus. Am Steintor. Dort hab ich zufällig Jerry getroffen, einen Kollegen aus der Bar. Er hat mit Geld nur so um sich geworfen und etlichen Leuten Bier spendiert. Eigentlich ist er immer abgebrannt."

"AHA."

"Und im Moment hat er noch nicht mal einen Job."

"Dieser Mistkerl gibt bestimmt dein Geld aus!"

"Der Gedanke ist mir auch gleich gekommen ... Als wir uns kurz unterhielten ist er ganz schön aufdringlich geworden."

Viktoria stand auf, ging in die Küche, um Andrejs Blumen in eine Vase zu stellen und neue Getränke zuzubereiten. Seine Augen folgten ihr. Seine Gedanken kreisten jedoch um ihre Worte. Was hatte dieser Jerry mit ihr angestellt? War er seiner Viktoria möglicherweise zu nahe gekommen? Näher, als er selbst es je geschafft hatte?

Als Viktoria ins Wohnzimmer zurückkehrte, setzte sie sich nicht wieder aufs Sofa, sondern begab sich zum Kamin. Dort ließ sie sich auf ihrem Flokati nieder. Um es sich bequem zu machen, winkelte sie die Beine seitlich an. Die eine Hand benutzte sie, um sich abzustützen, mit der anderen klopfte sie auf den freien Platz neben sich.

"Komm her."

Zu den Klängen Barry Whites bewegte Andrej sich so elegant er konnte auf Viktoria zu. Irritation stand ihm dabei ins Gesicht geschrieben. Seine grobmotorischen Bewegungen ließen ihn lächerlich wirken. Ihm selbst war dies jedoch nicht bewusst. In seinen Augen hatte er diesen Balanceakt prima gemeistert. Als er sich neben ihr niederließ, lächelte er zufrieden.

Sie prosteten sich zu, sahen sich dabei tief in die Augen. Dann nahm Viktoria das begonnene Thema wieder auf.

"Ich war ganz schön außer mir gestern."

"Das kann ich verstehen."

"Ich hatte kurz überlegt, dich anzurufen."

"Oh, das hättest du auf jeden Fall tun können!" Andrej war begeistert. Er schien ihr tatsächlich etwas zu bedeuten. Diese Vorstellung machte ihn wieder nervös. "Mir ist doch ganz schön warm hier am Feuer."

Viktoria lächelte ihn mit falscher Verlegenheit an, während sie verständig nickte und langsam ihre Strickjacke auszog. Der Anblick, den sie dabei bot, ließ Andrej kräftig schlucken. Als sie sich nach vorn beugte, um die überflüssige Jacke auf den Sessel zu legen, gewährte ihr Trägertop für einen Moment freien Blick auf ihre Vorzüge. Mit einem Mal war Andrej vollkommen unbeweglich. Seine hart erarbeitete Fassung war dahin. Er starrte unkontrolliert auf ihre Oberweite, während sie so tat, als würde sie es nicht bemerken.

"Weißt du, ich mag Männer wie dich."

Er war sich sicher, Stimmen zu hören. Das konnte sie nicht gesagt haben. Doch nun beugte sie sich vor und küsste ihn auf die Wange. Diese Berührung, die hervorragende Aussicht und der schwere Duft von Vanille, der sie umgab, wirkten auf Andrej wie eine Droge.

"Ich finde es schön, so den Abend mit dir zu verbringen. Das sollten wir öfter tun."

Er nickte geistesabwesend. Sie beugte sich erneut vor. Dieses Mal küsste sie ihn auf den Mund.

Als ihre Lippen seine berührten, gab Andrej sich vollends auf. Er war nicht länger Herr seiner Sinne. Eine Unterhaltung schien das Unmöglichste auf der Welt. Doch er vernahm Viktorias Stimme und nickte gelegentlich bestätigend.

"Das war schön." Sie trank einen Schluck Whisky. "Aber vielleicht sollten wir es lieber nicht überstürzen. Was meinst du?"

"..."

Viktoria nahm Andrejs Hand, streichelte die Innenfläche und säuselte: "Du hast so starke, männliche Hände. Ich kann es kaum erwarten ..." Wie dieser Satz enden sollte, überließ sie seiner Fantasie.

Nach einiger Zeit der Stille hörte er erneut ihre Stimme. "Andrej, mein Schatz, meinst du, du könntest mir einen Gefallen tun?"

5

Kommissar Schiller betrachtete stirnrunzelnd das Vernehmungs-protokoll Diana Dallys. Die Frau des ermordeten Anwalts hatte bei der ersten Polizeibefragung ausgesagt, ihr Mann hätte vor seinem Tod Morddrohungen erhalten. Schiller und Dacher waren dieser Spur gefolgt. Sie hatten Frau Dally erneut befragt, doch das Gespräch stellte sich als nicht sehr ergiebig heraus. Angeblich wurde ihr Mann mehrfach telefonisch bedroht und um Geld erpresst. Ihrer Aussage zufolge weigerte er sich jedoch zu zahlen. Mehr wusste sie zu diesem Thema nicht mitzuteilen. Keine Namen oder Vermutungen über die Identität der Erpresser und vor allem: keine Zeugen. Sie hatte für ihre Behauptungen keine Beweise. Entweder verschwieg ihnen diese Frau etwas, oder sie war tatsächlich nicht weiter eingeweiht. Eine gezielte Durchsuchung der anwaltlichen Geschäftsräume brachte ebenfalls keine Resultate. Schiller hatte Antrag auf Einsicht in das Geschäftskonto gestellt, dessen Bewilligung noch ausstand. Sollten diese Einträge auffällige Überweisungen enthalten, hatten die Ermittler möglicherweise eine Spur. Eine Spur, die sie dringend benötigten, denn die Befragungen auf Seiten der anderen Opfer waren so gut wie ergebnislos verlaufen. Keiner von ihnen hatte bekennende Feinde oder nachweislich Probleme gehabt – so lauteten die mageren, aber äußerst glaubwürdigen Aussagen der Angehörigen, die inzwischen vernehmungsfähig waren. Die Mutter Peter Kleins, des stellvertretenden Leiters einer Versicherung, war hingegen noch immer nicht in der Lage auszusagen. Auch die Befragungen an seinem Arbeitsplatz waren reine Zeitverschwendung gewesen. Klein war ein scheuer Außenseiter. Akkurat in seinem Job, aber im Umgang mit Menschen wenig erprobt. Niemand hatte sich jemals länger mit ihm unterhalten. Viele mieden ihn absichtlich, kannten nicht einmal seinen Vornamen, geschweige denn Details aus seinem Privatleben.

Schiller musste eingestehen, dass die Morde noch immer zusammenhangslos und unerklärlich waren. Das machte ihn noch mürrischer als er ohnehin war. Während er sich unschlüssigen Überlegungen ergab, klingelte sein Telefon.

"Kommissar Schiller."

Stille.

"Hallo?"

Eine tiefe Männerstimme gab sich am anderen Ende der Leitung zu erkennen. "Jerry Hawks hier. Ich arbeite in der Kobra Bar." Der Mann machte eine Pause. Schiller wartete ab. "Es gibt etwas, worüber ich mit Ihnen sprechen muss."

"Herr Hawks. Worum geht es denn?" Endlich ein Lichtblick, dachte Schiller. Dem Barkeeper war offenbar noch etwas eingefallen.

"Ich würde Sie gern persönlich sprechen."

"Ja, natürlich, umso besser. Kommen Sie einfach in meinem Büro vorbei."

***

Schillers Anspannung hatte sich etwas gelegt als Dacher ihn kurze Zeit später aufsuchte. "Chef, ich habe hier einen vertraulichen Eilbrief von der Akta Versicherung. Adressiert an die Hauptgeschäftsstelle und von dort aus weitergeleitet an uns."

"Zeigen Sie mal her."

Schiller nahm den bereits geöffneten Brief entgegen und betrachtete dessen Inhalt mit deutlich veränderter Miene.

Sehr geehrte Damen und Herren,

als Versicherungsbetreuer und Nachlassverwalter Oskar Ferdinand Dallys fühle ich mich in der Verantwortung, Ihnen folgende Information zu übermitteln. Wie Ihnen möglicherweise bekannt ist, war der Verstorbene im Besitz einer privaten Lebensversicherung mit beachtlicher Prämie. Die Witwe des Herrn und Begünstigte der Versicherung, Diana Dally, war bereits am gestrigen Tage in meinem Büro, um ihre Ansprüche an der Summe geltend zu machen. Dies allein ist vollends legitim, doch das Verhalten der Dame erschien mir suspekt. Da Sie sich, meines Wissens, in diesem Todesfall noch in der Klärungsphase befinden, diese Mitteilung an Sie.
Axel König.

Der Kommissar erhob sich abrupt, lief energischen Schrittes zur Ausgangstür und rief seiner Mitarbeiterin zu: "Karla, wir fahren ins Zooviertel! Wenn ein Jerry Hawks auftaucht, sagen Sie ihm, er soll warten."

Schiller fuhr so schnell es der Verkehr erlaubte.
    "Denken Sie, sie ist zu Hause?"
    "Das werden wir herausfinden, Dacher."
    "Ich wette dagegen. Die hat sich mit dem Geld sicher längst aus dem Staub gemacht."
    Schiller schaute Dacher aus dem Augenwinkel finster an. Seine saloppe Ausdrucksweise und die überflüssigen Bemerkungen machten es ihm oft schwer seinen Kollegen ernst zu nehmen.
    "Solange Zweifel an der Todesursache bestehen, kann die Versicherung Zahlungen aufschieben. Dem Inhalt des Briefes zufolge wurde es in diesem Fall so gehandhabt."

Der frischgebackene Ermittler wich dem Blick seines Mentors aus. Es war für ihn ein offenes Geheimnis, dass Schiller von seiner Anwesenheit nicht sehr angetan war. Dacher bemühte sich des Öfteren, die Spannungen zwischen ihnen mit lockeren Sprüchen abzubauen. Leider misslangen derartige Versuche immer wieder. Je mehr Druck er in sich aufbaute, desto mehr fiel er bei Schiller in Ungnade. Er wollte seinem Vorgesetzten beweisen, dass er zu mehr fähig war, als dieser vermutete. Deshalb entschied er, sich von nun an mit seinen Äußerungen zurück-zuhalten.

Als sie von der Hindenburgstraße in die Kaiserallee einbogen, erblickten die Kommissare das Anwesen der Dallys. Alle Vorhänge waren zugezogen, das Haus machte einen verlassenen Eindruck. Auf Schiller wirkte es jedoch, als wolle man sich darin verstecken.

Das erste Klingeln blieb unbeantwortet. Ebenso das zweite und dritte. Beim vierten Mal klopfte der Kommissar dazu kräftig an die Tür.

Eine nur mit Bademantel bekleidete Frau öffnete einen Spalt breit und schaute die Männer fragend an.

"Bitte entschuldigen Sie, wenn wir ungelegen kommen, aber wir haben ein paar dringende Fragen an Sie."

Diana Dally stand teilnahmslos da. Sie sah übernächtigt aus. Die Tatsache, dass sie am frühen Nachmittag noch ihren Bademantel trug, wirkte auf Kommissar Dacher bemitleidenswert. Er fragte sich, ob sie vom Tod ihres Mannes vielleicht doch stärker mitgenommen war, als sie derzeit vermuteten.

"Dürfen wir hereinkommen?"

Sichtlich gegen ihren Willen öffnete sie die Tür und ließ die Kommissare eintreten. Nachdem die junge Witwe sich gesammelt hatte, bot sie den Männern an, Platz zu nehmen.

"Was möchten Sie noch von mir wissen?" Ihre Stimme klang kratzig.

"Frau Dally, um ehrlich zu sein, wir haben heute unerfreuliche

Informationen erhalten."

"Was meinen Sie damit?"

"Wir möchten uns gerne noch einmal mit Ihnen unterhalten, wenn das für Sie in Ordnung ist. Leider müssen wir diese Ihnen bereits bekannte Frage ein weiteres Mal stellen. Wo waren Sie am Abend des 24.1.?"

"Ich weiß nicht, worauf Sie hinaus wollen. Ich war zu Hause, wie gesagt."

"Kann das jemand bezeugen?"

"Natürlich nicht. Mein Mann war nicht da, wie Sie wissen."

"Das ist leider kein überzeugendes Alibi."

"Ich wusste nicht, dass ich ein Alibi benötige. Wie jeder normale Mensch habe ich um diese Zeit geschlafen."

Schiller zögerte, doch eine Frage war, unter Anbetracht der neuesten Entwicklungen, unausweichlich. "Ohne Ihnen zu nahe zu treten ... Wie war die Ehe mit Ihrem Mann, Frau Dally? Waren sie glücklich?"

"Ich habe meinen Mann über alles geliebt. Wir waren so glücklich wie am ersten Tag!" Ihre Empörung steigerte sich zusehends.

"Ihr Mann war einige Jahre älter als Sie ..."

"Was hat das damit zu tun? Liebe kennt kein Alter!" Nun hatte ihre Entrüstung den Höhepunkt erreicht. Diana Dally schnaubte vor Wut. "Wie kommen Sie dazu, mich das zu fragen? Eine derart pietätlose Vorgehensweise. Sie sollten sich schämen!"

Nachdem sie den letzten Satz ausgesprochen hatte, war sie aufgesprungen. Ohne den Sichtbereich der Männer zu verlassen, durchquerte sie den Flur, öffnete die Haustür und deutete den Kommissaren an, dass sie gehen sollten. Diese schauten zuerst sie, dann einander überrascht an. Doch keiner der beiden machte Anstalten aufzustehen. Mit lautem Knall ließ sie die Tür wieder ins Schloss fallen. Ihren Posten am Eingang verließ sie jedoch nicht – der neu gewonnene Abstand zu den Ermittlern schien ihr zu gefallen.

Schiller bemühte sich, die Lage zu entschärfen. "Ich bitte vielmals um Entschuldigung, Frau Dally. Sie haben vollkommen Recht, das war unangebracht."

Die Frau wich ihren Blicken aus. Schiller gab ihr einen Moment und hoffte, dass seine Worte letzten Endes die gewünschte Wirkung erzielen würden.

Alle schwiegen. Eine Tür öffnete sich quietschend im oberen Bereich des Hauses. Überrascht schauten die Kommissare hinauf. Ein junger Mann trat aus dem Badezimmer, nur mit einem Handtuch bekleidet. Er ging gelassen auf die Treppe zu. Sein Blick richtete sich auf die noch immer an der Tür stehende Diana Dally. Auch sie schaute ihn an, dabei schüttelte sie kurz, aber entschlossen den Kopf. Ihr Verhalten löste Verwunderung aus. Verständnislos lief er ein paar Stufen herab. Nun hatten die Ermittler ihn im Blick.

"Wo bleibst du denn so lange? Das Wasser wird kal..." Das letzte Wort blieb ihm im Halse stecken, als er die Besucher sah.

Schiller zögerte nicht lange, die Situation war eindeutig genug. Diese Frau hatte gelogen und sich dadurch zur Verdächtigen gemacht. "Diana Dally, Sie stehen unter dringendem Mordverdacht. Sie sind vorläufig festgenommen."

Während Dacher zum Transport einen Streifenwagen anforderte, legte der Hauptkommissar der Verdächtigen Handschellen an. Ihr Liebhaber war unterdessen nach oben gelaufen, hatte sich ein paar Kleidungsstücke übergeworfen und stürmte eilig, ohne sie eines Blickes, geschweige denn Abschieds, zu würdigen aus dem Haus.

Kurz darauf wurde Diana Dally von Schillers Kollegen abgeführt. Sie war dabei sichtlich aufgebracht. Es war jedoch schwer einzuschätzen, ob dieser Zustand durch die Aussicht auf eine lange, unverdiente Haftstrafe ausgelöst wurde, oder ob sie sich lediglich vor den möglichen Blicken ihrer Nachbarn genierte.

Die Beamten überführten sie auf direktem Wege in die Justizvollzugsanstalt in Langenhagen, um sie vorerst der Abteilung für Untersuchungshaft zu überlassen. Schiller und Dacher würden im Laufe des Tages folgen und sie dort erneut befragen. Doch zuerst wollten sie sich einmal gründlich im Haus der Angeklagten umsehen.

Die Einrichtung war luxuriös und hochmodern. Sie musste den Anwalt ein Vermögen gekostet haben. An den Wänden hingen gerahmte Portraits des Verstorbenen und seiner Frau. Diese Bilder bestätigten Schillers anfängliche Vermutung – das Paar wirkte nicht wie liebende Eheleute, sondern wie ein gestandener Mann und seine blutjunge, geldgierige Trophäe. Diana Dally war, was Intellekt und Lebenserfahrung anbelangte, keine ebenbürtige Partnerin für einen Mann von Dallys Status. Diese Ehe war ganz offensichtlich eine Farce gewesen.

Kopfschüttelnd ging Schiller die Treppe hinauf. Im oberen Bereich des Hauses befanden sich Bad, Schlafzimmer und ein Büro. Der Kommissar steuerte zielstrebig das Arbeitszimmer an und durchsuchte alle Fächer des, glücklicherweise unabgeschlossenen, Schreibtischs. Offenbar hatte der Anwalt sich selten Arbeit mit nach Hause genommen, denn bis auf ein paar Stifte und Papier waren diese weitestgehend leer. Von Akten oder Ordnern keine Spur.

Schiller warf einen Blick ins Badezimmer. Alles blitzte vor Sauberkeit und war auf den ersten Blick ebenfalls unauffällig. Pflegeprodukte, Cremes, Badeöle und teures Shampoo standen rings um die quadratisch geformte Badewanne verteilt. Die noch brennenden Teelichter und zwei halb leer getrunkene Weingläser ließen vermuten, dass die zuvor offenbarte Romanze hier ihr abruptes Ende gefunden hatte. Parfumflakons und Kosmetika standen aufgereiht auf einer vergoldeten Ablage an der Wand. Ein elektrischer Rasierer und ein Fön hingen über dem Waschbecken. Auch hier brach Schiller die Suche ergebnislos ab, um sich in das letzte zu inspizierende Zimmer zu begeben.

Wie alle Räume in diesem Haus war auch dieser überaus weitläufig. Das Ehebett wirkte beinahe verloren in seiner Umgebung. Der Kommissar öffnete eine der Schranktüren. Sein Blick fiel dabei auf zahlreiche Frauenkleider und Kostüme – viele der edlen Stücke trugen die Namen bekannter Designer. Hinter der zweiten Tür verbargen sich unzählige Pomps und Frauenstiefel. In der Kommode entdeckte er Damenunterwäsche und Strumpfhosen. Allmählich begann Schiller, sich zu wundern. Nachdenklich durchwanderte er erneut alle Räume, bevor er sich in den unteren Stock zurückbegab.

Dem Ermittlungspuzzle wurde ein entscheidendes Stück hinzugefügt: Diana Dally hatte bereits ausnahmslos die persönlichen Gegenstände ihres frisch verstorbenen Mannes entsorgt.

***

Als die Ermittler über den Gefängnisflur Richtung Verhörraum liefen, war ihnen die tiefe Verachtung die sie empfanden noch nicht anzusehen. Sie wirkten nachdenklich und ernst, ihrer Umgebung angepasst. Doch als die skrupellose Witwe den Raum betrat, wurden ihre Gesichter zu eiskalten Masken.

"Setzen Sie sich."

Schillers kühler Ton durchfuhr Diana Dally wie ein Stromschlag. Sie ließ sich auf dem Stuhl nieder und strahlte Unwohlsein aus.

"Gibt es etwas, das Sie uns von sich aus sagen möchten?"

Die junge Frau versuchte, gleichgültig mit den Schultern zu zucken, doch gepaart mit ihrer Nervosität wirkte dies beinahe wie ein leichter epileptischer Anfall. Der neue Lebensraum hatte sie mürbe gemacht.

"Ich habe nichts getan."

Schiller schwieg, dabei fixierte er die Befragte mit steinernem Blick. Sie schaute fragend und wissend zugleich.

"Ich schwöre, ich habe versucht, den Auftrag zurückzuziehen, aber offensichtlich hat er meine Nachricht nicht mehr rechtzeitig bekommen."

Die Kommissare hatten keine Ahnung, wovon sie sprach.

"Offenbar nicht." Schiller spielte mit. "Wem genau haben Sie den Auftrag erteilt?"

Diana Dally zögerte. "Dem ... Wunscherfüller."

"Wie bitte?"

"So nennt er sich. Seinen richtigen Namen hat er mir nicht verraten."

Jetzt ging Schiller ein Licht auf. "Wie viel haben Sie ihm dafür gezahlt?"

"18.000 Euro. Aber ich wollte es dann nicht mehr. Ich schwöre es Ihnen!"

"War er der angebliche Telefonerpresser?"

"Ja. Er wollte mehr Geld, das konnte ich ihm aber nicht geben."

"Womit hat er Ihren Mann erpresst? Hatte er Geheimnisse?"

"Ich weiß es nicht genau. Ich glaube, er hat ihn nur bedroht."

"Warum wollten Sie Ihren Mann ermorden lassen? Und warum wollten Sie den Auftrag plötzlich zurückziehen?"

Die Witwe gab auf diese Frage keine Antwort. Stattdessen starrte sie auf die leere Tischplatte.

"Warum mussten die anderen Männer sterben?"

Wie durch einen Schlag vor den Kopf wurde sie nun aus ihrer Lethargie gerissen. "Welche Männer?"

"Sie lesen anscheinend keine Zeitung. An dem Abend wurden, neben Ihrem Mann, drei weitere Gäste erschossen."

"Das wusste ich nicht", gab sie perplex von sich und senkte den Kopf.

Die Kommissare glaubten ihr. Sie verabschiedeten sich und sahen zu, wie die Frau von Vollzugsbeamten in ihre Zelle zurück geleitet wurde.

Als sie im Büro eintrafen, fand Schiller auf seinem Schreib-tisch eine Notiz von Karla. Jerry Hawks war ein paar Stunden zuvor tatsächlich da gewesen. Sie hatten ihn verpasst.

6

Der Tag neigte sich dem Ende zu während das Kreuzfahrtschiff ruhig über die ebene Wasseroberfläche glitt. Der Himmel hatte sich rot gefärbt. Ein angenehmer Wind umwehte die Passagiere die sich an Deck befanden. Passagiere, die geflüchtet waren, vor dem Unterhaltungsprogramm im Schiffsinneren.

Kalle und Fanny befanden sich unter Deck, tranken Cocktails und sahen sich die bordeigene Las Vegas Show an. Ein Mann im Elviskostüm sang ‚Blue Suede Shoes' und wackelte angestrengt mit den Hüften. Dabei kam den beiden eine Idee. Sie schauten sich an, um zu prüfen, ob sie das Gleiche dachten. So war es. Es war abgemacht. Sie tanzten eng umschlungen und ließen den Abend bei einem Spaziergang entlang der Reling ausklingen.

Der nächste Morgen begrüßte sie mit strahlendem Sonnen-schein. Das Schiff hatte über Nacht vor Labadee Anker gelegt. Erfreut stellten sie fest, dass sie sich in einer abgelegenen Bucht befinden mussten, denn es war weit und breit kein Hafen in Sicht. Die meisten Passagiere hatten es sich bereits am Bordpool gemütlich gemacht – sie schienen einen Landgang nicht in Erwägung zu ziehen. Kalle und Fanny wunderten sich darüber, beschlossen jedoch, dies auf jeden Fall zu tun.

Nach der kurzen Überfahrt in einem kleineren Boot konnten sie sich ausmalen, warum nur wenige Menschen das Schiff verlassen hatten. Vom Landesteg aus konnten sie den keineswegs einladend wirkenden, überfüllten Strand sehen. Als sie diesem den Rücken kehrten und sich auf den Weg ins Inselinnere machten, erreichte ihre Stimmung endgültig den Tiefpunkt. Deutlich unterernährte Kinder, in zerrissener Kleidung, empfingen sie dort, weitab der üblichen Touristenpfade. Mit ausgestreckten Händen und erwartungsvollem Blick standen sie bettelnd am Wegesrand.

Nach kurzem Zögern gingen Kalle und Fanny an ihnen vorüber, doch es kamen immer mehr Kinder hinzu. Neugierig folgten sie den beiden auf Schritt und Tritt. Auch aus den Lehmhütten, die sie passierten, traten immer mehr Menschen hervor. Inzwischen auch Erwachsene. Leise vor sich hin jammernd gesellten sie sich zu den ahnungslosen Touristen.

Dieses Land zählte zu den ärmsten der Erde, darauf waren die Beiden nicht vorbereitet. Solches Elend war ihnen in ihrem bisherigen Leben nie begegnet. Mitleid schnürte ihnen die Kehlen zu, doch auf Worte konnten sie verzichten. Der herz-zerreißende Anblick forderte zum Handeln auf. Ohne lange nachzudenken, öffnete Kalle seinen Rucksack, entnahm ein paar Geldscheine und verteilte sie großzügig.

Schnell wie ein Buschfeuer hatte sich unter den Einwohnern herumgesprochen, dass spendable Touristen ihr Viertel besuchten. Mehr und mehr Bedürftige kamen auf Kalle und Fanny zu, während diese versuchten, der Fairness halber allen etwas abzugeben. Sie waren völlig überwältigt von dem Ansturm um sie herum. Als alle kleinen Scheine verteilt waren, gaben sie sogar 50 Dollar Banknoten heraus – bis sie an ihre finanziellen Grenzen stießen. Inzwischen hatten sie nur noch Euroscheine im Rucksack, daher war die große Bescherung beendet. Doch niemand schien leer ausgegangen zu sein, im Gegenteil. Alle waren vergnügt und freuten sich über den unerwarteten Segen. Es hatte sich ein regelrechtes Straßenfest um sie herum entwickelt. Die Menschen sangen und tanzten, nahmen Kalle und Fanny in ihre Mitte, um sie wie Götter zu feiern. Die beiden freuten sich mit, tanzten und sangen, bis es für sie an der Zeit war, sich zu verabschieden.

Doch so einfach ließen die dankbaren Haitianer sie nicht davonziehen. Der Dorfälteste hatte sich eingefunden, um ihnen seine Aufwartung zu machen. Auf einen Stock gestützt und sehr ernst blickend, schritt er ihnen entgegen. Sein freiliegender Oberkörper offenbarte eine große Anzahl an Piercings und Tattoos, die dem ohnehin imposanten Erscheinungsbild zusätzliche Wirkung verliehen. Beim Anblick dieses Mannes blieben Fanny und Kalle gebannt auf der Stelle stehen, dem harrend, was nun geschehen würde.

Der alte Voodoo-Meister reichte ihnen die Hände. Vor Ehr-furcht machte Fanny dabei einen Knicks, was ihn zu amüsieren schien. Er lächelte. Dann deutete er ihnen an, sich auf den Boden zu knien. Der Magier legte ihnen jeweils eine seiner Hände auf die Stirn, dabei gab er für sie unverständliche Worte von sich. Manche sprach er langsam, andere schneller. Die Betonung stieg und fiel. Als Zeichen dafür, dass er seinen Segen beendet hatte, begann ein Trommler wild auf sein Instrument einzuschlagen. Man leerte eine Schale Wasser über ihren Köpfen. Dann wurde, ebenfalls unter Trommelwirbel, eine schwarzgraue Boa Konstriktor präsentiert.

Der Kopf der Würgeschlange bewegte sich auf und ab, während ihr Träger auf die drei Hauptpersonen zuging. Er stellte sich neben den Magier und wartete, bis dieser Kalle und Fanny erneut mit einer Zauberformel belegt hatte. Der Mann sprach einen Liebessegen, so wurde es ihnen erklärt, der sich dadurch vervollständigte, dass sie den Rücken der Schlange küssten.

Kalle war dazu bereit. Doch als er in Fannys von Panik gezeichnetes Gesicht sah, begann er, sich Sorgen zu machen. Er wusste wie stark ihre Angst vor Schlangen war. Sie würde sich dem Tier unter keinen Umständen nähern und wenn doch, dann nur sehr widerwillig. Das würde ihre Gastgeber schwer beleidigen. Um es nicht so weit kommen zu lassen, und um Fanny zu zeigen, dass es keinen Grund zur Beunruhigung gab, schritt er mutig zur Tat. Er selbst hatte großen Respekt vor dem Tier, des-halb näherte er sich so behutsam er konnte.

Die Schlange bewegte sich kaum, doch ihr Kopf streckte sich ihm entgegen. Nach einem Blick auf den Träger, der ihren Hals fest im Griff zu haben schien, schloss er voller Vertrauen die Augen und küsste die warme Haut.

Nun war Fanny an der Reihe. überraschenderweise zögerte sie keine Sekunde. Sie ging entschlossen auf das Tier zu und tat das von ihr erwartete. Jedoch nur augenscheinlich, denn tatsächlich berührten ihre Lippen die Schlange nicht. Da niemand außer ihr dies bemerkte, galt der Liebessegen als vollendet. Alle Zuschauer applaudierten begeistert und das Paar bekam ein süßes, stark alkoholisches Getränk verabreicht. Während sie die Kokosnuss-schale austranken, läuteten die Trommler das Finale ein. Tänzer begaben sich dazu mit Schlängelbewegungen in Ekstase. Dies bedeutete das Ende der Zeremonie. Nun stand es den Beiden frei, zu gehen.

Sie konnten kaum glauben, was ihnen an diesem Tag widerfahren war. Diese ungewöhnliche Geschichte würden sie noch ihren Enkeln erzählen. Beim Abendessen beobachteten sie die anderen Passagiere. Alle schienen die Sonne und das gute Essen genossen zu haben, aber Kalle und Fanny waren sicher, dass niemand einen so unvergesslichen Urlaub verlebt hatte wie sie. Die Erinnerung daran erschien ihnen wie ein seltener Schatz.

Als sie am nächsten Morgen gut erholt aufwachten, hatten sie gerade genug Zeit, sich frisch zu machen und anzuziehen, denn das Schiff war bereits wieder in den Hafen von Miami eingelaufen. Sie packten eilig und gingen von Bord. Dann nahmen sie sich ein Taxi, tauschten in der Stadt erneut Geld um und suchten sich ein Café, in dem sie ausgiebig frühstückten.

Riesige Portionen Pfannkuchen, Waffeln, Kaffee und Orangensaft wurden ihnen serviert. Sie verschlangen alles, als hätten sie tagelang nichts gegessen.

Satt und zufrieden stiegen sie danach erneut in ein Taxi, um am Flughafen den nächsten verfügbaren Flieger nach Las Vegas zu nehmen.

***

In Deutschland war es Nacht geworden. Nur wenige Menschen waren noch in Hannovers Innenstadt unterwegs. Ein Pärchen lief träge die Georgstraße entlang, bis es allmählich im Dunkel der Nacht verschwand. Imbissbesitzer schlossen ihre Läden und begaben sich auf den Heimweg. Ein Obdachloser hatte sich, in mehrere Decken eingewickelt, vor dem Eingang eines Geschäfts niedergelassen, um bald darauf schnarchend einzuschlafen, als ein schwarzer Kleinwagen mit rasantem Tempo von der Kanalstraße in die Mehlstraße einbog.

Der Fahrer blickte um sich, seine Umgebung aufmerksam prüfend. Dann steuerte er seinen Wagen in das nahe gelegene Parkhaus, fuhr bis in den obersten Stock, parkte an der Auffahrt und schaute auf die Uhr. Er war zu früh.

Wenige Minuten später schoss ein weiteres Fahrzeug die enge Straße hinauf. Der schwarze Pick-Up parkte einige Meter entfernt, auf der gegenüberliegenden Seite.

Beide Fahrer stiegen aus. Sie musterten sich abfällig, während sie langsam aufeinander zu liefen.

Der untersetzte Fahrer des ersten Wagens wirkte nervös, seine Mundwinkel zuckten. Sein Gegenüber verbarg die Augen hinter einer blickdichten Sonnenbrille und verzog keine Miene. Die Männer waren einander schon jetzt überdrüssig, doch sie waren nicht zum Vergnügen hier.

Der Untersetzte ergriff das Wort. "Jerry?"

"Genau der."

"Du hast etwas für mich?"

Jerry Hawks merkte sofort, dass er es mit einem Anfänger zu tun hatte. Er war genervt. Um sein Geschäft nicht zu gefährden, blieb er jedoch gelassen.

"Erstklassige Ware, mein Freund."

"Zeig mal her."

Jerry fischte in seiner Jackentasche nach dem Päckchen. Bevor er sich wieder seinem Kunden zuwenden konnte, fühlte er, wie sich kaltes Eisen gegen seinen Schritt presste.

"Hör genau zu, Kumpel, und mach was ich sage. Hände hinter den Kopf!"

Blinder Hass blitzte aus den Augen des bewaffneten Mannes. Jerry hob die Hände.

"Hinter den Kopf, Arschloch!"

Er gehorchte.

"Auf die Knie!"

Jerry Hawks weigerte sich. "Was soll das?"

"Schnauze, runter mit dir!"

Als Jerry sich bückte, bekam er einen harten Schlag gegen die Schläfe. Er geriet leicht ins Wanken. So viel Kraft hatte er von dem kleinen Mann nicht erwartet.

Jetzt kniete er. Die Waffe zielte auf seinen Kopf.

"Nimm eine von deinen scheiß Pillen."

Jerry schaute fragend hinauf.

"Wirf eine ein, mach schon!"

Irritiert nahm Jerry Hawks eine Extasy Tablette aus der Tüte und würgte sie trocken herunter.

"Gut so. Und, hast du die letzten Tage genossen?"

Er verstand nicht.

"Hast du sie genossen, du Wichser!?"

"Ja..."

"Gut, denn davon wirst du den Rest deines kurzen Lebens zehren müssen."

"Was...?"

"Schnauze!" Ein weiterer Schlag, auf die gleiche Stelle.

"Nimm noch eine!"

Jerry war Extasy nicht gewohnt. Er zögerte.

Der Untersetzte mochte es nicht, hingehalten zu werden. Er steckte seine Pistole in Jerrys offenen Mund und schrie ihn an. "Na los!"

Hastig holte er eine weitere Tablette hervor und führte sie zum Mund. Sein Peiniger ließ ihn schlucken.

"Steh auf! Und nicht vergessen, Hände hinter den Kopf!"

Jerry war inzwischen wackelig auf den Beinen. Beim Hochkommen hatte er große Mühe, das Gleichgewicht zu halten.

"Da rüber!" Der Mann mit der Pistole zeigte zur Brüstung des Parkhausdecks. Er hielt ausreichend Abstand zu seinem Opfer. Jerry stand nun mit dem Rücken zum Geländer.

"Weißt du, was gleich passiert?"

"Nein...", erwiderte er in ahnungsvollem Ton.

"Oh, das wird aufregend. Es wird dir gefallen!"

Das Verhalten des Mannes nahm beinahe manische Züge an. Zischend verkündete er: "Ich weiß, du stehst auf Abenteuer."

Zunehmend begann die Droge, Jerrys Verstand zu vernebeln. Dennoch machten die seltsamen Worte des Fremden ihn stutzig.

"Kennen wir uns?"

"Halt die Fresse! Hast du Koks dabei?"

Jerry nickte.

"Hol es raus!"

Die Anweisung wurde befolgt. Leicht verwirrt legte Jerry alle Rauschmittel die er bei sich hatte auf den Boden. Er wählte das geforderte Päckchen aus.

"Mach eine Line zurecht. Und nicht geizig sein."

Mit zittrigen Händen und halbem Lächeln bereitete er sie vor. Sein Peiniger grinste ebenfalls. "Du scheinst dich schon drauf zu freuen ... Das ist gut, sie ist nämlich für dich! Hau rein!"

Das ebene Parkhausdach hatte mittlerweile eine starke Neigung, dennoch gehorchte Jerry. Er zog sich das Pulver ohne Widerworte durch die Nase.

"Guter Junge. Na, hat dir das gefallen?"

Jerry war nicht mehr fähig zu antworten. Alles um ihn herum drehte sich. Er blutete aus der Nase. Sein Gehirn verweigerte jeden klaren Gedankengang. Doch er hörte eine Stimme. Sie stellte ihn vor eine schwierige Wahl. Entweder versuchte er, über das Parkhausdach davon-zufliegen, oder es würden ihn sehr bald Pistolenkugeln treffen.

Jerry Hawks entschied sich für die erste Variante.

7

Thomas Dacher joggte seine gewohnte Strecke durch den Park. Er brauchte den körperlichen Ausgleich zu seinem anstrengenden Beruf – dafür nahm er es gerne in Kauf, in aller Frühe aufzustehen. Im Moment war diese Art der Frustbewältigung für ihn besonders nötig. Trotz aller Bemühungen spürte er mit jedem vergehenden Tag, wie die Abneigung seines ranghöheren Kollegen stetig wuchs. Nach seinem Lauf nahm er eine erfrischende Dusche, während seine Freundin das Frühstück zubereitete.

Dacher blätterte die Zeitungen durch. Ein Artikel ließ ihn kurzzeitig erstarren. Dann sprang er auf, nahm seinen Mantel und verließ eilig die Wohnung.

Als er im Büro eintraf, wartete Schiller bereits auf ihn.

"Die schreiben 'Selbstmord'. Glauben Sie das?"

"Nein."

"Was ist ihre Vermutung?"

"Dacher, fragen Sie nicht so viel."

Schillers Laune hatte einen Tiefpunkt erreicht. Seine Konzentration war gestört. Die Männer schwiegen sich an, bis Dacher genug Mut angesammelt hatte, die Stille zu unterbrechen. "Die Kobra Bar ist immer noch geschlossen, wie ich gehört habe ..."

"Die Bar steht mittlerweile zum Verkauf. Wir haben nachher einen Termin mit den Chefs. Die Angestellten werden auch da sein."

"Großartig! Kann ich vielleicht eine der Befragungen übernehmen?"

Schillers trüber Blick war Antwort genug.

***

Das Telefon klingelte. Viktoria Suhrer nahm blitzschnell den Hörer in die Hand, hielt jedoch einen Moment inne, bevor sie sich meldete.

"Alles erledigt. Ich werde noch heute die Stadt verlassen, das wirst du sicher verstehen."

"Oh, wie schade", log sie. "Ich wünschte, ich könnte dich vor-her noch einmal sehen. Aber es ist wohl besser so. Ich küsse dich."

Nachdem sie ihren Worten ein halbherziges Schmatzgeräusch hinzugefügt hatte, legte sie auf.

Kaum eine Stunde später klingelte es an Viktorias Tür. Sie war nicht im Geringsten auf Besuch eingestellt, hasste es nahezu, wenn jemand unangekündigt vorbeikam. Trotzdem riskierte sie einen kurzen Blick durch den Spion.

Mit diesem Anblick hatte sie nicht gerechnet. Sie zog in Erwägung, den unwillkommenen Gast zu ignorieren. Doch er hatte ihren Blickschatten längst gesehen, davon musste sie ausgehen. Schnell überwand sie ihre Abscheu und öffnete überschwänglich. "Oh, hallo. Das ist aber eine Überraschung!" Sie bemühte sich, erfreut zu wirken, hielt jedoch Distanz.

"Hey Puppe. Was denn, krieg ich keinen Kuss?"

Viktoria versuchte, ihre starke Abneigung würdevoll zu überspielen. Sie küsste Andrej so lange sie es aushielt. Er hielt sie dabei fest umschlungen und schien alle Scheu zu verlieren, denn seine Hände wanderten ihren Rücken hinab und packten ihren Po. Viktoria bemühte sich, so elegant wie möglich aus der Umklammerung zu entkommen. Doch das ließ er nicht zu. Als sie versuchte, sich energischer herauszuwinden, zog Andrej sie rückwärts an sich. Er begann, sich an ihrem Gesäß zu reiben.

Ein paar für sie endlos scheinende Sekunden später atmete er schwer und löste sich von ihr. Er sah beschämt zu Boden, sie erleichtert an die Decke.

"Tut mir leid, Viktoria."

"Kein Problem", entgegnete sie kühl.

Ihre Kälte machte ihm zu schaffen. "Das ist eigentlich nicht meine Art", log er.

"Macht nichts."

Betretenes Schweigen.

"Ich muss dir noch etwas sagen."

Viktoria schaute gleichgültig an ihm vorbei.

"Ich habe vorhin zufällig ein paar der anderen Jungs getroffen. Wir haben über dies und das geredet und sie haben eine Aktion in einer Kneipe erwähnt. Sie meinten, es ginge um die Kobra Bar. Der Boss hatte da wohl noch eine Rechnung offen. Geld war auch im Spiel."

"Um Gottes Willen. Was für eine Rechnung und mit wem?"

Andrej Kaminski wusste nicht recht, wie er dieses Gespräch fortsetzen sollte. Er hatte eigentlich nur vorgehabt, Viktorias Interesse wiederzuerwecken, um nicht den Kontakt zu verlieren.

Sein nachdenklicher Blick und das lange Zögern ließen sie nervös werden. "Andrej, sag es mir!"

Ihre Stimme klang hysterisch. Mit beiden Händen hielt sie seine Arme umklammert, drauf und dran, die Informationen aus ihm herauszuschütteln.

Die Situation wurde Andrej unangenehm. "Keine Ahnung, also sieh dich vor, Kleines. Wenn du Hilfe brauchst, bin ich für dich da. Ich meld mich wieder bei dir."

Sie sah ihm fragend hinterher, als er durch die Tür verschwand.

In einer automatischen Bewegung griff sie ihr klingelndes Handy. Rodrigo Caljas bat sie, wegen polizeilicher Befragungen an ihrem ehemaligen Arbeitsplatz vorbeizukommen.

***

Am späten Nachmittag hatten sich alle für den Fall relevanten Personen in der Bar eingefunden. Kata und Viktoria, die einzig übrig gebliebenen Bedienungen, standen am Tresen und schwiegen sich an, als Schiller und Dacher zur Tür herein kamen. Die Chefs waren ebenfalls anwesend, führten allerdings mit Kaufinteressenten eine Besichtigung des Lagers durch. Das bot den Kommissaren eine willkommene Gelegenheit, die Damen ungestört zu befragen.

"Vielen Dank, dass sie kommen konnten, das nimmt uns einige Wege ab", grüßte Schiller.

"Keine Ursache, Herr Kommissar." Viktoria lächelte zuckersüß. Sie war deutlich entspannter als beim letzten Aufeinandertreffen.

"Gut, dann möchten wir Sie, Frau Jahnke, zuerst zum Gespräch bitten."

Die Männer begaben sich an einen der Tische, außer Hörweite des Tresens. Kata setzte sich zu ihnen, Viktoria blieb an ihrem Platz.

"Wie geht es Ihnen, Frau Jahnke?"

"Mir geht es wieder gut, danke."

"Haben sie heute Zeitung gelesen?"

"Nein, noch nicht. Warum?"

"Dann haben Sie sicherlich anderweitig von den Neuigkeiten erfahren?"

"Ich bin mir nicht sicher, was genau Sie meinen."

"Frau Jahnke, Ihr Kollege Jerry wurde gestern Nacht tot aufgefunden."

Es dauerte eine Weile, bis sie ihre Sprache wieder fand. "Wie...?" Sie schloss für einen Moment die Augen. "Was ist denn passiert?"

"Er ist in den Tod gestürzt. Die genaue Ursache muss noch geklärt werden. Suizid ist sehr naheliegend. Allerdings kann eine

Straftat nicht ausgeschlossen werden."

"Oh mein Gott!"

"Sie werden sicher verstehen, dass es für uns äußerst wichtig ist, alles zu erfahren, was Sie uns zu den Vorfällen vor einer Woche berichten können."

"Natürlich."

Schiller entnahm seiner Aktentasche einen kleinen Stapel Fotos und legte sie auf den Tisch.

"Haben Sie diese Männer schon einmal gesehen?"

Kata betrachtete die Bilder sehr genau. "Die habe ich alle schon öfter bedient. Außer den mit der Brille, den hab ich noch nie gesehen."

"Sie sagen damit also, die drei Männer, die Sie erkennen, waren hier so etwas wie Stammgäste?"

"Das nicht unbedingt. Aber sie waren ein paar Mal hier."

"Gemeinsam?"

"Ich bin nicht ganz sicher, ich glaube nicht."

"Haben sie sich mit jemandem unterhalten?"

"Das kann ich wirklich nicht beantworten."

"..."

"Warten Sie, doch, der Rothaarige hat mit meinem Chef Gonzales gesprochen, wenn ich mich nicht täusche. Nein, ich bin mir ziemlich sicher."

"Können Sie uns sagen, wie lange das her ist?"

"Das müsste kurz vor ihrem Urlaub gewesen sein, so vor drei Wochen."

"Hatten die beiden eine Auseinandersetzung?"

"Nein, sie haben sich freundlich unterhalten."

"Dabei blieb es? Und es war das einzige Mal?"

"Das einzige Mal, vom dem ich weiß, ja."

"Gut, vielen Dank. Melden Sie sich bitte bei uns, falls Ihnen noch etwas einfällt."

Schiller gab der jungen Frau seine Karte.

Als Kata die Bar verlassen hatte, wandte er seinen Blick Viktoria zu. "Frau Suhrer, kommen Sie bitte zu uns."

Sie erhob sich prompt und lief mit deutlichen Gleichgewichtsproblemen zum Tisch am anderen Ende der Bar.

"Geht es Ihnen nicht gut?"

"Doch, sehr gut."

Ihr Lächeln wirkte unecht, zumindest Dachers Meinung nach. Er beäugte sie skeptisch.

Auch Schillers verwunderter Blick läutete seine Frage bereits ein. "Ich möchte nicht indiskret sein, aber haben Sie heute schon etwas getrunken?"

"Nur etwas Whisky, auf den Schreck. Und diese Schuhe sind furchtbar ..." Viktoria hob ihr linkes Bein und zeigte auf die hohen Absätze.

"Wir sollten Ihnen einen Kaffee besorgen", sagte Schiller, dann wandte er sich an Dacher. "Sehen Sie mal, ob Sie mit der Espressomaschine etwas anfangen können."

Widerwillig begab sein Kollege sich hinter den Tresen. Schiller begann derweil mit der Befragung. "Sie haben also bereits vom Tod des Herrn Hawks gehört?"

"Gelesen. Ja. Sehr tragisch. Ich mochte Jerry."

"Kannten Sie ihn gut?"

"Nicht wirklich, aber wir waren gerade dabei, uns anzufreunden." Mit betont traurigem Blick schaute Viktoria dem Kommissar in die Augen. In dem Moment gab die Maschine einen Knall von sich. Dampf stieg hinter dem Tresen empor.

"Alles klar, Dacher?"

"Ja!" Genervt drückte dieser ein paar Knöpfe, bis er die Lage wieder unter Kontrolle hatte. Viktoria machte es sich derweil am Tisch gemütlich. Sie zog ihre Schuhe aus, lehnte sich zurück und schlug elegant die Beine übereinander. Dabei streifte sie beiläufig

Schillers Unterschenkel.

"Entschuldigung", säuselte sie und befeuchtete ihre Lippen.

Ihre Augen trafen sich und verweilten für einen Moment. Dann kehrte Dacher mit dem Kaffee zurück.

"Vielen Dank, den kann ich gebrauchen." Viktoria lächelte, dann nahm sie unter den aufmerksamen Blicken beider einen kleinen Schluck aus der Tasse. "Hm, sehr gut."

Die Ermittler schauten sie abwartend an.

"Darf ich etwas sagen?"

"Natürlich."

"Wegen letzter Woche. Ich glaube, Sie haben da möglicherweise einen falschen Eindruck von mir bekommen. War ein harter Tag, wissen Sie."

"Ja, verstehe." Nun nahm Schiller das Zepter wieder in die Hand. "Frau Suhrer..."

"Bitte, nennen Sie mich doch Viktoria."

Die Kommissare tauschten einen flüchtigen Blick aus. "Schauen Sie sich bitte diese Fotos an. Kennen Sie einen dieser Männer?"

"Nein. Sind das etwa die Opfer?"

"Ja. Frau Jahnke hat uns eben versichert, drei von Ihnen schon öfter hier gesehen zu haben. Einer soll mit den Caljas Brüdern bekannt sein."

"Doch, jetzt wo Sie es sagen. Der Rothaarige, der war schon mal hier."

"Können Sie sich erinnern, wie lange das her ist?"

"Drei Wochen? Könnte auch länger sein."

"In Ordnung, das reicht uns vorerst. Eine Frage noch: Wo waren Sie gestern Abend zwischen 22 Uhr und Mitternacht?"

"Oh, ich war im Theater und danach etwas trinken. Mit einer Bekannten, Laura Müller."

Die Kommissare waren kurz davor, das Gespräch mit ihr zu beenden, doch Viktoria hatte noch ein paar Fragen ihrerseits. Sie sah Schiller mit großen Augen an. "Darf ich Sie etwas fragen, Herr Kommissar?"

"Ja, nur zu."

"Seit ich von Jerrys Tod erfahren habe, mache ich mir ganz schreckliche Sorgen. Sind wir anderen Mitarbeiter auch in Gefahr?"

"Machen Sie sich bitte keine derartigen Gedanken, wir sind der Sache auf der Spur."

"Haben Sie denn schon irgendeinen Verdacht, wer hinter den Morden stecken könnte? Ich bin wirklich sehr beunruhigt."

"So wie wir die Lage einschätzen, haben Sie absolut keinen Grund zur Besorgnis. Falls Ihnen noch etwas einfallen sollte, oder Sie Fragen haben, rufen Sie mich an."

Sie nickte schweigend.

Neben einem aufmunternden Blick gab der Kommissar auch ihr seine Karte, bevor sie sie verabschiedeten.

Ich weiß nicht warum, aber diese Frau ist mir nicht ganz geheuer."

Schiller gab diesem Kommentar keinen Raum zur Entfaltung. Stattdessen konzentrierte er sich auf das für ihn Wesentliche. "Wir müssen unbedingt mit diesen Caljas Brüdern sprechen."

Der Kommissar erhob sich vom Tisch und ging Richtung Lagerraum. Dacher folgte ihm.

"Sind wir hier denn richtig?" Die Männer blickten in eine verlassene Halle.

"Absolut richtig. Nun gut", sagte Schiller nach einer Bedenkpause. "Dann besuchen wir die Herren eben zu Hause."

***

Das ansehnliche Doppelhaus der Caljas Familie lag weit ab der

Hauptstraße, in einem ländlichen Vorort, südlich der Stadt. Auf der langen Fahrt hierher hatte Dacher genügend Zeit, sich auf das Treffen mit den Brüdern vorzubereiten. Sie hatten sich vor der Befragung gedrückt und waren somit zu Hauptverdächtigen avanciert. Bei dem Gedanken wünschte er sich insgeheim, sie wären mit Verstärkung gekommen.

Die Ermittler parkten in sicherer Entfernung zum Haus und planten ihre weiteren Schritte.

"Dacher, ich möchte, dass Sie mir das Reden überlassen. Verhalten Sie sich neutral und unauffällig, egal was passiert. Seien Sie nett, urteilen Sie später. O.k.?"

Auch Schiller hatte merklich Respekt vor der Situation, das beunruhigte Dacher. Doch er nahm sich fest vor, die Nerven zu behalten.

"Bereit?"

"Ja."

"Gut, auf geht's."

Sie stapften zielstrebig über das schneebedeckte Grund-stück. Das darauf befindliche Haus wirkte, durch seine beachtliche Größe, wie ein modernes Schloss. Die Umgebung machte einen idyllischen Eindruck. Ein kleiner Fuhrpark war vor der Einfahrt aufgereiht. Entweder hatten die Brüder Besuch, oder sie waren leidenschaftliche Sammler.

Die Männer steuerten auf die massive Haustür zu. Ihr Klingeln wurde prompt beantwortet, offenbar wurden Gäste erwartet. Eine Hausangestellte fragte sie nach ihren Namen.

"Ich sage Bescheid. Warten Sie bitte hier."

Dacher und Schiller durften eintreten. Vom Eingangsbereich aus beobachteten sie, wie sich die schwerfällige Dame mittleren Alters außer Sichtweite begab. Etwa eine Viertelstunde später kamen zwei große, kräftig gebaute Männer die Treppe hinunter und direkt

72

auf die Kommissare zu.

Schiller hatte einige Erfahrung mit derartigem Klientel. Mit lässigem Charme stellte er sich vor. Die Männer taten es ihm gleich. "Gonzales Caljas, guten Tag. Das ist mein Bruder, Rodrigo."

Ihr fester Händegriff flößte Dacher Respekt ein. Er war sichtlich eingeschüchtert.

"Was führt Sie zu uns?" Gonzales Caljas sprach mit kaum merklichem spanischen Akzent.

"Wir waren vorhin in Ihrer Bar verabredet, dort haben wir Sie leider nicht angetroffen."

"Oh, das haben wir vergessen. Entschuldigung. Nehmen Sie doch bitte Platz." Gonzales zeigte auf eine Sitzecke im Wohnzimmer.

Die Brüder wirkten, abgesehen von ihrer Erscheinung, sehr freundlich. Schiller ging voran.

"Wohnen Sie beide in diesem beeindruckenden Haus?"

"Ja, Herr Kommissar. Mit unseren Frauen und Kindern. Mir gehört der vordere Teil, meinem Bruder der hintere."

"Wie können wir Ihnen helfen?" unterbrach Rodrigo ungeduldig.

"Indem sie uns ein paar Fragen beantworten."

Die Männer schauten Schiller aufmerksam an. Synchron nickten sie ihm zu.

"Was sagen Sie dazu, dass vor einer Woche vier Männer in Ihrer Bar erschossen wurden?"

"Hach, das ist furchtbar. Ganz furchtbar." Gonzales wirkte bestürzt. "Seitdem kommen auch keine Gäste mehr."

Schiller präsentierte ihnen kurzerhand die Fotos der Ermordeten. "Kannten Sie diese Männer?"

Beide warfen einen flüchtigen Blick auf die Aufnahmen.

"Nein."

"Nein."

"Das ist sehr merkwürdig. Ihre Angestellten haben ausgesagt, sie hätten die Männer des Öfteren in der Kobra Bar bedient. Und, dass zumindest einer von Ihnen kürzlich mit Herrn Lüdger im Gespräch war."

Die Brüder verzogen keine Miene. "Wissen Sie", begann Gonzales "wir sehen so viele Menschen, jeden Tag, und sprechen natürlich mit unseren Gästen. Wir erkennen diese Männer aber nicht."

"Ich habe sie noch nie gesehen", fügte Rodrigo hinzu.

"Sie sind vor zwei Wochen nach Kuba geflogen, richtig? Was war der Anlass?"

"Wir haben dort Urlaub gemacht. Es ist so kalt hier im Moment, das mögen wir nicht."

Schiller nickte. "Verstehen Sie mich bitte nicht falsch, aber diese Frage müssen wir, pro forma, stellen. Wo waren Sie gestern zwischen 22 Uhr und Mitternacht?"

"Zu Hause. Die Kinder waren endlich im Bett und wir haben mit unseren Frauen zu Abend gegessen. Vielleicht wissen Sie das, wir Spanier essen immer etwas später." Gonzales lächelte die Kommissare milde an.

"Davon habe ich gehört. Erlauben Sie auch noch diese Frage: Gibt es möglicherweise jemanden, der einen Groll auf Sie hegt?"

"Was meinen Sie?"

"Haben Sie ... Feinde?"

"Nein. Wir mögen Menschen und kommen mit allen sehr gut zurecht. Keine Probleme."

"Sagt Ihnen der Name Oskar Dally etwas?"

Nach einer kurzen Bedenkpause antworteten die Brüder fast zeitgleich.

"Nein."

"Gut. Vielen Dank soweit."

"Sehr gerne."

Die Kommissare verabschiedeten sich. Dacher war sichtlich erleichtert, doch nun war Schiller angespannt.

"Seltsam. Sehr seltsam. Dacher, kamen Ihnen die Männer bekannt vor?"

"Nein. Ihnen etwa?"

"Ja. Aber ich weiß nicht woher."

8

In Las Vegas war es um einige Grad kühler als im frühlingshaften Florida. Kalle und Fanny bereuten ihren Ortswechsel beinahe, als sie am frühen Nachmittag den Flughafen verließen. Aufregung und Vorfreude überwogen den klimatischen Nachteil jedoch bald. Beeindruckende Gebäude prangten aus der Wüstenoase hervor, die selbst bei Tageslicht wie eine Traumwelt wirkte. Der Taxifahrer brachte die Neuankömmlinge direkt in eines der größten Hotels der Stadt.

Sie nahmen den Lift in den obersten Stock und bezogen die vorbestellte Tower Suite. Beim Öffnen der Tür verschlug die neue Bleibe ihnen fast die Sprache. Sie befanden sich im Wohnmilieu der oberen Zehntausend. Wände und Mobiliar waren champagnerfarben gehalten, der Teppichboden strahlend weiß. Zum Inventar gehörte alles, was das Herz begehrt. Außerdem ein riesiger Plasma-Fernseher, eine Wohnküche mit integrierter Barzeile, ein Luxusbadezimmer mit erhöhtem Badebereich und goldenen Armaturen. Fanny und Kalles Augen wanderten von einem Höhepunkt zum nächsten, bis sie die verglaste Frontseite erblickten: uneingeschränkter Ausblick auf die Skyline der Stadt. Dahinter verbarg sich eine überdimensionale Terrasse, auf der marmorne Stufen zum suiteeigenen Whirlpool führten. Diese Unterkunft war jeden einzelnen ihrer zweitausend Dollar pro Nacht wert.

Mit weit ausgestreckten Armen lagen sie eine Weile auf dem riesigen Doppelbett und betrachteten sich in der verspiegelten Zimmerdecke. Ihr Anblick erschien ihnen unwirklich. Sie lebten in einem Traum, aus dem sie hofften, nie wieder zu erwachen.

Nachdem sie sich etwas ausgeruht hatten, begaben sie sich ins Erdgeschoss und spazierten, vorbei an zahllosen Konsumtempeln, geradewegs in eines der größten Casinos der Welt. Dutzende Menschen saßen, an Spieltischen gruppiert, in ihre Karten vertieft. Andere beobachteten sie dabei. Die meisten Gäste versuchten sich jedoch an den Automaten, die den größten Raum in der Halle einnahmen. Sie blinkten in allen erdenklichen Farben, zeigten Gewinne und Verluste an. Wenige schütteten Geld aus, die meisten verschlangen es gnadenlos. Kalle und Fanny hatten ein paar hundert Euro in Kleingeld ein-getauscht und versuchten ihr Glück an den Fünfdollarmaschinen.

Sie genossen die Aufregung des Spiels. Jeder Gewinn brachte ein unbeschreibliches Hochgefühl. Verluste büßten sie kaum ein. Nachdem sie beinahe das Doppelte ihres Einsatzes zurück gewonnen hatten, beschlossen sie, lieber zu Bett zu gehen.

Neun Stunden später erwachten sie gut erholt. Sie fühlten, dass dies ihr großer Tag werden sollte.

Eine Hochzeit war am Las Vegas Boulevard schnell geplant. Die Zeremonie sollte bei Mondschein stattfinden, in einer Freilichtkapelle. Die Organisatorin kümmerte sich im Laufe des Tages um alle Details, den Beiden wurde einzig die Kleiderfrage und die Auswahl der Ringe überlassen.

***

Kalle zog bereits am frühen Abend seinen Anzug über und verließ die Suite. Fanny sollte sich in Ruhe vorbereiten können. Da er nicht wusste, was er mit sich anstellen sollte, begab er sich ins hoteleigene Casino und nahm an einem der Pokertische Platz. Vier Spieler waren hochkonzentriert in ihre Karten vertieft. Bei der nächsten Runde würde er einsteigen.

Kalle war ein guter Spieler. Im Pokerclub seiner Heimatstadt hatte er einige Wettbewerbe für sich entschieden. Das machte ihm Mut. Die Gegner wirkten auf ihn nicht sehr beeindruckend, er malte sich gute Chancen aus.

Wenige Minuten nach seinem Erscheinen war die Runde beendet. Ein Spieler verließ den Tisch, die Karten wurden neu gemischt – jeder bekam fünf an der Zahl und Kalle war im Spiel. Er konnte sein Glück kaum fassen, denn von Beginn an hatte er Herzdame, König und Ass auf der Hand. Also pokerte er hoch. Und sorgte dafür, dass bis auf einen Gegner alle die Karten niederlegten.

Dann ging ihm das Kapital aus. Die Männer am Tisch beäugten ihn kritisch, verständnislos.

"Lassen Sie es mich erklären, bevor Sie falsche Schlüsse ziehen. Mir steht weiteres Geld zur Verfügung, ich bin nur einen Spaziergang davon entfernt. Wenn Sie mir eine Chance geben, kann das Spiel weitergehen."

Die Spieler fingen eine Diskussion an, der Kalle auf Grund der Sprachbarriere nur schwer folgen konnte. Sein edler Anzug schaffte es letztendlich, einen der Gegenspieler zu überzeugen. Dieser bot an, ihm die nötige Anzahl Chips bis zum Ende der Partie vorzustrecken.

Das Glück war wieder auf Kalles Seite. Inzwischen hatte er den Herzbuben und die Zwei zugespielt bekommen. Er war mehr als zuversichtlich, am Ende alle auf dem Tisch liegenden Chips in seine Tasche stecken zu können. Er verlangte, die Hand seines Gegners zu sehen.

Betont langsam, und mit großer Arroganz, legte dieser seine Karten auf den Tisch. Kalle stockte der Atem. Sein Gegenüber hatte einen Royal Flush aufgedeckt, das höchstmögliche Blatt. Er hatte seine eigenen Fähigkeiten haushoch überschätzt. In einem Anflug von Leichtsinn hatte er soeben 24.000 Euro verspielt – beinahe die Hälfte des Geldes, das er und Fanny mit nach Amerika genommen hatten.

Er erhob sich und verabschiedete sich würdevoll. Sein Kontrahent wartete bereits darauf, ihn auf seine Suite zu begleiten, um ausgezahlt zu werden.

Kalle hatte große Mühe, das Gedankenfeuerwerk in seinem Kopf zu kontrollieren. Er musste sich schnell eine gute Ausrede zurechtlegen, für den Fall, dass er auf Fanny treffen sollte. Er durfte sie, so kurz vor der Hochzeit, unter keinen Umständen aufregen.

Der Weg in den obersten Stock erschien ihm bedeutend kürzer als sonst. Vor der Zimmertür zögerte er, überlegte, wie er sich am besten verhielt. Als sein Blick dabei den wartenden Geldeintreiber streifte, wurde ihm bewusst, dass er Prioritäten setzen musste. Der Mann schaute mit einem Stirnrunzeln auf die Uhr. Seine Haltung machte deutlich, dass er nicht viel länger warten wollte.

Vorsichtig öffnete Kalle die Tür. Fanny war auf den ersten Blick nicht zu sehen. Leisen Schrittes ging er den Flur entlang, Richtung Schlafzimmer – dem Raum, in dem sich der Tresor befand. Jeden Moment rechnete er damit, Fanny zu begegnen. Sie musste hier sein. Er hörte Wasserrauschen, dann ihre Stimme. Sie war unter der Dusche und sang.

Kalle hatte Glück gehabt, doch er fühlte sich schäbig. Eilig ging er zum Tresor, entnahm ein Geldbündel und brachte es ungesehen nach draußen.

Nach der Übergabe brauchte er frische Luft. Die Leuchtreklamen, die in allen erdenklichen Farben blinkenden Lichter dieser Plastikstadt, schafften es nicht, ihn auf andere Gedanken zu bringen. Er konnte einen Freund gebrauchen, jemanden zum reden. Doch es gab hier niemanden.

Während er den Rainbow Boulevard entlanglief, fiel ihm eines der Schilder ins Auge. Es bewarb ein Etablissement, über das er viel Interessantes gehört hatte. Er beschloss, es sich einmal genauer anzuschauen. Etwas Ablenkung konnte ihm nicht schaden, dachte er sich.

Als er durch die Eingangstür trat, bemerkte er sofort die ausgelassene Stimmung zwischen den Bedienungen und ihren Gästen. Hier wurde ohne Scheu geflirtet. Und die Damen boten dabei einen sehr reizvollen Anblick. Fanny würde nicht mögen, dass er hier war. Doch dieser Abend war, trotz allen alten und neuen Sorgen, Kalles Junggesellenabschied. Also gönnte er sich etwas Vergnügen. Ohne langes Zögern nahm er an einem Tisch Platz, bestellte sich ein Bier und genoss die Aussicht. Eine der jungen Damen hatte es ihm besonders angetan. Ihre langen brünetten Haare umwehten bei jeder Bewegung ihren Körper. Ihre Beine waren endlos und gut trainiert. Ohne es zu wollen, starrte er sie an.

Seine Blicke blieben nicht lange unbemerkt. Als die Bedienung ihre Pause antrat, kam sie zu ihm und setzte sich.

"Hallo Fremder, willkommen im Paradies. Gefällt dir, was du siehst?"

"Ja, sehr gut." Kalle lächelte verlegen.

"Hm, schüchtern, mit niedlichem Akzent. Das gefällt mir. Ganz alleine hier in Vegas?"

"Ja." Von seiner Antwort überrascht fügte er schnell hinzu: "Nein, mit meiner Verlobten."

Diese Tatsache schien die Frau nicht weiter zu stören, im Gegenteil. Wenige Augenblicke später presste sie ihre Lippen auf seine.

Der Kuss war aufregend und viel versprechend. Kalle vergaß sich für einen Moment. Doch dann löste er sich, legte hastig einen Zehndollarschein auf den Tisch und verließ die Bar. Er rief ein Taxi, denn es war Zeit.

***

Fanny stand vor dem Schlafzimmerspiegel und betrachtete sich. Ihr in Eile besorgtes Kleid war nicht perfekt, doch es gefiel ihr gut genug. Sie war bereit. Der Chauffeur war eingetroffen, es konnte losgehen. Vor Aufregung bemerkte sie weder die kühle Abendluft, noch den leichten Nieselregen, als sie vor der Kapelle aus der weißen Stretchlimousine stieg. Kalle wartete dort schon auf sie. Langsam, fast zögerlich, bewegte sie sich in Richtung Kapellentür. Als diese sich öffnete, erklang der Song, zu dem sie auf dem Schiff getanzt hatten. Bei den Worten ‚I can't help falling in love with you' betrat sie den Altarraum.

Als Kalle seine Braut sah, begann sein Herz zu rasen. Je näher sie kam, desto instabiler wurden seine Knie. Fanny strahlte so sehr, dass es ihn beinah überforderte. Beide wussten, dass sie das Richtige taten. Im Schein des Mondlichts gaben sie sich das Jawort.

9

Adam Schiller blickte durch das Küchenfenster seiner Dachge-schosswohnung über die bereits schlafende Stadt. Hartnäckige Gedanken hatten ihn dabei fest im Griff: Wer waren diese Brüder und woher kannte er sie? Seit sie das Haus verlassen hatten, ließ ihm diese Frage keine Ruhe. Er war gar nicht erst zu Bett gegangen, sondern hatte in seiner Küche gesessen und ein paar Tassen Kaffee getrunken. Später war er auf Whisky umgestiegen. Seiner Erinnerung half dies kaum auf die Sprünge, doch es entspannte ihn.

Auch Jerry Hawks' Tod ließ ihm keine Ruhe. Er konnte sich nicht erklären, warum dieser junge Mann, der auf ihn so lebensfroh gewirkt hatte, sich das Leben genommen haben sollte. Wenn er ihn am Tag zuvor bloß gesprochen hätte! Eine Verbindung zwischen diesem Todesfall und den Morden in der Bar war nicht auszuschließen, auch wenn Jerry zum Zeitpunkt des Anschlags nur indirekt anwesend war. Möglicherweise war er dennoch im Besitz wichtiger Informationen gewesen.

Er musste schnellstens aufklären, wer für diese Morde verant-wortlich war, bevor noch mehr Menschen zu Schaden kamen.

Alle bisher Befragten hatten reine Westen, mit Ausnahme Diana Dallys. Doch an Jerrys Tod konnte sie unmöglich beteiligt sein, sie war in Haft. Überhaupt war es unvorstellbar, dass der von ihr engagierte Auftragsmörder drei unschuldige Menschen mit in den Tod riss. Schiller hielt es für wahrscheinlicher, dass sie die Wahrheit sagte.

Zahlreiche Gedankenspiralen zermarterten dem Kommissar den Kopf. Zusätzlich beschäftigte ihn das Treffen mit Viktoria Suhrer. Im Vergleich zu ihrer ersten Begegnung hatte sie sich merklich verändert. Er wurde noch nicht schlau aus dieser Frau. Möglicherweise hatte sie am Abend der Morde doch stark unter

Schock gestanden und war nicht so unterkühlt wie es schien.

Über diese Grübeleien fielen Schiller allmählich die Augen zu. Sein Kopf, den er mit einer Hand abgestützt hatte, senkte sich langsam Richtung Tischplatte. Schon bald schlief er tief und fest.

***

Mitten in der Nacht holten Kalle längst verdrängte Gedanken ein. Ihn beschäftigte das verlorene Geld. Bisher hatte er es nicht übers Herz gebracht, Fanny den Verlust zu beichten. Und es würde ihn mit der vergehenden Zeit noch mehr Überwindung kosten, das war ihm bewusst. Er musste das Problem endlich in Angriff nehmen.

Still und heimlich zählte er das restliche Geld. Von den knapp einundfünfzigtausend Euro waren nur noch lächerliche Dreizehntausend übrig. Kalle war schockiert. Diese Katastrophe konnte er Fanny auf keinen Fall gestehen. Sie hatten noch so viele Reisen geplant und brauchten das Geld, um sich eine Weile von Europa fern zu halten. Außerdem hatte es ihnen das Gefühl von Freiheit und Sicherheit gegeben, welches mit einem Mal stark begrenzt war.

Kalles Gedanken überschlugen sich. Ihm musste schleunigst etwas einfallen. Möglicherweise gab es einen Weg, das Geld zurück zu beschaffen. Nirgendwo sonst auf der Welt bestand die Chance, so schnell zu Reichtum zu kommen, wie hier. Vielleicht sollte er das Glück erneut herausfordern. Falls es ihm gelang, brauchte er Fanny nichts von seiner Pokerpleite erzählen und sie wären ihre Sorgen los. Über das nötige Startkapital verfügte er trotz allem noch. Er zog die Möglichkeit in Betracht, sich heimlich aus der Suite zu schleichen, um sein Glück zu versuchen.

Während Kalle in Gedanken seine nächtliche Flucht durchspielte, fühlte er den Ehering an seinem Finger. Fanny war seine einzige

Liebe. Sie waren nun verheiratet, er hatte Verantwortung für ihr Leben. Er konnte unmöglich alles aufs Spiel setzen, das wurde ihm mit einem Schlag bewusst. Er atmete tief ein und aus. Beinahe hätte er es riskiert, auch noch das restliche Geld zu verlieren, nur um sein Gesicht zu wahren. So weit durfte er nicht gehen. Er musste zu seinem Fehler stehen.

Ihre Suite hatten sie für fünf Nächte im Voraus bezahlt, es waren also keine Rechnungen offen. Von dem übrig gebliebenen Geld konnten sie die nächsten Monate sehr gut auskommen, vorausgesetzt, sie schraubten ihren Lebensstandard auf Normalniveau herunter. Es war halb so wild. Fanny würde diese Ansicht sicher teilen. Gleich am nächsten Morgen sollte sie alles erfahren.

***

Schiller schreckte ruckartig hoch. Als er den Kopf drehte, bemerkte er die Nackenschmerzen, die seine Schlafposition ihm eingehandelt hatte. Er versuchte es mit einer unbeholfenen Massage, doch diese brachte keine Linderung. Nachdem er sich damit arrangiert hatte, besann er sich auf den Einfall, der ihm im Schlaf gekommen war. Er musste diesen dringend weiterverfolgen. Schnell duschte er, zog sich frische Kleidung über und machte sich auf den Weg ins Polizeiarchiv.

Auch Dacher hatte früh das Haus verlassen. Er wollte seinen Vorgesetzten beeindrucken, indem er ihm die Fakten über die Caljas Brüder präsentierte, die ihm nicht einfallen wollten. Er hatte sich in die Hauptdienststelle begeben, um ausgiebig in Akten zu recherchieren und die Computer zu Rate zu ziehen. Dort verbrachte er seinen gesamten Vormittag.

"Ich wusste es!" Schiller hatte diesen Satz, ohne Absicht, laut ausgerufen. Das Archiv war um diese Tageszeit nur wenig besucht, die Blicke der bereits Anwesenden waren ihm jedoch sicher. Schiller bemerkte davon nichts. Er hatte gefunden was er brauchte. Schnell machte er ein paar Kopien und begab sich ins Büro. Dacher wartete dort bereits auf ihn, mit von Stolz erfüllter Brust.

"Guten Morgen, Chef. Ich habe gute Neuigkeiten!"

"Morgen Dacher. Schön, dann lassen Sie mal hören."

"Ich habe heute früh die Namen der Brüder in die Polizei-computer eingegeben und interessante Dinge erfahren. Anfang der 90er haben sie gemeinsam ein Bordell betrieben, in dem regelmäßig Drogengeschäfte abgewickelt wurden. Außerdem hatten sie dort größere Mengen Betäubungsmittel gelagert. Dafür waren sie knapp vier Jahre in Haft."

"Das ist unschön. Noch etwas?"

"Nein, das ist alles. Ist es nicht das, wonach Sie suchten?"

"Nein, aber gute Arbeit. Inzwischen ist es mir eingefallen." Dacher sah seinen Mentor zufrieden an und folgte aufmerksam dessen Ausführungen. "Etwas später, Mitte der 90er Jahre, wurde in der Region ein Menschenhandelring hochgenommen. Es gab dazu etliche Schlagzeilen in den Zeitungen, auch Fotos der Täter. Den Ermittlern von damals ist es gelungen, die Anführer ausfindig zu machen. Raten Sie mal, wer diese Männer waren."

"Die Caljas Brüder? Das gibt es ja nicht. Aber warum habe ich dazu nichts gefunden?"

"Weil sie es geschickt angestellt haben. Die Brüder haben damals mit Decknamen gearbeitet. Ihre Haft haben sie mit gefälschten Ausweisen, als Carlos und Fernando Garcia angetreten. Die eigentlichen Namen waren mir unbekannt, aber Gesichter vergesse ich nie. Über Nacht ist mir die entscheidende Erinnerung gekommen."

Der junge Kommissar war fasziniert. Sein Chef machte ihm oft genug das Leben schwer, dafür büßte Schiller bei ihm einiges an Sympathie ein – als Ermittler war er jedoch unschlagbar. Es gab mit Sicherheit nicht viele unter ihnen, die ein derartig beeindruckendes Erinnerungsvermögen besaßen. "Unglaublich. Reife Leistung, Chef!"

"Ja, das bringt uns ein paar Schritte voran." Schiller konnte mit Lob nicht viel anfangen. Seine Gedanken kreisten bereits um die weitere Vorgehensweise. "Wir müssen noch einmal mit den Männern sprechen. Gute, nein, perfekte Vorbereitung ist dabei essentiell. Wir werden unangekündigt und mit Verstärkung zu ihrem Anwesen fahren. Ich übernehme das Reden, sie halten sich wieder im Hintergrund."

Bei diesem Einsatz war Dacher das ganz recht. Nickend versicherte er Schiller sein Einverständnis.

"Die Brüder sind mit großer Wahrscheinlichkeit bewaffnet. Wir werden es ihnen gleichtun und zur Sicherheit kugelsichere Westen tragen. Die organisieren Sie bitte, ich bespreche derweil alles weitere mit der Einsatzleitung."

Das Ermittlerteam verlor keine Zeit. Mit einem weiteren Streifenwagen im Schlepptau brachen sie gegen Mittag zum Anwesen der Caljas Brüder auf. Dort parkten Dacher und Schiller offen-kundig vor dem Eingang, die beiden Streifenwagen dagegen gut versteckt in einiger Distanz. Alle waren bereit, der Einsatz konnte starten.

Nach einer kurzen Wartezeit wurde die Tür von der Haushälterin geöffnet. Die Ermittler wurden hereingebeten und durften im Wohnzimmer Platz nehmen. Wenige Augenblicke später gesellten die Caljas Brüder sich zu ihnen.

"Guten Tag die Herren Kommissare. Was für eine Überraschung!"

"Herr Caljas." Die Männer gaben sich die Hand. "Oder sollte ich besser sagen, Herr Garcia?"

Die Brüder sahen zuerst einander, dann Schiller ausdruckslos an. Ihr Blick wurde ernst. Dacher schluckte. Rodrigo ergriff das

Wort.

"Woher haben Sie diesen Namen?"

"Ich bin ein guter Ermittler, Herr Caljas. Ihre Decknamen herauszubekommen war für mich keine große Anstrengung." Er stellte demonstrativ sein Können zur Schau. Rodrigo schien davon wenig beeindruckt. Gonzales dagegen versuchte es mit einer Erklärung. "Herr Kommissar, das ist sehr lange her. Wir haben unsere Strafe verbüßt. In unserer Vergangenheit haben wir einige Fehler begangen, doch wir haben mit diesem Leben ein für alle Mal abgeschlossen. Das kann ich Ihnen versichern."

"Interessant. Wodurch finanzieren Sie dann solch ein Anwesen? Allein durch diese eine Bar?" Schillers fragender Blick blieb unbeantwortet. „Was auch immer Sie momentan betreiben, gut für Sie, Sie scheinen damit durchzukommen. Die Aufklärung der Morde werden wir allerdings nicht so einfach ruhen lassen." Schiller war aufgebracht. Seine Verachtung für diese Männer überwog den Respekt vor ihrer Erscheinung, doch er übte sich in Beherrschung. "Wer waren die vier Männer und warum mussten sie sterben?"

"Wir haben bereits gesagt, dass wir es nicht wissen. Wir kannten sie nicht!" Auch Rodrigo war dabei, die Geduld zu verlieren.

"In Ordnung. Gehen wir davon aus, Sie sagen die Wahrheit. Was ist dann Ihre Erklärung für die Morde? Haben Sie sich keine Gedanken darüber gemacht, warum sie gerade in Ihrer Bar verübt wurden?"

"Wir wissen es nicht", presste Rodrigo zwischen seinen Zähnen hervor. "Warum finden Sie es nicht heraus?"

"Hören Sie, Kommissar Schiller, wir haben mit den Vorfällen wirklich nichts zu tun. Wir haben aus unseren Fehlern gelernt und uns verändert, schon allein unseren Familien zuliebe. Es ist auch in unserem Interesse, dass Sie diese Morde aufklären." Gonzales war bemüht, die Wogen zu glätten. Die Spannung im Raum hatte sich inzwischen jedoch manifestiert. Während Gonzales sprach, verschränkte Rodrigo die Arme und beäugte die Besucher feindselig.

Schiller ließ sich davon nicht beeindrucken. "Ich werde Sie im Auge behalten, bis das Verbrechen geklärt ist. Und ich werde im Dreck wühlen, wenn es nötig ist, um weitere dunkle Flecken Ihrer Vergangenheit sichtbar zu machen."

Nachdem er diese Worte vernommen hatte, bewegte Rodrigo seine rechte Hand langsam, aber zielsicher, zur linken Innenseite seines Jacketts. Gonzales berührte dabei leicht dessen Arm. Er schaute seinen Bruder ernst an und schüttelte fast unmerklich den Kopf.

Schillers absichtliche Provokation war geglückt. Diese Geste war ihm vorerst Antwort genug. Er wusste nun, dass er auf dem richtigen Weg war. Dacher und Schiller verließen das Haus, ohne den Männern weitere Beachtung zu schenken.

"Das war knapp", entwischte es Dacher auf der Rückfahrt.

"Wir haben ganz offensichtlich einen Nerv getroffen. Mit viel Glück bekommen wir durch die jetzt beginnende Observation ein paar brauchbare Hinweise. Das kann sich allerdings hinziehen. Bis dahin müssen wir die Opfer erneut unter die Lupe nehmen. Möglicherweise haben wir etwas übersehen."

"Ja, irgendetwas muss sie verbunden haben. Fragt sich nur, was?"

"Ganz richtig, Dacher, sowohl untereinander, als auch mit den Brüdern. Was genau, das werden wir herausfinden."

Die Kommissare machten sich auf den direkten Weg zum Hauptpräsidium, um sich Einblick in das Gesamtregister zu verschaffen. Sie gaben alle Namen nacheinander in den Polizeicomputer ein. Dieser bearbeitete die Datenbank eine unendlich scheinende Zeit, um viermal bekannt zu geben, dass keine Ergebnisse vorlagen.

Alle Opfer hatten eine makellose Vergangenheit. Die Ermittlungen waren vorerst wieder einmal in einer Sackgasse angelangt. Erschöpft begaben die Ermittler sich nach Hause. Dacher zu seiner schon auf ihn wartenden Freundin, Schiller in seine Junggesellenwohnung.

***

Schiller hörte schon vor dem Aufschließen sein beharrlich klingelndes Telefon. Am anderen Ende der Leitung meldete sich eine aufgebrachte Frauenstimme. "Herr Kommissar, bitte entschuldigen Sie die späte Störung. Sie sagten gestern, ich könne Sie anrufen, wenn ..." Die Frau atmete hörbar aus. "Ich weiß nicht, an wen ich mich sonst wenden soll."

"Guten Abend Frau Suhrer. Keine Sorge, das geht schon in Ordnung. Was haben Sie auf dem Herzen?"

"Ich traue mich kaum, es auszusprechen. Mein Anliegen ist ein wenig ungewöhnlich ..."

"Machen Sie sich darüber mal keine Gedanken. Worum geht es denn?"

"Na gut. Es ist einfach… Ich fühle mich in meiner Wohnung nicht mehr sicher. Letzte Nacht hab ich kein Auge zugetan. Die ganze Zeit denke ich darüber nach, ob ich vielleicht das nächste Opfer sein könnte. Ich habe Angst, Herr Kommissar."

"Für Ihre Befürchtungen gibt es keinen Anlass."

"Davon bin ich ganz und gar nicht überzeugt. Ich habe das Gefühl, beobachtet zu werden."

Nach einer Bedenkpause schlug Schiller vor: "Würde es Ihnen helfen, wenn ich kurz nach dem Rechten schaue?"

"Ja, ich glaube schon."

"Gut, ich bin gleich bei Ihnen!"

Schiller parkte in Viktorias Straße. Er prüfte aufmerksam die Umgebung, dann klingelte er. Ihm wurde prompt geöffnet. Frau Suhrer schien ernsthaft besorgt zu sein und seine Ankunft sehnsüchtig zu erwarten.

"Danke, dass Sie so schnell kommen konnten."

"Keine Ursache."

"Bitte, kommen Sie herein. Denken Sie, jemand hat Sie gesehen?"

"Es ist niemand da, Sie können ganz beruhigt sein."

"Sind Sie sicher?"

"Vollkommen sicher."

"Das ist gut."

"Warum machen Sie sich derartige Sorgen? Hat Ihnen etwa jemand gedroht?"

"Nein." Sie überlegte. "Nicht direkt. Ich weiß nicht, ob ich darüber sprechen sollte…"

"Frau Suhrer, wenn Sie Informationen besitzen, die für unsere Ermittlungen von Bedeutung sein könnten, dürfen Sie uns diese nicht verschweigen."

"Nennen Sie mich doch endlich Viktoria."

Sie lächelte ihn an. Er sah irritiert zur Seite.

"Frau Suhrer, ich bitte Sie. Was haben Sie uns bisher vorenthalten?"

"Bitte glauben Sie mir, dass ich keine bösen Absichten hatte. Es ist nicht so einfach." Viktoria schaute zu ihrem Sofa und deutete an, dass sie sich setzen sollten.

"Erzählen Sie mir davon."

Beide nahmen Platz. Sie begann.

"Zu den Geschäften der Caljas Brüder kann ich nicht viel sagen. Darüber weiß ich nichts. Bei der Arbeit habe ich vor zwei Wochen aber einen Streit beobachtet. Meine Chefs waren im Lager, mit drei mir unbekannten Männern. Die mussten durch die Hintertür gekommen sein, ich habe sie vorher und nachher nicht gesehen. Sie haben heftig diskutiert. Zuerst dachte ich, sie hätten mich nicht bemerkt. Aber inzwischen bin ich mir da nicht mehr so sicher."

"Daher rühren also Ihre Befürchtungen. Wer waren die Männer? War eines der Opfer unter ihnen?"

"Nein. Zwei waren groß und kräftig gebaut. Der andere kleiner und schmächtiger. Einen Namen habe ich jedoch gehört. Wladimir."

"Sehr gut. Haben Sie auch mitbekommen, worum es bei dem Streit ging?"

"Nein, tut mir leid. Ich habe mich so erschrocken, dass ich sofort wieder in die Bar zurückgegangen bin."

"Halb so wild. Das bekommen wir schon noch heraus."

Schiller bemerkte, dass Viktoria sich seit seiner Ankunft etwas beruhigt hatte. "Geht es Ihnen etwas besser?"

"Seit Sie hier sind schon. Es ist beruhigend, einen Mann bei sich zu haben."

Viktorias Worte durchdrangen Schillers harte Schale. Er gab sich ungewohnt sanft. "Gibt es denn sonst niemanden, den Sie anrufen können?"

"Sie meinen sicherlich einen Freund? Nein, den gibt es nicht."

"Das kann ich mir nur schwer vorstellen." Schiller lächelte. "Was haben Sie denn gestern Abend gegen Ihre Angst unternommen?"

"Whisky." Viktoria schaute ihn verschmitzt an. "Möchten Sie einen?"

"Eigentlich sollte ich lieber nicht."

Während er sprach hatte sie sich auf den Weg zur Küche begeben. Natürlich war Adam Schiller dem Getränk nicht abgeneigt. Die Versuchung wurde noch unwiderstehlicher, als sie mit zwei vollen Gläsern vor ihm stand. "Kommen Sie, es muss ja niemand erfahren."

Nach einem kurzen inneren Kampf nahm er das Glas dankend

entgegen. Wenn er sich einen kleinen Schluck genehmigte, würde das schon in Ordnung sein, dachte er sich.

"Trinken wir darauf, dass der Fall bald gelöst ist. Und auf diesen Abend", fügte Viktoria hinzu. Ihr durchdringender Blick ließ Schiller für keine Sekunde aus den Augen. Sie streichelte mit den Fingerspitzen beiläufig ihren Hals.

Der Kommissar war gut aussehend, groß und schlank. Sein Dreitagebart gab ihm eine Verwegenheit, die ihn sehr interessant machte. Er hatte kräftiges dunkles Haar, breite Schultern. Die meisten Frauen würden ihn als sehr attraktiv bezeichnen.

"Diese Gläser sind immer so schnell leer. Möchten Sie noch eins?"

Schiller kannte die Antwort auf diese Frage. Doch er zögerte, schüttelte den Kopf. Doch dann machte sein Mund sich selbständig. "Zur Hölle, ja!"

Er war es nicht gewohnt, in Gesellschaft zu trinken. Schiller war überrascht, wie angenehm es sein konnte. Er hatte nie einen wirklichen Draht zu Frauen gehabt, doch mit ihr fühlte er sich auf seltsame Weise verbunden. Viktoria war anders als die Damen, die er zuvor gekannt hatte. Sie war seiner ebenbürtig. Die Vertrautheit zwischen ihnen war äußerst unprofessionell, das stand außer Frage. Sie schien über seine Anwesenheit jedoch sehr erleichtert zu sein. Er blieb, um einer ängstlichen Zeugin Beistand zu leisten, nicht etwa, weil er ihre Gegenwart genoss. So rechtfertigte er die Situation vor sich selbst, einem professionellen Ermittler.

Viktoria hatte inzwischen die Flasche aus der Küche mitgebracht, um sich die Wege zu sparen. Schiller war von ihrer Trinkfestigkeit beeindruckt. Der Alkohol hatte ihn mittlerweile etwas enthemmt. Mit ungewohnt charmantem Lächeln fragte er: "Wo haben Sie so trinken gelernt?"

"Ist das eine dienstliche Frage?"

"Nicht ausschließlich."

"Ich bin russischer Abstammung, das hier ist nichts gegen unsere Familienfeste."

Schiller lachte und nickte verständig. Sie sahen sich an, schwiegen. Viktoria hatte ihren Kopf sehr nah an seinen heranbewegt. Nur eine Handbreit passte noch zwischen ihre Gesichter. Er konnte sie riechen. Ihr Duft raubte ihm fast den Verstand. Ihr Kopf kam näher.

Der Kuss offenbarte ungeahntes Verlangen. Nach einem kurzen Moment der Irritation lösten sie sich voneinander. Schillers Verstand schaltete sich ein.

"Das hätte nicht passieren dürfen."

Viktoria reagierte mit deutlicher Verzögerung. "Sie haben völlig Recht. Verzeihung."

"Nein, nein, ich muss mich entschuldigen ... Am besten vergessen wir es einfach. Ich sollte gehen."

"So können Sie nicht mehr fahren, wir haben zu viel getrunken."

"Ja, das stimmt. Ich werde mir ein Taxi rufen."

"Das ist nicht nötig…" Viktoria zögerte. "Denken Sie bitte nichts Falsches, aber was halten Sie davon, auf meiner Couch zu übernachten? Ich würde mich viel sicherer fühlen."

Viktorias Bitte war ungewöhnlich. Doch sie klang aufrichtig. Schiller beschloss, auf sein Bauchgefühl zu vertrauen.

***

Am nächsten Morgen, nachdem sie ihren Rausch ausgeschlafen hatten, verabschiedeten sie sich höflich. Schiller musste nun dringend ihren Aussagen nachgehen.

Dacher traf kurz nach ihm im Büro ein. Dieser bemerkte sofort eine Veränderung an seinem Vorgesetzten. Nachdem er ihn eine Weile unauffällig beobachtet hatte, glaubte er, den Grund dafür zu kennen. "Sagen Sie, haben Sie eine Frau kennen gelernt?"

"Was, wie kommen Sie denn darauf?"

"Bitte nicht falsch verstehen, ich will auch nicht indiskret sein, aber Sie wirken sehr, wie soll ich sagen – gelockert." Dacher betrachtete Schiller mit zufriedenem Lächeln. "Meistens steckt eine Frau dahinter." Jetzt grinste er schelmisch.

"Nein, keine Frau. Ich habe letzte Nacht einfach nur gut geschlafen, denn es gibt sehr erfreuliche Neuigkeiten. Der Zeugin Suhrer ist noch etwas Wichtiges eingefallen." Bei diesem Namen hob Dacher die Augenbrauen. Hoffentlich war sie nicht für Schillers Wandel verantwortlich, dachte er im Stillen. "Sie hat die Brüder bei einem Streit beobachtet. Der Mann, auf den wir uns nun konzentrieren werden, heißt Wladimir. Ich weiß auch schon, wo wir mit der Suche beginnen."

Es blieben nicht viele Möglichkeiten. Schiller wählte die Naheliegende und fuhr erneut zum Polizeiarchiv.

Dacher folgte ihm, nachdem er im Schnellverfahren die Ein-träge der Brüder im Polizeiregister durchsucht hatte. Allerdings vergeblich, denn der Name tauchte nicht darin auf. Als er sich zu Schiller gesellte, war dieser bereits fündig geworden. "Hier ist etwas sehr Interessantes. Ein gewisser Wladimir Teschka hat im Menschenhandelsprozess gegen die Caljas Brüder ausgesagt und sie schwer belastet. Er könnte derjenige sein, den Frau Suhrer gesehen hat. Mit ihm sollten wir uns auf jeden Fall unterhalten."

"Ich werde den Namen durchs Register jagen, vielleicht haben wir eine Adresse. Sollen wir dann gleich zu ihm fahren?"

"Nein, erst müssen wir sicher sein, dass er wirklich derjenige ist, den wir suchen. Wir werden die Brüder dazu befragen."

Sie vergewisserten sich, dass der Streifenwagen noch immer vor dem Haus der Verdächtigen in Position stand, dann begaben sie sich erneut auf den Weg dorthin. Wie gehabt bewaffnet und mit Westen gesichert.

Widerwillig wurden sie von Gonzales und Rodrigo in Empfang genommen. Die Brüder fühlten sich von Schiller belästigt, daraus machte insbesondere Rodrigo kein Geheimnis mehr. "Was wollen Sie?"

"Guten Tag, erst einmal. Wir haben nur noch ein paar Fragen an Sie."

"Schon wieder? Wir haben oft genug gesagt, dass wir die Männer nicht kannten und auch nicht wissen, warum sie sterben mussten!" Rodrigo hatte die Wut vom Vortag schnell wiedergefunden.

"Gut, das wissen wir. Aber einen Mann kennen Sie ganz bestimmt. Wladimir Teschka."

Schiller machte eine Pause, um die Reaktion der Männer abzuwarten. Sie taten, als wäre der Name ihnen völlig fremd. Schiller half ihnen auf die Sprünge. "Er war damals Zeuge im Menschenhandelsprozess. Sie müssen sich an ihn erinnern, er hat die Polizei auf Ihre Fährte gebracht, als die Ermittlungen drohten, eingestellt zu werden. Er hat Sie beide stark belastet und dadurch in die Haftanstalt befördert."

Rodrigo ballte die Fäuste, doch dieses Mal galt es nicht Schiller. Er kannte Wladimir Teschka nur zu gut. Allein der Gedanke an ihn brachte den eindeutig temperamentvolleren der Brüder zum Kochen.

"Offenbar erinnern Sie sich doch. Hat dieser Mann Sie zufällig vor drei Wochen in Ihrer Bar aufgesucht?"

Die Brüder tauschten Blicke aus. Gonzales antwortete.

"Nein. Wir haben ihn seit damals nicht mehr gesehen."

"Dann hatten Sie an besagtem Tag also keine Auseinandersetzung mit ihm?"

"Nein."

Schiller hatte die Lügen dieser Männer satt. Er besaß alle Informationen, die er hier bekommen konnte. Für den Moment reichten sie ihm aus.

10

Kalle und Fanny waren von Las Vegas fasziniert. Doch die Künstlichkeit, die sie umgab, begann ihren Gemütern zuzusetzen. Ihnen fehlte die Natur. Um diese hautnah zu erleben, mieteten sie einen feuerroten 59er Chrysler und ließen die Stadt hinter sich.

Der Anblick, der sich ihnen bot, als sie ziellos die Landstraße entlang fuhren, wirkte befreiend. Weit und breit war keine Menschenseele zu sehen. Ödes Land, wohin das Auge reichte. Es gab nur sie und die Straße Richtung nirgendwo. Ihr Tank war voll, ein paar Essensvorräte und Wasser hatten sie eingepackt, das Abenteuer konnte beginnen. Sie hatten keine Vorstellung davon, wohin sie fuhren. Ihr Ausflug war vielmehr eine Flucht, als eine Reise mit Ziel. Doch diese Freiheit genossen sie.

Die vorbeiziehende Wüste wirkte abschreckend und einladend zugleich. Tödliche Tiere, Treibsand, Irrwege – viele Gefahren waren darin verborgen. Aber die Ruhe, die dieser Landstrich ausstrahlte, zog die beiden immer mehr in den Bann. Flacher Boden verwandelte sich zusehends in ein Dünengebirge – ein Meer zementierter Wellen, das die Beiden einlud, einzutauchen.

Kurzentschlossen parkte Kalle den Wagen am Straßenrand. Er war abenteuerlustig, seine Frau noch zögerlich. Doch diese Gelegenheit wollten sie beide nicht vertun. Auf flacher Ebene wanderten sie zielsicher den Dünen entgegen. Der Sand war fest und stabil, als sie den ersten Hügel bestiegen. Schritt für Schritt rechneten sie damit, dass der Boden nachgeben würde, doch sie liefen wie auf befestigter Straße. Oben angekommen offenbarte sich eine überwältigende Sicht auf das unendliche Sandmeer. Es gab nur eines, das diesen Anblick überbieten konnte – ein noch höher liegender Aussichtspunkt. Schnell machten sie sich auf den Weg zu der ihnen am mächtigsten erscheinenden Düne innerhalb ihrer Reichweite.

Entfernungen lassen sich nur schwer abschätzen, Wege verlängern sich, in bergiger Landschaft. Die hohen Dünenwände waren oft steiler als erwartet. Nicht überall lag der Sand fest aufeinander. Sie liefen einige Zeit. Immer wieder sackten sie ein, blieben kurzzeitig stecken und bewegten sich umso kraftvoller voran. Der Weg war mühsam, der Wind stark, doch sie erreichten ihr Ziel. Dort ließen sie sich erschöpft in den Sand fallen.

Sie blickten hinauf zum klaren Himmel, atmeten tief, sogen neue Energie in sich auf. Die Zeit schien still zu stehen. Am Fuße ihrer Düne hatte sich eine kleine Schar Vögel niedergelassen. Sie sahen sie aufgeregt hüpfen, hörten jedoch keinen Ton. Ihre Umgebung verschluckte jegliche Geräusche. Fanny und Kalle waren für sich allein, auf einer einsamen Insel, inmitten des Sandozeans.

Es herrschte absolute Ruhe. Auch ihre Gedanken waren zum Stillstand gekommen. Sorgenlose Leichtigkeit erfüllte ihr Inneres. Äußeres verlor seinen Wert. Hier zählte nur die bloße Existenz. Arm in Arm thronten sie über den Zwängen der Zivilisation, während die Zeit wie in einer Sanduhr dahin rann.

Als sie ihren Aussichtsturm einige Zeit später verließen, bemerkten sie am unteren Ende einen kreisrunden Fleck. Aus der Entfernung konnten sie nicht erkennen, was sie sahen. Je näher sie kamen, desto mehr bekamen sie es jedoch mit der Angst zu tun. Die Vögel, die sie zuvor beobachtet hatten, waren offensichtlich Aasfresser gewesen. Die Reste ihrer Mahlzeit lagen nun zu ihren Füßen.

Fanny war kurz davor, in Panik querfeldein zu laufen. Das blutige Schlangenfleisch weckte unerwünschte Erinnerungen in ihr, der Gedanke an weitere Schlangen simple Todesangst. Kalle beruhigte sie so gut er konnte. Das Wichtigste war nun, sich auf den Rückweg zu konzentrieren. Sie liefen vorsichtig, aber mit erhöhtem Tempo. Kalle war besonders wachsam, wenn sie auf flachem Boden liefen, Fanny sah bei jedem Schritt auf lockerem Dünenboden die Gefahr, auf eine Schlange zu treten.

Sie liefen zügig, schon seit einiger Zeit, doch die Straße war noch immer nicht in Sicht. Kalle war sich inzwischen nicht mehr sicher, ob sie auf dem richtigen Weg waren. In ihrer Umgebung gab es keine Orientierungspunkte. Deshalb hatte er sich bemüht, so gut wie möglich die Richtung einzuhalten, aus der sie gekommen waren. Manche Dünen waren jedoch von der Rückseite schwerer zu besteigen, diese mussten sie umgehen oder an anderer Stelle erklimmen. Es war unmöglich, sich in gerader Linie fortzubewegen. Ohne Hilfsmittel wurde die Wüste zum Bermudadreieck. Kalle versuchte, es nicht zu zeigen, doch mittlerweile bekam auch er es mit der Angst zu tun. Fanny achtete jedoch nicht auf ihn, bis sie ruppig seinen Arm packte. Ihre weit aufgerissenen Augen blickten starr nach rechts. Er folgte ihrem Blick und sah den Grund ihrer Aufregung. Sie standen am unteren Teil einer Schräge. Ein paar Meter von ihnen entfernt, auf flachem Boden, schlängelte sich ein besonders langes Exemplar gemächlich in ihre Richtung.
Ohne lange zu überlegen, wohin sie unterwegs waren, liefen sie davon. So schnell sie konnten. Immer weiter. Mit aller Kraft, die noch in ihnen steckte.

Nach einem endlos scheinenden Sprint hatten sie die Land-straße erreicht. Die Gegend war vollkommen verlassen. Mit jedem weiteren Schritt verwandelte sich die Ratlosigkeit der Beiden in Hoffnungslosigkeit. Sie hatten keine Uhr bei sich, doch gefühlt mussten sie mindestens eine Stunde gelaufen sein. Die Straße verlief gerade. Sie konnten weit blicken, doch ihr Auto war auch in größerer Entfernung nicht zu sehen. Plötzlich bewegte sich etwas am Horizont. Sie trauten ihren Augen nicht, dachten, sie würden vor lauter Verzweiflung halluzinieren, doch sie hatten es beide gesehen. Das winzige Etwas bewegte sich geradewegs auf sie zu und gewann dabei an Größe und Gestalt. Ein klappriger Buick kam ihnen zu Hilfe. Sie waren gerettet.

Hinterm Steuer saß ein düster dreinschauender Rancher, der das junge Paar auf beängstigende Weise fixierte. Sie trauten sich kaum, ihn anzuhalten, doch der Mann war ihre einzige Chance. Sie deuteten es als gutes Zeichen, dass er sein Tempo verringerte.

Als der Wagen ihre Höhe erreicht hatte, blieb er stehen. Die Mimik des Fahrers hatte sich nicht positiv verändert. Bevor sie sich die richtigen Worte zurechtlegen konnten, riss er die Tür auf, sprang heraus und brüllte sie an.

Die jungen Leute wussten nicht, wie ihnen geschah. Auf derartige Feindseligkeit waren sie nicht vorbereitet. Der Mann sprach mit starkem Dialekt, deshalb verstanden sie nur Bruchteile von dem was er sagte. Allerdings war es unmissverständlich, dass sie hier nicht willkommen waren. Nachdem er seiner unerklärlichen Wut Luft gemacht hatte, nahm er wieder hinterm Steuer Platz und fuhr davon.

Fanny und Kalle sahen sich irritiert an. Als sie sich gesammelt hatten, besannen sie sich seiner Worte. Er hatte ihr Auto gesehen, also mussten sie zumindest auf dem richtigen Weg sein. Sie schöpften ein wenig Hoffnung und setzten ihren Marsch fort.

Nach einigen weiteren Kilometern erreichten sie endlich ihr Mietauto. Nachdem Kalle die Karosserie und das Wageninnere nach Schlangen abgesucht hatte, ließen sie sich erschöpft in ihre Sitze fallen.

Der Ausflug war weit abenteuerlicher ausgefallen als erwartet. Bei Broten und Orangensaft betrachteten sie nachdenklich die Landschaft, die ihnen beinahe zum Verhängnis geworden wäre.

Aus der Position, in der sie sich nun befanden, wirkte alles wieder friedlich und eindrucksvoll. Es war spät geworden, der Horizont leuchtete bereits in feurigem Rot. Bald würde es dunkel sein und sie hatten noch keinen Ort, an dem sie die Nacht verbringen konnten. Also setzten sie ihre Fahrt fort.

Während Kalle sich auf den Weg konzentrierte, überließ Fanny sich dem Ausblick. Die vorbeiziehende Landschaft hatte eine bezaubernde, beinahe hypnotische Wirkung. Zwischendurch betrachtete Fanny ihren Mann. Er saß hoch konzentriert und kerzengerade auf seinem Sitz. Das Gesicht sah verkniffen aus, er wirkte verspannt. Sie dachte darüber nach, wie anstrengend der Ausflug für ihn gewesen sein musste. Sie war ihm keine große Hilfe gewesen, ganz im Gegenteil. Sie strich sanft über seinen Arm, um ihn ein wenig zu entspannen.

Völlig unerwartet trat er auf die Bremse. Kalle hatte schon viel zu lange gewartet, hatte das unangenehme Geständnis still vor sich her geschoben. Nun war der Moment gekommen. Er musste endlich seinen Fehler beichten. Während er sprach, schaute er verzweifelt umher. Rang nach Worten. Versuchte, Fannys verwundertem Blick auszuweichen, bis er die passende Formulierung fand. Als das Geständnis vollständig war, schaute er sie abwartend an.

Fanny war weder wütend, noch traurig. Sie bemühte sich, seine Lage zu verstehen. Den Fehler vergab sie, doch sie war enttäuscht. Enttäuscht darüber, dass er es nicht früher gestanden hatte. Und enttäuscht über sich selbst, denn die ganze Zeit über hatte sie nicht bemerkt, dass er etwas auf dem Herzen hatte. Das Geld war ihr egal. Mit dem noch verbliebenen Anteil würden sie eine ganze Weile auskommen. Allerdings erlegte dieser Verlust ihrem Abenteuer eine gewisse Endlichkeit auf. Doch daran war in diesem Moment nicht zu denken. Sie befanden sich bei Sonnenuntergang in der Wüste. Es gab kaum einen schöneren

Anblick auf der Welt.

***

Die Temperatur war rasant gen Null gefallen. Es musste sich bald eine Schlafgelegenheit auftun, sonst waren sie der Kälte schutzlos ausgeliefert. Sie hatten meilenweit nur unbewohntes Ödland passiert, fragten sich jedoch, woher der seltsame Mann gekommen war. Er musste irgendwo in der Nähe leben oder jemanden hier besucht haben, wie ein Weitgereister hatte er auf sie nicht gewirkt.

Weit entfernt, im inzwischen wieder flachen Umland, entdeckte Fanny eine Lichtquelle, die wie eine Neonbeleuchtung aussah. Kalle drosselte sein Tempo, bis sie die kleine Kreuzung erreichten. Dort stand tatsächlich das erhoffte Schild. Sie hatten eine Unterkunft gefunden.

Das Wüstenmotel war winzig, mit nur fünf Einheiten ausgestattet. Die nette ältere Dame am Empfang teilte ihnen schnell ein freies Zimmer zu und übergab ihnen die Schlüssel.

Anscheinend waren sie die einzigen Gäste an diesem frostigen Winterabend. Das Haus, auf das sie wenig später zusteuerten, war unbeleuchtet. Aus allen Fenstern blickte ihnen düstere Leere entgegen.

Als sie ihr Zimmer betraten, waren sie von der sehr spärlichen Einrichtung überrascht. Es gab nur ein Bett und eine Lampe. Kein Radio, keinen Fernseher, kein Telefon. Dusche und Toilette waren durch eine Trennwand mit Öffnung im Zimmer integriert. Es gab keine Tür. Doch all dies störte die Beiden wenig. Sie waren heilfroh, eine warme Bleibe gefunden zu haben. Für nur 20 Dollar die Nacht konnte man nicht viel mehr erwarten. Sie duschten sich nacheinander den Sand vom Körper, dann fielen sie erschöpft ins

Bett.

Ihr Schlaf war tief und von Träumen durchzogen. Sie bemerkten nicht, wie sich mitten in der Nacht leise die Tür öffnete. Im Lichte einer Taschenlampe vergewisserten sich zwei Augen, dass die Gäste schliefen. Männerstiefel betraten den Raum, gingen so leichtfüßig sie konnten zum Gepäck am anderen Ende des Zimmers. Eine Hand legte das geladene Gewehr beiseite, um den Rucksack zu öffnen. Zwei Lippen konnten nur mühsam die überraschte Freude verbergen, die der Anblick des Inhalts hervorrief. Gierige Hände füllten sich hastig die Taschen, während zwei Schlafende sich ahnungslos im Bett wendeten.

Am frühen Morgen erwachten Kalle und Fanny hungrig, aber gut erholt. Während sie sich die Zähne putzte, suchte er nach seiner Trinkflasche. Plötzlich schallte lautes Fluchen durch den Raum. Als auch Fanny den geldlosen Rucksack erblickte, schlug sie die Hände über dem Kopf zusammen. Kalle schimpfte unentwegt. Er hatte geträumt, dass jemand im Zimmer gewesen war. Nun hatte er die Gewissheit dafür. Wutentbrannt rannte er nach draußen. Doch es war niemand zu sehen. Auch am Empfang stand nur ein "geschlossen" Schild. An die Rückseite des Motels grenzte eine weitläufige Ranch, der Privatbereich der Besitzer. Kalle rannte darauf zu und klopfte lautstark gegen die Haustür.

Es dauerte einen Moment, bis die Empfangsdame vom Vorabend ihm öffnete. In anklagendem Ton berichtete er ihr von dem Diebstahl. Die alte Frau wusste nicht, wie ihr geschah. Mit dieser Sache hatte sie nichts zu tun. Ihr Sohn stand jedoch mit einem Gewehr bewaffnet hinter ihr und riet Kalle, schleunigst zu verschwinden.

Es war der Mann, dem sie am Tag zuvor auf der Landstraße

begegnet waren. Während der Lauf des Gewehres auf ihn zielte, rannte Kalle zurück zum Zimmer, schnappte sich die Sachen und lief mit Fanny zu ihrem Auto. Mit hohem Tempo fuhren sie davon.

Erst, nachdem sie einige Meilen gefahren waren und das Motel völlig außer Sichtweite lag, hielten sie an. Kalle war so außer sich, dass er eine Rast einlegen musste. In dieser Situation konnte er sehr gut nachempfinden, wie sich die Person fühlen musste, deren Geld sie gestohlen hatten.

Während er sich fluchend abreagierte, begab Fanny sich zum Kofferraum. Im Rucksack hatte sich nur das umgetauschte Geld befunden, die Euroscheine bewahrten sie in ihrem Koffer auf. Als sie ihn öffnete und die T-Shirts beiseiteschob, blickte sie beruhigt auf die Geldscheine herab. Der Dieb hatte sie nicht gefunden. Rund sechstausend Euro waren ihnen geblieben.

11

Die Kommissare klingelten an Wladimir Teschkas Tür. Vergebens, denn niemand außer seiner Haushälterin war anwesend. Allerdings verriet sie ihnen, wo er sich aufhielt. Teschka hatte sich ins Sprengel Museum begeben, um die neueste Ausstellung zu besuchen. Schiller und Dacher machten sich dorthin auf den Weg.

Um im Inneren des Gebäudes kein Aufsehen zu erregen, warteten sie vor dem Museumseingang. Von dort aus beobachteten sie alle Besucher, die das Gebäude verließen. Die Männer hielten so unauffällig wie möglich Ausschau nach einem schmächtigen Brillenträger mit Stock.

Niemand, auf den diese Beschreibung passte, verließ die Ausstellung. Auch nicht nach einer halben Stunde des Wartens. Die Kälte begann, den Kommissaren ernsthaft zuzusetzen. Zitternd harrten sie aus, während langsam Zweifel über die Richtigkeit dieser Angabe aufkamen. Doch dann schien ihre Geduld belohnt zu werden. Aus der Tür trat ein zierlicher älterer Mann mit Glatze, kreisrunder Brille und Schnauzbart. Er schaute die Ermittler freundlich an. Schiller war sich sicher – er war derjenige, auf den sie warteten. Kurz bevor er an ihnen vorbeigehen konnte machten sie sich erkenntlich.

Der Mann war sichtlich überrascht, doch er verhielt sich sehr entgegenkommend.

"Wie kann ich Ihnen helfen, meine Herren?"

Schiller beschloss, von Beginn an mit offenen Karten zu spielen. "Wir ermitteln derzeit in einem besorgniserregenden Fall. Mehrere Männer wurden getötet, andere befinden sich möglicherweise in Gefahr. Unsere Ermittlungen führen in eine klare Richtung, doch leider mangelt es an stichfesten Beweisen." Der Kommissar verlagerte seine Balance von einem Bein auf das andere. Teschka mochte das als Nervosität verbuchen, doch Schiller frohr einfach.

"Um auf den Punkt zu kommen, wir hätten ein paar Fragen zu Ihrer Bekanntschaft mit den Gomez Brüdern."

"Oh, ich kenne sie nicht mehr. Früher einmal, aber das ist sehr lange her."

"Gewiss. Vielleicht haben Sie trotzdem ein paar Minuten für uns?"

"Nun, ich hatte vor, etwas spazieren zu gehen. Warum begleiten Sie mich nicht ein Stück?"

"Sehr gerne."

Die Kommissare nahmen Teschka in die Mitte. Schillers Stimme war, aufgrund der Kälte, etwas zittrig. Die Fragen stellte er dennoch mit der gewohnten Souveränität.

"Wann haben Sie die Brüder das letzte Mal gesehen?"

"Das kann ich Ihnen ganz genau sagen: am Tag der Gerichtsverhandlung. Danach nie wieder."

"Haben die Männer nach der Entlassung versucht, Sie zu kontaktieren?"

"Nein."

"Haben Sie ihrerseits Kontakt mit den Beiden aufgenommen?"

"Warum sollte ich das tun? Nein, ich habe diese Menschen seit dem Prozess nicht gesehen."

Schiller kniff die Augenbrauen zusammen und wandte den Kopf ab. Er hatte gehofft, der Mann würde Viktoria Suhrers Aus-sage bestätigen. Diese Überlegung ließ er jedoch vorübergehend außen vor. "Herr Teschka, woher hatten Sie damals all die Informationen, die letztendlich zur Klärung des Falles geführt haben?"

"Das ist inzwischen wirklich lange her." Teschka sah die Kommissare nachdenklich an. Sein Blick drückte aus, dass es ihm schwer fiel, sich einen Reim auf diese Befragung zu machen. "Bevor ich in Rente ging, leitete ich einen Limousinenservice. Damals fuhr ich noch selbst, meistens nachts. Eines Abends be-förderte ich drei Männer, die sich sehr angeregt über ihre

Geschäfte unterhielten. Ich hatte versehentlich die Gegen-sprechanlage eingeschaltet. Es waren die Gomez Brüder und einer ihrer Geschäftspartner. Sie sprachen über eine ‚Ladung' neuer Mädchen, die gerade eingetroffen war." Die Erinnerung stieß Teschka bitter auf. Sein Gesichtsausdruck verriet Abscheu. "Als der Fall durch die Medien ging, habe ich mich daran erinnert und die Namen meiner Passagiere der Polizei gemeldet."

"Sie haben damals erstaunliche Arbeit geleistet. Ihre Ein-mischung war zudem äußerst mutig."

"Ach was, ich habe nur meine Pflicht getan."

"Ihre Bescheidenheit ehrt Sie. Die Freude über Ihre damalige Zivilcourage wird von den Brüdern sicherlich nicht geteilt. Möglicherweise wissen Sie, dass die Männer damals unter Pseudonymen aktiv waren."

Wladimir Teschka schüttelte den Kopf.

"Ihre wirklichen Namen lauten Gonzales und Rodrigo Caljas. Sagen Ihnen diese Namen etwas?"

"Nein. Ich wünschte, ich könnte Ihnen helfen."

"Falls die Männer mit Ihnen in Kontakt treten sollten, geben Sie uns bitte sofort Bescheid. Können Sie uns das versprechen?"

"Natürlich."

***

Nachdem sie sich von dem sympathischen Rentner verabschiedet hatten, begaben Schiller und Dacher sich schnurstracks zurück in ihr gut beheiztes Büro. Die Außentemperaturen hatten ihren Körpern einiges abverlangt, davon mussten sie sich dringend er-holen. Als sie den Vorraum betraten, merkte Schillers Mitarbeiterin ihnen die Erschöpfung sofort an. Karla bereitete augenblicklich eine Stärkung vor. Sie servierte Kaffee mit Keksen und den Obduk-tionsbericht zum Tod Jerry Hawks'. Die Kommissare hatten die noch ausstehenden Resultate über die laufenden Geschehnisse fast vergessen. Die Befunde überraschten Schiller dann umso mehr.

"In seinem Blut wurden Rückstände verschiedener Betäubungsmittel gefunden. Er hatte sich an dem Abend offenbar eine ziemliche Dröhnung verpasst." Schiller schüttelte den Kopf. "Ihm gegenüber wurde keine Gewalt angewandt. Anscheinend war es ein tödlicher Unfall."

"Wurden vor Ort Drogen gefunden?"

"Nein."

"Dann hat er wohl ausgiebig gefeiert. Und als er danach mit seinem Wagen nach Hause fahren wollte, sind ihm dumme Ideen in den Kopf gekommen. Er hätte besser nicht ganz oben parken sollen ..."

"Es sieht ganz danach aus. Trotz allem, irgendetwas wollte er uns mitteilen." Schiller zog die Stirn in Falten.

"Ja, was war bloß der Grund für seinen Anruf?"

"Mal angenommen, Viktoria Suhrer sagt die Wahrheit und Wladimir Teschka verschweigt etwas: Vielleicht hat auch Hawks den Streit zwischen den Caljas Brüdern und Teschka bezeugt. Als Barkeeper war er oft im Lager. Die Männer leugnen diese Zusammenkunft zwar, doch dafür haben sie mit Sicherheit gute Gründe. Warum sollte Frau Suhrer sich so etwas ausdenken?"

"Ja." Dachers Gedanken machten sich selbständig. Er traute dieser Frau nicht über den Weg. Ihr Name allein machte ihn missmutig. "Wir werden es wohl nicht mehr erfahren."

"Leider. Gehen wir mal davon aus, dass unsere Vermutung stimmt. Wenn auch er den Streit bemerkt hat, war Wladimir Teschka ebenfalls nicht ganz aufrichtig zu uns."

"Ehrlich gesagt kann ich es mir nicht anders vorstellen. Nur mal angenommen: wäre ich einer der Brüder, mit derartiger krimineller Energie und niedriger Hemmschwelle, dann hätte ich den Mann in jedem Fall aufgesucht."

"Gute Herangehensweise, Dacher. Die Männer hegen einen massiven Groll gegen Teschka, der bis heute immense Intensität besitzt. Das hat Rodrigo uns gestern anschaulich demonstriert. Sicherlich dachten sie vom Tag ihrer Inhaftierung an daran, diesen Mann aufzusuchen, um sich zu rächen."

"Nur, er hat sie besucht."

"Ich gehe davon aus, dass dies nicht das erste Wieder-sehen war."

"Aber bei dem Hass, den sie für ihn empfinden – warum haben sie sich nicht längst gerächt? Sie leben jetzt unter anderem Namen, hätten mit großer Wahrscheinlichkeit nicht mal zum Kreis der Verdächtigen gehört."

"Das ist die große Frage. Der Hass steckt ganz eindeutig noch in den Männern, insbesondere Rodrigo. Offenbar haben sie diesem noch keine Luft gemacht." Schiller dachte nach. "Viel-leicht hat er sie aus irgendwelchen Gründen in der Hand."

"Sollen wir die Männer erneut befragen?"

"Ich kann mir kaum vorstellen, dass einer von ihnen bereit ist, Aussagen darüber zu tätigen." Während er sprach, hatte Schiller das Kinn auf seine geballte Faust gestützt. Er rieb sich die Stirn. "Aber wir haben keine Wahl."

Ein weiteres Mal trafen Schiller und Dacher Vorkehrungen für einen Überraschungsbesuch bei den Hauptverdächtigen. Möglicherweise würde ihre unermüdliche Hartnäckigkeit der Entwicklung endlich auf die Sprünge helfen.

Es hatte erneut geschneit. Die Landschaft wirkte wie in Zuckerwatte gehüllt, friedfertig und freundlich. Trotz der Kälte war es ein schöner Winternachmittag. Die Sonne schien. Beinahe wäre Schiller am Haus der Caljas Brüder vorbei-gefahren, denn, wie sein Kollege, war auch er von dem Anblick seiner Umgebung gebannt. Im letzten Moment bog er in den schmalen Zufahrtsweg ein. Glücklicherweise war die Straße in den Stunden zuvor nicht benutzt worden. Im frisch gefallenen Schnee hatten die Reifen relativ gute Haftung.

Die Ermittler trafen letzte Absprachen, dann begaben sie sich zur Eingangstür. An diesem Tag lächelte die sonst freundliche Haushälterin nicht. Anders als gewohnt, bot sie den Männern auch nicht an, einzutreten. Mit ernstem Gesicht verkündete sie stattdessen, dass ihre Hausherren sich, mitsamt ihrer Familien, auf einem Ausflug befänden und erst am folgenden Abend zurückkehren würden.

Schiller bedankte sich verhalten. Sie traten den Rückzug an. Der Kommissar entschied, dass sie vorerst genug getan hatten. Großmütig stellte er ihnen beiden den Rest des Tages zur freien Verfügung. Für diesen Entschluss gab es jedoch einen weiteren Grund: Schillers linker Backenzahn bereitete ihm schon seit dem Aufstehen mächtige Probleme. Der Schmerz störte seine Konzentration. Seiner Arbeit konnte er deshalb nicht wie gewohnt nachgehen. Er fuhr nach Hause, nahm zwei Aspirin und gönnte sich Ruhe.

Gegen 22 Uhr weckte ihn sein Telefon. Die Schmerzen spürte er nicht mehr. Er fühlte sich erfrischt und erholt, klang jedoch noch etwas verschlafen.

"Hallo Adam. Ich hoffe, ich störe nicht."

"Viktoria, nein, Sie stören nicht. Wie geht es Ihnen?"

"Den Umständen entsprechend." Sie klang verängstigt. Ein Räuspern der Versuch sich zu fangen. Ein Hauch von Sinnlichkeit durchzog nun ihren Tonfall. "Vielen Dank, dass Sie gestern vorbeigekommen sind. Der Abend war sehr schön."

"Keine Ursache."

"Möglicherweise ist diese Frage unangemessen, aber haben Sie heute schon etwas vor?"

Schiller dachte an den Eid, den er vor Jahren geleistet hatte und daran, wie sehr dies gegen alle Vorschriften verstieß. Auch er hatte den Abend genossen, doch er durfte sich in keinem Fall wiederholen.

"Ich bin schon verabredet. Tut mir leid." Beinahe bereute er, dies ausgesprochen zu haben.

"Das ist sehr schade."

"..."

Um eine Reaktion zu provozieren, setzte sie besorgt hinzu: "Dann werde ich heute wieder sehr schlecht schlafen."

Die Verzweiflung in Viktorias Stimme machte Schiller zu schaffen. "Es gibt keinen Grund zur Besorgnis, Viktoria. Es ist Samstagabend. Gehen Sie aus, treffen Sie Freunde und machen Sie sich keine Gedanken." Um sie endgültig zu überzeugen, fuhr er fort: "Bei dem vermeintlichen Mord an Jerry handelt es sich um einen tragischen Drogenunfall. Wir gehen davon aus, dass in dieser Angelegenheit mit keinen weiteren Opfern zu rechnen ist."

"Wie können Sie da sicher sein?"

"Die Morde sehen sehr nach einem Milieudelikt aus." Schiller biss sich auf die Zunge. Er durfte keine weiteren Details verraten. "Machen Sie sich bitte nicht unnötig Sorgen."

Am anderen Ende der Leitung war Viktoria der Atem gestockt. Woher hatte Schiller diese Information? Ihre Hände zitterten. Ihm gegenüber versuchte sie jedoch, ihre Panik zu verbergen. "Haben Sie diesen Wladimir denn ausfindig gemacht?"

"Ich kann Ihnen dazu leider keine Auskünfte geben."

"Oh, verstehe."

Etliche Fragen schossen ihr durch den Kopf. Hatten die Ermittler ihn getroffen? Wenn ja, worüber hatten die Männer gesprochen? War ihr Name dabei gefallen? Hatten die Morde mit ihrem Geld zu tun – und war ihr Auftraggeber darin verwickelt? Stand sie bei ihm auf der Abschussliste?

Ihr Tonfall erschien Schiller merkwürdig. "Ist alles in Ordnung?"

"Ja ... Nein." Es fiel ihr schwer, sich auf Schiller zu konzentrieren, doch ihr durfte jetzt kein Fehler unterlaufen. "Ich weiß nicht recht, ob Sie mich nur beruhigen wollen."

"Wir würden es nicht riskieren, Sie unnötig in Gefahr schweben zu lassen. Wenn es dahingehende Anhaltspunkte gäbe, würden wir Schutzmaßnahmen einleiten. Seien Sie sich dessen gewiss."

"Sicherlich."

Viktoria versuchte, vom Ernst der Lage abzulenken. Schiller konnte und sollte von ihren wirklichen Befürchtungen nichts wissen. "Bitte entschuldigen Sie, dass ich mich wie ein Kind aufführe." Nach einer Atempause fügte sie hinzu. "Die Sache ist nur, ich hätte mich über Ihre Gesellschaft heute Abend sehr gefreut."

Der letzten Bemerkung wusste Schiller nichts zu entgegnen. Er ignorierte sie. "Ich kann verstehen, dass Sie sich Sorgen machen. Versuchen Sie, nicht zu viel darüber nachzudenken. Versprechen Sie mir das?"

"Gut, versprochen."

"Schlafen Sie gut."

"Gute Nacht, Adam", säuselte sie.

Viktoria Suhrer hatte sich von diesem Telefonat deutlich mehr erhofft. Nur ein Gedanke tröstete sie: ihr Auftraggeber stand nun offenbar indirekt unter polizeilicher Beobachtung. Unter diesen Umständen konnte er ihr nichts antun.

12

Tiefe Dunkelheit hatte sich über die Straßen Hannovers gesenkt. Der tagsüber gefallene Schnee lag noch immer wie ein ausgebreiteter Teppich über der Stadt; er erhellte die Umgebung wie eine strahlende Lichtquelle. Aufgrund der eisigen Temperaturen war in dieser Samstagnacht so gut wie niemand unterwegs. So gut wie. In einer unfrequentierten Seitengasse der Nordstadt standen sich drei Männer mit geringem Abstand gegenüber. Sechs hasserfüllte Augen richteten sich auf ihren jeweiligen Opponenten.

"Warum hast du uns verraten, du Bastard?"

Die freie Hand des Sprechers ballte sich zur Faust.

"Warum habt ihr in meinem Revier gewildert?"

Der Andere zog mit überlegenem Blick die Augenbrauen hoch.

"Das ist keine Antwort!"

Der immer wütender Werdende stieß sein Gegenüber mit aller Kraft gegen die Wand. Der alte Mann verzog das Gesicht. Sein Rücken schmerzte, doch er ließ sich nicht einschüchtern. "Weil ihr es verdient habt!"

"Ach, und du bist unschuldig? Wir wissen, dass alle Anklagen gegen dich fallen gelassen wurden, nachdem du gegen uns ausgesagt hast. Deinetwegen sind wir im Knast vergammelt. Und du Verräter hast deine Freiheit genossen!"

Ein erneuter Stoß schleuderte den Mann nach hinten, sein Stock flog durch die Luft. Dieses Mal kam er mit dem Kopf auf. Als er sich die Stelle rieb, bemerkte er eine offene Wunde. Prankenähnliche Hände umfassten nun seinen Hals und drückten ihn gegen die Mauer. Seine Füße berührten den Boden nicht mehr.

"Stecken deine dreckigen Hände hinter dem Mordanschlag in unserer Bar?"

Der alte Mann grinste, halb bewusstlos.

"Ich werde dafür sorgen, dass du dir wünschst, tot zu sein! Und dann werde ich dir deinen Wunsch erfüllen!"

Nach diesen Worten ließ er ihn fallen. Der Mann sackte regungslos auf dem eisigen Boden zusammen. Ungeduldig nahm sein Peiniger eine Handvoll Schnee und verrieb ihn in seinem Gesicht. Der Mann kam zu sich. Er schaute hinauf.

"Ihr seid genau die gleichen Hurensöhne wie damals."

Jetzt wurde er mit beiden Händen gepackt und gegen die Wand gelehnt. Man schlug mit roher Gewalt auf ihn ein. Das Opfer gab dabei keinen Ton von sich.

Als dem Schläger die Kraft ausging, ließ er von ihm ab. Der alte Mann fiel daraufhin wie ein Klappmesser in sich zusammen.

"Scheiße, er ist tot. Du bist ein Idiot!" Gonzales war außer sich, als er vergeblich den Puls suchte. Sie wollten den Mann erschrecken und um Geld erpressen, aber nicht umbringen. Sein Bruder hatte sich nicht mehr unter Kontrolle, das machte ihm Sorgen. Vor Jahren waren sie große Bosse gewesen und hatten ein gewisses Ansehen genossen. Alles, was sie taten, war stets gut durchdacht. Doch durch die Haft waren sie dem Milieu lange fern geblieben, hatten wohl einiges verlernt und zu viel Hass angestaut. In jedem Fall hatten sie an Souveränität eingebüßt. Diese Aktion war ein dummer Fehler.

"Was zur Hölle machen wir denn jetzt mit ihm, he?"

Rodrigo sah voll Verachtung auf den Toten hinab. Seine Nasenflügel waren angespannt, die Lippen zusammen-gekniffen. Er schnaufte vor Aufregung. Sein Bruder wusste, dass die Einsicht erst später kommen würde. Gonzales gab Rodrigo einen Moment um sich zu sammeln. Dann hoben sie den Leichnam auf, trugen ihn zu ihrem Wagen und verstauten ihn vorerst im Kofferraum.

***

Es war Sonntag, Schillers dienstfreier Tag, doch der Kommissar wusste mit seiner Freizeit nichts anzufangen. Da es ihm, mit Hilfe der Tabletten, etwas besser ging, hatte er die Geschehnisse des Vortages noch einmal reflektiert. Dabei war er zu einem Entschluss gekommen.

Er rief seinen Kollegen an, um sich mit ihm für eine gemeinsame Spazierfahrt zu verabreden. Die Caljas Brüder waren, nach Aussagen der Haushälterin, noch verreist, doch die Dame hatte sich bei ihrem Besuch auffallend merkwürdig verhalten. Schiller ließ diese Tatsache keine Ruhe, er musste ihr unbedingt auf den Zahn fühlen. Idealerweise, bevor die Hausherren zurückkehrten.

Als sie ihnen zögerlich die Tür öffnete, sah sie noch verstörter aus als am Tag zuvor. Schiller beglückwünschte sich zu seiner Entscheidung, herzukommen.

"Guten Tag, Frau...?"

"Mayer." Ihre Antwort klang wie eine Frage. Die Tür war nur einen Spalt breit geöffnet. Die eingeschüchtert wirkende ältere Frau war sichtlich versucht, diese wieder zu schließen. "Es ist niemand zu Hause", sagte sie mit gesenktem Kopf. Dabei bewegte sie die Tür fast unmerklich.

"Frau Mayer, das wissen wir." Schiller hatte seinen Kopf zu ihr herab gesenkt und schaute ihr direkt in die Augen. "Haben Sie vielleicht einen Moment Zeit? Wir würden uns gerne mit Ihnen unterhalten."

Die Bedienstete war überrascht. Sie wusste, dass dies keine Bitte war, die man abschlagen konnte. Den Blick der Kommissare meidend, gewährte sie ihnen Einlass.

"Vielen Dank. Vielleicht nehmen wir besser Platz?"

Als sich alle ins Wohnzimmer begeben hatten, setzte Schiller das Gespräch fort. "Wie lange arbeiten Sie schon im Hause Caljas?"

"Ungefähr drei Jahre."

"Was können Sie uns über die Familie berichten?"

"Alle sind sehr nett. Die Angestellten werden immer gut behandelt. Die Arbeit ist angenehm." Sie war mit ihrer Aussage sichtlich zufrieden, nickte zaghaft lächelnd.

"Das ist schön, Frau Mayer, aber nicht ganz die Art Information, die wir benötigen, wenn Sie verstehen. Haben Sie zu irgendeinem Zeitpunkt Ihrer Tätigkeit etwas Ihnen seltsam erscheinendes mitbekommen?"

"Ich weiß nicht genau, was Sie meinen." Die Dame war verunsichert, schien aber nicht ganz so ahnungslos zu sein, wie sie sich gab.

"Ungewöhnliches, vielleicht gar besorgniserregendes Verhalten. Streitereien mit Personen, die nicht der Familie angehören. Besuch, der nur den Brüdern galt. Heimliche Telefonate. Nächtliche Ausflüge."

Bei den letzten Worten wandte die Hausangestellte ihren Kopf ab und schaute konzentriert zu Boden.

"Frau Mayer, Sie sollten uns besser die Wahrheit sagen. Wir ermitteln in einem Mordfall, jede noch so kleine Information könnte von Bedeutung sein. Verstehen Sie?"

Sie ließ Schillers eindringliche Ansprache einige Atemzüge lang wirken, dann platzte die Antwort aus ihr heraus: "Das, was ich Ihnen gestern gesagt habe, stimmt nicht. Ich musste versprechen, das zu sagen, aber es war gelogen." Die Frau war aufgebracht. Dennoch senkte sie ihre Stimme und fügte hinzu: "Die Familien sind verreist, aber ohne die Väter. Sie sind geblieben. Gestern Abend haben sie das Haus allerdings verlassen. Fast fünf Stunden waren sie fort..."

Schiller unterbrach sie. "Einen Moment, heißt das, die Brüder sind auch jetzt zu Hause?"

Die Dame nickte. Ihre Antwort erübrigte sich jedoch, denn Rodrigo Caljas lief ahnungslos die Treppe hinab. Sein Blick war schläfrig, sein Gang schwerfällig. Er schien noch nicht lange wach zu sein.

Als er die Kommissare erblickte, vollzog er eine plötzliche Wandlung. Er fing an zu brüllen. Bevor Schiller sich der Lage bewusst war, entnahm Rodrigo der Innentasche seines Jacketts eine Pistole, richtete sie blitzartig auf den Kommissar und feuerte ab.

Es herrschte Totenstille. Dacher blickte mit weit aufgerissenen Augen durch den Raum.

Er prüfte seinen Körper nach Schusswunden – er war unverletzt. Nachdem er sich dessen vergewissert hatte, wandte er sich seinem Mentor zu. Eine der Kugeln hatte Schiller getroffen. Sein Gesicht war blass. Der Blick richtete sich auf seine rechte Hand, die sich intuitiv auf die Einschussstelle presste. Er war am Leben.

In Dacher brach Panik aus. Sie saßen in der Falle, waren dem Irren mit der Waffe schutzlos ausgeliefert.

Rodrigo zielte beharrlich auf die verunsicherten Ermittler. Langsamen Schrittes ging er auf sie zu.

"Was wollen Sie? Mein Bruder und ich haben nichts getan!"

Ein unaufhaltsamer, stechender Schmerz durchfuhr Schillers Körper. Er war unfähig, sich auf die Worte des Mannes zu konzentrieren. Beide Kommissare überlegten, wie sie ihre für diesen Einsatz besorgten Schusswaffen sinnvoll einsetzen könnten, verwarfen den Versuch jedoch als unklug. Weder Schiller, noch Dacher hatten eine Antwort für Rodrigo Caljas. Die Zornesfalte zwischen seinen Augen wurde tiefer. Er schien zu allem bereit.

In seinen Pyjama gekleidet, polterte Gonzales wie aus dem Nichts hastig die Stufen herab. Die Schüsse hatten ihn im Schlaf aufschrecken lassen. Als er sah, wer die Waffe hielt, riss er sie seinem Bruder aus der Hand.

"Bist du vollkommen wahnsinnig?"

Die Kommissare waren von dieser Reaktion überrascht. Mit halboffenem Mund und weit hochgezogenen Brauen verfolgte Dacher das Szenario.

Rodrigo zischte seinem Bruder wütend zu: "Schnallst du es denn

nicht? Die wollen uns einbuchten. Ich geh nie wieder in den Knast!"
Das war Dachers Stichwort. Da Schiller außer Gefecht gesetzt war, übernahm nun er das Kommando. Seitdem Gonzales anwesend war, fühlte er sich um einiges sicherer. Sicher genug, um seiner Aufgabe nachzugehen. Voller Tatendrang ging er auf Rodrigo zu, um ihm Handschellen anzulegen. "Sie sind verhaftet, Herr Caljas."

Bei diesen Worten schnellte Rodrigos Faust in Dachers Gesicht. Der Kommissar fiel zu Boden.

Wenig später war er wieder auf den Beinen, um einen zweiten Versuch zu starten. Gonzales stand ihm dabei hilfreich zur Seite. Nach dem Fausthieb hatte er seinen Bruder in den Schwitzkasten genommen. Er hielt ihn ruhig, während Dacher seine Arbeit zu Ende brachte.

Nun, da Rodrigo handlungsunfähig war, galt es, Schillers Verletzungen zu versorgen. Während Gonzales seinen Bruder – der ihn aus den Augenwinkeln ungläubig ansah – weiterhin festhielt, forderte Dacher eine Streife und für seinen Chef einen Krankenwagen an. Die Lage war unter Kontrolle. Das Schlimmste war überstanden.

***

Auf dem Weg in die Notaufnahme musste Schiller, neben den Schmerzen, auch seine unbändige Wut bekämpfen. In seiner bisherigen Laufbahn hatte er ernsthafte Verletzungen durch gute Planung immer vermieden. Dieses Mal war er nachlässig gewesen. Den Einsatz ohne Verstärkung und Körperschutz durchzuführen, trotz der Ausgangslage, war laienhaft. Er hätte deutlich besser vorbereitet werden müssen. Glücklicherweise hatte er den Angriff überlebt, doch Schiller wusste, welche Folgen ein derartiger Treffer mit sich bringen konnte. Möglicherweise würde er sehr lange arbeitsunfähig sein.

Die gründliche Untersuchung der Wunde nahm einige Zeit in Anspruch. Rodrigo hatte eine Pistole mit kleinem Kaliber verwendet – die Kugel war in einem glatten Durchschuss aus seinem Arm ausgetreten. Wie sich später herausstellte, hatte sie dabei weder Knochen, noch bedeutende Gefäße in Mitleidenschaft gezogen. Lediglich die Schultermuskulatur war seitlich gestreift worden.

Adam Schiller hatte großes Glück gehabt. Noch am selben Abend unterschrieb er, auf eigene Verantwortung, die Entlassungspapiere. Sein linker Arm war unbeweglich in einer Schlinge verankert. Er wurde angewiesen, sich zu schonen.

Zu Hause durchlief Schiller seine gewohnte Routine. Er nahm ein Fertiggericht zu sich, legte eine CD ein und machte es sich auf der Couch gemütlich. Die Anstrengungen des Tages hatten ihn so sehr erschöpft, dass er Minuten später an Ort und Stelle einschlief.

Um vier Uhr morgens erwachte er ruckartig aus wirren Träumen. Seine Wahrnehmung schien verklärt, selbst in wachem Zustand. Er fühlte sich, als befände er sich inmitten einer dichten Wolke. Er schob es auf die Schmerzmittel. Leichte Benebelung wusste er am Ende eines harten Arbeitstages zwar gelegentlich zu schätzen, doch als dauerhaftes Gefühl war es zu viel für seinen Geschmack. Er beschloss, die Dosis zu verringern und sich mit den Folgen zu arrangieren. Schweigend wartete er darauf, dass die Wirkung nachließ.

Er starrte die Wände an, denn es gab nichts zu tun. Entspannung lag ihm nicht, seine Rastlosigkeit hatte ihn immer auf Trab gehalten. Selbst an Wochenenden oder freien Tagen ging er seiner Arbeit nach. In seinen vier Wänden war er lediglich, um zu schlafen. Aus diesem Grund war die Wohnung nur mit dem Nötigsten ausgestattet. Sie war für ihn ein reines Dach über dem

Kopf. Dieses Dach drohte nun, über ihm zusammen zu brechen, also nahm er seinen Mantel und ging.

Die frische Luft tat ihm gut. Er schlenderte am Fluss entlang. Von hier aus wirkte die Stadt friedlich und idyllisch. An diesem Morgen nahm er seine erfrischend kühle Umgebung besonders intensiv wahr. Noch lag ein Schneemantel über den Häusern, Bäumen und Grünflächen. Schon bald würde der Schnee tauen und die raue Realität preisgeben – sowie Geheimnisse, die sich unter ihm verbargen.

Schiller ließ die Innenstadt weit hinter sich. Er lief an Feldern und Äckern vorüber, bis er bei den Kläranlagen angekommen und zur Umkehr gezwungen war. Inzwischen war es Mittag. Hunger und Kälte trieben ihn in die Stadt zurück.

Nach einer Stärkung beschloss er, trotz seiner Krankschreibung ins Büro zu fahren.

"Hallo Chef, gut Sie zu sehen! Wie geht es Ihnen?" Dacher war freudig überrascht. Er hatte nicht recht gewusst, was er ohne Schiller anstellen sollte.

"Es geht mir gut genug, danke. Gibt es irgendwelche Neuigkeiten?"

"Die Zentrale hat die aktuellen Vermisstenanzeigen geschickt. Ich bin gerade dabei, sie zu lesen."

"Ich meinte, für unseren Fall relevante Neuigkeiten."

Dacher überhörte die höhnische Bemerkung, denn er war auf einen ihm bekannten Namen gestoßen. Er verkündete: "Wladimir Teschka wurde vermisst gemeldet."

"Du meine Güte, gibt es Details?"

"Sein Wagen stand im Halteverbot, möglicherweise übers Wochenende. Heute Vormittag wurde er abgeschleppt. Die Abschleppfirma hat seine Familie daraufhin telefonisch benachrichtigt. Teschka war zwei Nächte lang nicht nach Hause gekommen. Seit Samstagabend gilt er als vermisst."

"Samstag?" Schiller erinnerte sich an das Gespräch mit der Haushälterin. "Nehmen Sie Ihren Mantel, wir fahren nach Langenhagen."

***

Schiller saß auf dem Beifahrersitz – eine Position, die für ihn neu war und die er nur sehr ungern einnahm. Doch sein verletzter Arm ließ ihm keine Wahl. Er beäugte Dacher kritisch, die gesamte Fahrt über. Dieser bemühte sich, davon unbeeindruckt zu bleiben.

An der Haftanstalt angekommen, verlangten sie vom Pförtner, auf direktem Wege Rodrigo Caljas zu sprechen.

"Ich fürchte, das wird nicht machbar sein."

"Was reden Sie da? Wir sind von der Kriminalpolizei. Wir ermitteln in einem Fall. Es ist dringend." Die Wirkung der Schmerzmittel hatte nun vollends nachgelassen. Das Stechen in seinem Oberarm machte Schiller schwer zu schaffen. Er war mürrischer als gewohnt und sehr ungeduldig.

"Nun, Sie können gerne einen Blick auf den Herrn werfen, vernehmbar ist er allerdings nicht. Seitdem er bei uns ist, verhält er sich auffällig."

"Was meinen Sie mit auffällig?"

Der Vollzugsbeamte deutete den Kommissaren an, ihm zu folgen. Sie durchquerten den Innenhof, passierten den Hochsicherheitstrakt und erreichten die Zelle, in der Rodrigo Caljas sich befand. Schiller öffnete die Luke, durch die der Gefangene mit Nahrung versorgt wurde. Als sein Blick auf Caljas fiel, erkannte er den Mann kaum wieder. Er saß auf dem Boden, mit dem Gesicht zur Wand. Er schaukelte seinen Oberkörper vor und zurück. Dabei biss er sich auf die Finger und flüsterte unverständliche Worte vor sich hin.

Schiller nickte dem Beamten zu. Nachdem auch Dacher einen Blick auf den Gefangenen geworfen hatte, verabschiedeten die Kommissare sich und ließen die bedrückende Enge der Haftanstalt hinter sich.

Eine Stunde später erreichten sie das Caljas Anwesen. Frau Mayer begrüßte sie in fröhlicher Manier. Ihre Welt schien wieder in Ordnung zu sein.

"Wie geht es Ihrem Arm, Herr Kommissar?"

"Gut. Ist der Herr des Hauses zu sprechen?"

"Natürlich. Nehmen Sie bitte Platz, er kommt gleich zu Ihnen."

Schiller hatte wenig Verlangen danach, sich auf der unheilvollen Couch niederzulassen. Er blieb stehen.

"Guten Tag, Herr Kommissar. Schon wieder im Dienst?" Gonzales begrüßte die Männer, wie immer, zuvorkommend und freundlich.

"Ja, ja." Schiller war es unangenehm, dass sein Gesundheitszustand so oft thematisiert wurde. "Wir haben eben Ihren Bruder besucht. Ihm geht es nicht gut."

"Die Hafteinrichtung hat mich informiert. Es ist traurig. Und für ihn nicht das erste Mal ... Psychische Erkrankungen liegen bei uns leider in der Familie."

Schiller musterte Gonzales Caljas mit kritischem Blick. "Wladimir Teschka gilt seit Samstagabend als vermisst. Haben Sie dazu irgendetwas zu sagen?"

"Oje, tut mir leid das zu hören. Die arme Familie." Caljas machte ein sorgenvolles Gesicht. Dabei bemerkte er, dass Kommissar Schiller ihn eindringlich betrachtete. "Denken Sie etwa, ich hätte etwas damit zu tun?"

"Sie hätten zumindest Gründe dafür. Ihre Abneigung diesem Mann gegenüber war schwer zu übersehen." Schiller zog die Augenbrauen in die Höhe.

"Mein Bruder hat noch immer ein Problem mit der Vergangenheit. Ich hingegen habe sie ad acta gelegt und mit Wladimir Teschka meinen Frieden geschlossen."

"Das würden wir Ihnen sehr gerne glauben, Herr Caljas ... Aus welchem Grund haben Sie Ihre Haushälterin gebeten, über Ihren Verbleib falsche Auskunft zu geben? Ganz offensichtlich waren Sie an diesem Wochenende nicht mit Ihrer Familie verreist."

"Ach, das ist leicht zu erklären. Mein Bruder und ich wollten die Ruhe im Haus nutzen, um uns Strategien zu überlegen. Die Bar läuft nicht mehr gut, wie Sie sicherlich wissen. Wir mussten uns dahingehend Gedanken machen. Dabei wollten wir ungestört sein. Wir haben Frau Mayer gebeten, keinen Besuch zu empfangen."

"Wo waren Sie in der Nacht von Samstag auf Sonntag? Sie waren außer Haus, das wissen wir bereits."

"Meine Güte, wir haben ein paar Bars besichtigt, auf der Suche nach Inspiration. Wir sind erst am Morgen nach Hause zurückgekehrt." Nachdem er einen Moment überlegt hatte, setzte er fort. "Zwischendurch habe ich Rod jedoch für zwei, drei Stunden aus den Augen verloren."

Schiller wurde hellhörig. "Sie haben nicht den gesamten Abend zusammen verbracht? Und Sie haben Ihren Bruder nicht gefragt, wo er war?"

"Es ist etwas komplizierter, als Sie wissen können. Seine Ehe steckt momentan in einer Krise. Ich habe einfach angenommen, er wäre in einem gewissen Etablissement gewesen. Aus Diskretion und Respekt meiner Schwägerin gegenüber, habe ich nicht näher nachgefragt. Er wirkte etwas durcheinander. Mehr kann ich dazu wirklich nicht mitteilen."

Schiller dachte über das Gesagte nach.

"Haben Sie oder Ihr Bruder in den letzten Tagen Kontakt zu Teschka aufgenommen?"

"Nein, Herr Kommissar. Ich auf keinen Fall. Und bei meinem

Bruder kann ich es mir auch nicht vorstellen."

"Wir werden Teschka suchen und auch finden, dessen sind Sie sich hoffentlich bewusst."

"Herr Kommissar, ich versichere Ihnen, dass ich mit seinem Verschwinden nichts zu tun habe. Zudem ist Teschka kein Unschuldslamm. Ich halte es für gut möglich, dass er einfach für eine Weile untergetaucht ist. Er war in der Szene nie ein unbeschriebenes Blatt."

"Wie meinen Sie das? Er hat einen Limousinenservice geleitet."

"Das war nur sein Deckmantel." Gonzales machte eine abtuende Handbewegung. "Als wir ihn kannten, war er vorwiegend im Drogenhandel tätig. Nachdem er gegen meinen Bruder und mich ausgesagt hatte, wurden auf mysteriöse Weise sämtliche Akteneinträge über ihn bereinigt. Das weiß ich aus zuverlässiger Quelle."

Tatsächlich war sein Name im Register nicht auffindbar, das war den Ermittlern bekannt. Schiller hatte Dacher gebeten, Teschka sicherheitshalber zu überprüfen. Seine Akte war makellos.

Die Kommissare verabschiedeten sich von Gonzales Caljas.

"Glauben Sie dem Mann, Dacher?"

"Was seinen Bruder betrifft, ja. Für das Alibi wird es Zeugen geben und seine Aussage wirkte glaubhaft. Mit den Angaben zu Teschka habe ich allerdings Probleme. Ich kann mir einfach nicht vorstellen, dass er uns derart getäuscht hat."

Schiller schwieg. Er schaute aus dem Fenster, auf den langsam tauenden Schnee, während Dacher sie in die Innen-stadt zurückfuhr. Er war erschöpft. Nachdem sie die Stadt erreicht hatten, ließ er sich nach Hause bringen.

***

"Oh, Adam, ich habe Sie schon wieder geweckt. Das tut mir sehr leid." Viktoria war untröstlich, auflegen wollte sie jedoch nicht.

"Schon gut", entgegnete er.

"Sind Sie sicher?"

"Nimmt schlimm, wirklich." Allmählich war Schiller dabei, zu sich zu kommen. Wenn er ehrlich mit sich war, freute er sich sogar über ihren Anruf. "Wie geht es Ihnen?"

"Etwas besser, dank Ihrer Hilfe. Sie verstehen es, eine Frau zu beruhigen." Viktoria hatte bei diesen Worten ein Lächeln auf den Lippen. Ganz gelogen war diese Aussage nicht. "Kann es sein, dass Sie bei Ihrem Besuch ein Brillenetui bei mir liegen lassen haben?"

"Nein, ich trage keine Brille. Es muss jemand anderem gehören."

"Ja, wie dumm von mir ... Schade."

Viktoria hatte es offensichtlich darauf angelegt, ihn wieder zu sehen. Dies war Schiller, trotz seiner Schläfrigkeit, nicht entgangen. Er fühlte sich geschmeichelt. Ein zaghaftes Lächeln deutete sich nun auch in seinem Gesicht an. Ein Anblick, den nicht viele Menschen kannten.

"Wie geht es Ihnen denn, Adam? Haben die Ermittlungen Sie heute derart erschöpft, dass Sie so zeitig zu Bett gegangen sind?"

"Weniger die Ermittlungen, als vielmehr die Kugel, die sich gestern durch meinen Körper bewegt hat."

"Mein Gott, Sie wurden angeschossen? Von wem?"

"Es ist halb so wild."

"Vor mir brauchen Sie nicht den Helden zu spielen. Hören Sie, ich werde uns beiden etwas zu Essen besorgen und dann komme ich bei Ihnen vorbei. Jemand muss sich doch in dieser Situation um Sie kümmern."

Viktorias entschlossener Ton verriet, dass sie ein Nein nicht als Antwort akzeptieren würde. Schiller versuchte gar nicht erst, zu

125

widersprechen. Sie lag nicht verkehrt, er konnte momentan tatsächlich etwas Zuwendung vertragen.

Eine Stunde nach dem Telefonat hatte Viktoria Schillers Wohnung erreicht. Als er die Tür öffnete, spürte er für einen Moment deutlich seinen Herzschlag. Das beunruhigte ihn. Doch als sie zu sprechen begann, dachte er nicht mehr darüber nach.

"Was machen Sie nur für Sachen?"

Schiller versuchte zu lächeln und hob gleichzeitig ratlos die Schultern. "Autsch."

"Oh Adam." Sie schüttelte den Kopf, während ihre Hand seinen gesunden Arm berührte. "Am besten setzen Sie sich dort auf die Couch, ich komme schon zurecht."

Daraufhin entledigte sie sich ihres Mantels, suchte die Küche und bereitete das Essen vor.

Schiller folgte ihren Anweisungen. Regungslos und in freudiger Erwartung verharrte er auf seinem Sofa, bis Viktoria sich zu ihm gesellte.

"Die Pizza sieht aber gut aus."

"Greifen Sie zu!"

Das ließ Schiller sich nicht zweimal sagen.

Viktoria aß nicht. Sie saß schweigend neben ihm und betrachtete ihren Gastgeber unbemerkt. Sie dachte darüber nach, wie nahe sie sich vor einigen Tagen gekommen waren. Gleichzeitig ließ sie ihren Blick durch die Wohnung schweifen.

"Darf ich Sie etwas fragen, Adam? Etwas Persönliches?"

"Sie dürfen."

"Gut. Ohne Sie beleidigen zu wollen – wenn ich mich hier so umsehe, könnte ich die Hände über dem Kopf zusammen schlagen. Wie können Sie sich in so einer trostlosen Wohnung nur wohl fühlen?"

Schiller lachte. "Ich bin selten hier, das ist vielleicht das Ge-

126

heimnis."

Mit gespielter Entrüstung schüttelte sie den Kopf.

"Ist noch eine Frage erlaubt?"

"Nur zu."

Sie zögerte.

"Waren Sie schon einmal verliebt?"

Schiller lachte mit geschlossenem Mund. "Über das Thema rede ich nur in Bars."

Er lehnte sich lässig zurück. Sein Blick haftete nun auf ihr. Viktoria hielt seiner Fixierung stand.

"Wo bewahren Sie Ihren Whisky auf?"

Er unterbrach für den Bruchteil einer Sekunde ihren Augenkontakt, um mit seitlichem Nicken auf die Schrankwand zu deuten. Viktoria Suhrer verlor keine Zeit. Mit katzengleicher Geschmeidigkeit bewegte sie sich vorwärts. Der Anblick versetzte Schillers Körper in angespannte Starrheit. Nur seine Augen bewegten sich, folgten ihr.

Wenig später saß sie wieder auf der Couch. Es schien ihm, als wäre sie näher gerückt. Er konnte ihre Körperwärme spüren. Er schloss die Augen, überließ seinem Verlangen in Gedanken die Kontrolle.

Hastig spülte er diese Fantasie mit zwei schnell heruntergekippten Gläsern hinab. Viktoria war über sein Trinktempo erfreut und kehrte ohne Umschweife zum Thema zurück. "Bekomme ich jetzt meine Antwort, Adam?"

Ihre Stimme war sanft, liebkoste ihn. Schiller zögerte, doch er wollte sich ihr anvertrauen. "Ja, vor sehr langer Zeit. Aber Beziehungen liegen mir nicht."

"Ach, kommen Sie. Das kann ich nicht glauben, bei einem Mann wie Ihnen."

"Jaja."

"Nein, ganz im Ernst, Sie sind ein guter Fang."

Sie lächelte, er hob die Augenbrauen. Viktoria hakte nach. "Ein Fang, der nicht ins Netz gehen möchte?"

"So ungefähr."

"Egal, wer dieses Netz auswirft?"

Während sie ihn anlächelte, biss sie sich leicht auf die Unterlippe.

Es fiel ihm schwer, sich zu beherrschen, doch es wäre nicht richtig. Nicht an diesem Tag. Nicht, bevor der Fall abgeschlossen war. Er ignorierte ihre Anspielung, sie schenkte nach. Beide tranken gegen die Verlegenheit an.

Nach zwei weiteren Runden fasste Viktoria neuen Mut. Sie hatte Schillers Blicke bemerkt und verstand diese als Aufforderung. Entschlossen wandte sie sich in seine Richtung. Die Beine hatte sie übereinander geschlagen, ihr linker Fuß berührte leicht seinen Unterschenkel. Wie ein sanfter Hauch wanderte sie daran auf und ab. Sie schaute ihn einladend an, er blickte starr geradeaus. Um endlich seine Aufmerksamkeit auf sich zu ziehen, begann sie, seinen Oberschenkel zu massieren.

Schiller zeigte noch immer keine Reaktion. Da er sie jedoch ebenso wenig unterbrach, knöpfte sie ihm das Hemd auf und entledigte sich ihrer Bluse. Währenddessen küsste sie ihn leidenschaftlich.

Er spürte Fingernägel auf seiner Haut. Ein Schauer der Erregung durchfuhr seinen Körper. Sie löste sich von ihm. Er öffnete die Augen. Ihr nackter Oberkörper überraschte ihn. Blitzschnell schoss ein Warnsignal durch seine Gedanken, doch dieses offenherzige Angebot konnte er unmöglich ausschlagen. Er gab sich der Versuchung hin.

Das Telefon klingelte beharrlich. Den ersten Versuch hatten sie nicht wahrgenommen, den zweiten ignoriert, doch das pedantische Geräusch verschaffte sich hartnäckig Gehör. Offen-sichtlich hatte jemand ein dringendes Anliegen. Schiller machte Anstalten, aufzustehen. Enttäuscht ließ Viktoria sich rückwärts in die Couch fallen.

Schiller warf einen verstohlenen Blick auf ihren nackten Körper, dann nahm er den Hörer in die Hand. Er hatte große Mühe, sich auf die gesprochenen Worte zu konzentrieren.

"Dacher?"

"Hallo Chef, ist bei Ihnen alles in Ordnung?"

"Ja. Ich war beschäftigt."

"Ach so, ich wollte eigentlich nur mal horchen, wie es Ihnen geht. Sie wirkten vorhin etwas mitgenommen. Um ehrlich zu sein, ich habe mir ein wenig Sorgen gemacht."

Adam Schiller konnte seinen Ärger über diesen unnötigen Anruf kaum im Zaum halten. Zwar wusste er, dass sein Kollege es nur gut meinte, seine Antwort klang dennoch etwas zynisch. "Das ist rührend, Dacher. Danke, aber bei mir ist alles o.k."

"Gut. Super. Wenn Sie etwas brauchen sollten, sagen Sie einfach nur Bescheid."

"Gut, aber das wird nicht nötig sein. Machen Sie sich einen schönen Abend."

"Ja, Sie auch. Tschüss Chef."

Viktoria saß lasziv auf der Couchkante, bereit fortzufahren. Schiller scheute den Blick in ihre Richtung. Diese Störung hatte die Atmosphäre ruiniert und ihn in Verlegenheit gebracht. Der Bann war gebrochen.

Hastig griff er nach seiner Hose. "Es tut mir leid, Viktoria, aber wir sollten das besser nicht tun."

"Ja, Sie haben vermutlich Recht." Auch sie griff nach ihrer Bluse.

Zwischen ihnen herrschte unangenehme Stille, die sich wie Nebel im Raum verbreitete. Keiner der beiden wusste, was in einer derartigen Situation zu sagen war. Um das unangenehme Gefühl zu überspielen, schauten sie geradeaus. Ihre Blicke richteten sich auf die halbvolle Flasche vor ihnen.

"Möchten Sie noch einen Schluck?" fragte Schiller.

"Sehr gerne!"

Der Kommissar nahm wieder neben ihr Platz. Sie lächelten sich flüchtig an. Viktoria füllte die Gläser.

"Wer hat Sie so zugerichtet?"

Unter anderen Umständen hätte er sich nicht dazu geäußert, doch um die unangenehme Lage zu entschärfen, ließ Schiller sich auf ein Gespräch zum Ermittlungsprozess ein.

"Einer ihrer Chefs."

"Um Gottes Willen!" Viktoria war aufrichtig entsetzt. "Warum hat er Sie angegriffen?"

"Er hat die Kontrolle verloren."

"Das ist unfassbar! Aber warum? Hat er etwa mit den Morden zu tun?"

"Es ging dabei nicht um die Morde."

"Ich kann Ihnen nicht folgen. Worum ging es dann? Hat Wladimir etwas damit zu tun?"

"Möglicherweise." Schiller merkte, wie sich ihre Aufregung steigerte. In dem Versuch, sie zu beruhigen, sprach er weiter. "Er gilt als vermisst."

"Wirklich?" Viktorias Gesichtsausdruck änderte sich merklich.

"Seine Frau hat heute eine Vermisstenanzeige aufgegeben." Er hielt einen Moment inne. Der Alkohol hatte seine Zunge zu sehr gelockert. "Lassen Sie uns bitte das Thema wechseln, ja?"

"In Ordnung", sagte Viktoria zufrieden. "Und keine Sorge, Herr Kommissar, von mir wird niemand ein Wort erfahren."

Sie zwinkerte ihm verschwörerisch zu. Er nickte.

Die unangenehme Stille war zurückgekehrt. Worte, die Schiller zögerlich zurechtlegte, wurden als nicht geeignet disqualifiziert. Er starrte wieder auf die halbleere Whiskyflasche. Viktoria verlor derweil keinen Gedanken an ihn. Wladimirs Frau hatte Teschka als vermisst gemeldet. Da sie von seinen Machenschaften wusste, war die Lage ernst. Ihm musste etwas zugestoßen sein. Das hieß, sie war nicht länger in Gefahr. Als dieser Gedanke sich fest in ihrem Bewusstsein verankert hatte, beendete sie Schillers stillen Kampf.

"Vielleicht sollte ich gehen."

"Ja, das ist wohl das Beste." Er war erleichtert.

Beide erhoben sich von der Couch und gingen zur Wohnungstür. Während Schiller ihr in den Mantel half, machte er ein Eingeständnis, das ihm nicht leicht über die Lippen kam: "Unter anderen Umständen hätte ich sehr gerne den weiteren Abend mit Ihnen verbracht."

Viktoria gab ihm einen flüchtigen Kuss, schob sich elegant durch die halb offene Tür und war verschwunden.

13

Mit den letzten Tropfen Benzin erreichte das junge Ehepaar die Stadt. Im ersten Moment waren sie froh, wieder in der Zivilisation zu sein, doch dieses Gefühl war nicht von Dauer. Las Vegas schlug ihnen unerbittlich auf die Gemüter. In einem Towercafé schauten sie nachdenklich auf die Wüstenmetropole hinab. Sie hatten alles gesehen, was dieser Ort zu bieten hatte. Bis hierher hatten sie es genossen, doch nun zog es sie in den warmen Südosten zurück. Beim Gedanken an ihre Zeit dort wurde ihnen warm ums Herz und so fassten sie einen Entschluss.

Den Flug nach Miami verpassten sie knapp. Bis zum nächsten Tag wollten sie nicht warten, also nahmen sie eine bald starten-de Maschine nach New York. Noch am selben Abend landeten sie dort. Die unvergleichliche, pulsierende Metropole zog sie sofort in ihren Bann. Hier würden sie eine gute Zeit verleben, dessen waren sie sicher.

Am nächsten Morgen erwachten sie, gut erholt, in einem bescheidenen Hotelzimmer in Brooklyn. Die Temperaturen lagen deutlich unter dem Gefrierpunkt, deshalb versorgten sie sich zuerst mit neuen Mänteln, dann konnte das Abenteuer beginnen. Sie machten sich zu Fuß auf den Weg nach Manhattan.

Die Sonne hielt sich hinter einer tristen Wolkendecke versteckt. Die Laune der Beiden konnte dieser Grauschleier jedoch nicht trüben. Sie schlenderten glücklich die Brooklyn Brücke hinauf und blickten dabei auf einen Teil der atemberaubenden Skyline. Die Stadt lag ihnen zu Füßen. Nur die höchsten Gebäude überragten sie noch.

Am Ende der Brücke angekommen, hatten sie bald den Broadway erreicht. Sie liefen die Straße entlang, ließen die unglaubliche

Energie auf sich abfärben.

Sie waren euphorisiert und ohne Pause gelaufen, bis sie den Central Park erreicht hatten. Trotz, oder gerade wegen der Kälte, waren hier viele Menschen unterwegs, denn inmitten des Parks war ein Eislaufring aufgebaut. Fanny und Kalle liebten es, Eiszulaufen. Es erinnerte sie an ihre Heimat. Sofort gesellten sie sich zu den Wartenden am Einlass.

Als sie endlich das Eis betraten, wurde der Ring bereits mit Scheinwerfern beleuchtet. Es war Abend geworden. Einige der Läufer waren rasend schnell auf ihren Schuhen unterwegs. Anfänger hielten sich deshalb Schutz suchend an der Bande auf. Doch Kalle und Fanny waren Profis. In ihrer Kindheit hatten sie mehr Zeit auf dem Eis verbracht, als auf rutschfreiem Boden. Schnell hatten sie ein beachtliches Tempo erreicht, fuhren sicher in den Kurven, drehten Pirouetten und hatten sichtlich Spaß dabei. Mit Leichtigkeit stahlen sie, ohne es zu wollen, allen anderen die Show.

Sie hätten den Lauf ewig fortsetzen können.

Nachdem der Ring geschlossen wurde, begaben sie sich erschöpft, aber glücklich, ins Hotel.

Tags darauf erwachte Fanny mit einem flauen Gefühl im Magen. Obwohl sie keine Details behalten hatte, wusste sie, dass sie schlecht geträumt hatte. Solange Kalle schlief, versuchte sie, sich zu erinnern. Sie überlegte angestrengt, sah Bilder schnell laufender Menschen, fühlte Panik in sich aufsteigen.

Kalle rekelte sich neben ihr. Er sah glücklich aus. Schnell schob sie ihre Bedenken beiseite und tat sie als nichtig ab. Es gab hier, so weit ab von allen Gefahren, nichts, vor dem sie sich fürchten musste.

Nach einem ausgiebigen Frühstück machten sie sich erneut auf Entdeckertour. Zuerst durchquerten sie Chinatown und Little Italy, liefen die berühmte 5th Avenue entlang und schlenderten noch einmal gemütlich über den Broadway. Sie kauften Tickets, gönnten sich ein exquisites Abendessen und ließen den ereignisreichen Tag mit einem Musicalbesuch ausklingen.

***

Der nächste Morgen begann früh, zumindest für Fanny. Sie war am Abend relativ schnell eingeschlafen, doch ihre Nacht war unruhig gewesen. Das Bettlaken auf ihrer Seite war zerwühlt. Sie fühlte sich wie gerädert. Wie schon am Morgen zuvor, konnte sie sich nicht klar an ihre Träume erinnern. Doch das ungute Gefühl in ihr verschaffte sich immer mehr Raum. Kalle bemerkte die Veränderung sofort. Da sie ihm keine Erklärung für ihren Zustand geben konnte, beschloss er, Fanny davon abzulenken. Kurze Zeit später befanden sie sich auf dem Weg zum Eislaufring.

An diesem Vormittag war er nicht stark besucht – schneller als erwartet drehten Fanny und Kalle fast ungestört ihre Runden. Wie von ihm erhofft, fand sie Freude daran. Sie lächelte ihn an, während sie Hand in Hand nebeneinander her fuhren.

Dann löste sich ihr Blick, glitt über die Eisfläche, richtete sich nach oben. Durch die Baumkronen, die den Ring umgaben, wurden die Wolkenkratzer der Innenstadt sichtbar. Fannys Au-gen blieben an ihnen haften. Das Fassadenkarussell bewegte sich allmählich auf sie zu. Sie fühlte Enge um sich herum, Beklemmtheit in ihrer Brust. Sie musste die Augen schließen, um atmen zu können.

Kalle merkte, dass er Fanny nur mehr hinter sich her zog. Sie hatte aufgehört, aus eigener Kraft zu fahren. Aus dem Augen-winkel konnte er sehen, wie sie plötzlich in sich zusammensackte. Er hatte keine Chance, sie aufzufangen. Doch er hielt ihre Hand fest, zog an ihrem Arm, um zu verhindern, dass ihr Kopf auf dem

Eis aufschlug.

Noch bevor er realisierte, was geschehen war, hatten sich zwei Helfer eingefunden. Fanny wurde von den Männern aufgehoben und in einen bereitstehenden Rettungswagen getragen. Kalle folgte stumm. Der Schock hatte ihn gedankenlos gemacht.

Während Fanny versorgt wurde, sammelte er sich langsam. Sie hatte nur ein paar Schürfwunden abbekommen und war schon dabei, sich zu erholen. Als Grund für ihren Ohnmachtsanfall vermuteten die Sanitäter eine Panikattacke und rieten ihr, sich für den Rest des Tages zu schonen.

***

Es war nicht leicht, mitten in New York City einen ruhigen Ort zu finden. Kalle fiel ein Kommentar des Hotelbesitzers ein. Er hatte ihnen den Prospect Park in Brooklyn empfohlen – diesen steuerten sie nun an.

In tristes Grau gehüllt lag der Park vor ihnen. Keine hohen Gebäude weit und breit. Fanny atmete auf. Doch die beißende Kälte war kaum auszuhalten. Arm in Arm liefen sie über die schneebedeckte Rasenfläche, geradewegs ins nächste Park Cafe. Nicht viele Menschen hatten sich hierher verirrt. Sie waren fast allein, konnten sich entspannen.

Obwohl ihr der Appetit fehlte, aß Fanny so viel sie herunter bekam – Kalle zuliebe. Er kümmerte sich rührend um sie und war zu besorgt. Sie wollte nicht, dass es ihm schlecht ging. Also versuchte sie, sich zusammenzunehmen.

Es dauerte nicht lange, bis sie sich, müde von den Anstrengungen des Tages und durch das Beruhigungsmittel, im Hotelzimmer schlafen legte. Kalle folgte ihr, nachdem er etwas ferngesehen hatte. Als er sich zu seiner Frau gesellte, schien alles wieder in Ordnung zu sein. Das Zimmer war abgedunkelt, sie

135

schlief. Kalle war froh darüber. Schon bald war auch er eingeschlafen.

Fanny lag zusammengerollt auf der Seite, mit dem Gesicht zur Wand. Ihre Augen waren geöffnet. Die erbarmungslose Kälte hatte ihren Körper in eine Starre versetzt. Unerbittliche Trostlosigkeit hatte erneut Einzug in ihre Gedanken gehalten.

Zu Beginn ihrer Reise, als sich ihre Flucht noch wie ein berauschendes Abenteuer anfühlte, hatten die Ängste keine Gelegenheit gehabt, Fanny gefangen zu nehmen. Sie fühlte sich frei, so fern ab von jeglichen Sorgen. Doch jetzt, da ihre Geldreserven zur Neige gingen, wuchs der schwarze Schatten der über ihrem Geheimnis schwebte auf bedrohliche Größe an. Die mit Alpträumen durchzogenen Nächte und die raue Realität dieser Stadt, brachten sie gnadenlos auf den Boden der Tatsachen zurück. Sie waren Diebe und sie würden für ihr Vergehen büßen, in nicht allzu langer Zeit. Davon war sie überzeugt.

Sie betrachtete den schlafenden Kalle. Es war für sie ein Rätsel, wie es ihm gelang, diese beängstigenden Details auszublenden. Während er ferngesehen hatte, hatte Fanny ihr übrig gebliebenes Geld gezählt. Es waren noch knapp 3700 Euro. Damit konnten sie nicht viel länger untertauchen. Im besten Fall blieben ihnen ein paar Wochen, dann würde ihr Visum ablaufen und sie mussten sich etwas einfallen lassen. Geld verdienen konnten sie nicht, keiner von ihnen besaß eine Green Card. Weiterreisen war ohne finanzielle Mittel ebenso unmöglich. Jede Überlegung lief darauf hinaus, dass sie nach Europa zurück-kehren mussten. Und selbst dort hatten sie die Chance auf ein normales Leben verspielt. Über diese Gedanken tat Fanny kein Auge zu.

Inzwischen war ein neuer Tag angebrochen. Kalle streckte sich. Er hatte eine erholsame Nacht verbracht. Fanny blickte ihn aus verquollenen Augen an. Auf sein Drängen hin erzählte sie ihm endlich von ihren Sorgen.

Auch er hatte über diese Dinge nachgedacht. Seine Hoffnung war jedoch stärker als die Verzweiflung. Er war davon überzeugt, dass Ihnen schon bald eine gefahrenfreie Lösung einfallen würde. Um Fanny aufzuheitern, beschloss er, das wintertriste New York noch am selben Tag zu verlassen und ins sonnige Florida zurückzukehren.

Sie hatten Glück, es waren noch Plätze für einen Nachmittagsflug nach Miami frei. Schon am Abend würden sie wieder das warme Klima des Südostens genießen. Sie könnten sich eine Wohnung mieten und dadurch Geld sparen. Wenn sie sich niederließen, würden sie Kontakte zu Nachbarn knüpfen und vielleicht unter der Hand einen Job finden. So könnten sie sich über Wasser halten, bis Gras über die Angelegenheit gewachsen war und sie wieder nach Hause zurückkehren konnten.

Kalle sah ihre Zukunft konsequent positiv und redete in einem fort. Dieses Gefühl sprang ganz allmählich auf Fanny über – still und leise. Sie entspannte sich so sehr, dass sie im Flugzeug einfach einschlief.

14

Als Kommissar Schiller am späten Vormittag das Büro betrat, hatte Dacher bereits entscheidende Anrufe getätigt.

"Chef, ich habe soeben mit der Frau des Vermissten gesprochen – es gibt noch immer kein Lebenszeichen. Ich denke daher, wir können davon ausgehen, dass es sich um eine Straftat handelt. Die Kollegen sagten mir, dass Teschka lediglich seine Autoschlüssel bei sich haben kann, alles Weitere befand sich im abgeschleppten Fahrzeug. Falls er sich versteckt hält, wäre das relativ wenig."

Schiller nickte gedankenverloren.

"Die Kollegen haben sich das Auto genauer angesehen. Keine Spuren eines Verbrechens. Kein Blut. Keine fremden Fingerabdrücke. Allerdings hatte er eine 45er im Handschuhfach."

"Seltsam."

"Ja. Ist bei Ihnen alles in Ordnung? Sie wirken abwesend."

"Nein, nein, alles bestens."

Kommissar Schiller hatte sich nur halbherzig auf diese Unterhaltung eingelassen. Sein Kollege konnte nicht eindeutig festmachen, woran das lag.

"Geht es ihrem Arm besser?"

"Ja, etwas besser."

"Entschuldigung noch mal für den Anruf gestern. Ich wollte Sie nicht belästigen. War nur gut gemeint."

"Ja, das weiß ich. Machen Sie sich deswegen keinen Kopf." Bei diesen Worten klopfte Schiller ihm väterlich auf die Schulter.

Dacher konnte seine Verwunderung nur schwer verbergen. Derartige Sympathiebezeugungen hatte er von seinem Vorgesetzten bisher nie erlebt – weder sich selbst, noch anderen gegenüber. Etwas war mit Schiller geschehen. Dunkel erinnerte er sich an das erste Mal, als er sich so wie heute verhalten hatte, und an den möglichen Grund für seine Wandlung. "Haben Sie mal wieder von dieser Viktoria Suhrer gehört?"

Adam Schiller war sichtlich irritiert. "Wie kommen Sie denn jetzt auf diese Frau? Denken Sie etwa, sie hat etwas mit dem Verschwinden Wladimir Teschkas zu tun?"

"Nicht wirklich." Der junge Ermittler zögerte. "Aber vielleicht mit Ihrer Stimmung ...?"

"Mit meiner Stimmung? Also Dacher, ich weiß wirklich nicht, was Ihnen immer in den Kopf kommt."

Schiller versuchte, so belanglos wie möglich zu klingen, doch er fühlte sich ertappt. Dacher entging dies nicht. Beim Thema Frauen machte ihm so schnell niemand etwas vor. Seine Fähigkeiten als Kommissar mochten noch sehr ausbaufähig sein, in diesem Bereich hatte er jedoch einiges an Erfahrung vorzuweisen.

"Nehmen Sie sich vor der Frau in Acht." Seinen zögerlichen Kommentar unterstützte Dacher mit betont ernstem Blick.

Schiller ignorierte ihn. Belehrungen hatte er wirklich nicht nötig, schon gar nicht von diesem Jungspund. Über dieses Thema wollte er nicht diskutieren, also beendete er es kurzerhand. "Haben Sie einen guten Zahnarzt?"

"Ja. Dr. Walter, in der Lister Meile. Was ist mit Ihrem?"

"Ist in Pension. Haben Sie die Nummer?"

"Natürlich."

Um seinem anstrengenden Kollegen für eine Weile aus dem Weg zu gehen, vereinbarte Schiller den längst fälligen Termin. Dann verließ er das Büro. Sein Arm erlaubte es ihm noch nicht, selbst zu fahren, also leistete er sich ausnahmsweise ein Taxi.

Während der Fahrt bereitete Schiller sich auf die anstehende Behandlung vor. Er mochte Zahnärzte nicht. Man konnte nicht soweit gehen, es eine Phobie zu nennen, doch er wurde nervös, was sonst äußerst selten der Fall war. Um sich zu beruhigen, schaute er aus dem Fenster. Draußen strahlte ihm ein sonniger Tag entgegen. Der Schnee war beinahe restlos getaut. Es sah so aus, als wäre der Frühling nicht mehr fern.

Für den Bruchteil einer Sekunde dachte er an den vorangegangenen Abend zurück. An Viktorias samtweiche Haut, ihre leidenschaftlichen Küsse, ihre Berührungen. Dann hatte er sein Ziel erreicht.

Der Arztbesuch war, wie erwartet, unangenehm, obwohl sein Zahn nur provisorisch versorgt wurde. In den nächsten Tagen stand Schiller jedoch eine schmerzhafte Wurzelbehandlung bevor. Mit diesem leidigen Gedanken im Hinterkopf, begab er sich am frühen Nachmittag zur U-Bahn-Haltestelle. Auf dem Weg dorthin fiel ihm eine junge Frau ins Auge. Sie stand vor einem nur ein paar Meter entfernten Lederwarengeschäft und betrachtete die Auslage. Um sie besser sehen zu können, ging er näher heran. In dem Moment betrat sie den Laden.

Vom Schaufenster aus hatte Schiller guten Einblick in das Geschäft. Die junge Frau war zielstrebig auf einen Ledermantel zugelaufen, den sie nun vor dem Spiegel anprobierte. Während sie sich gefällig darin betrachtete, konnte der Kommissar einen Blick auf sie werfen. Es war Viktoria Suhrer.

Sie hatte offenbar Gefallen an dem sündhaft teuren Mantel gefunden. Der Wert überschritt in jedem Fall ihr Kellnerinnengehalt. Vielleicht probierte sie ihn nur aus Spaß an, redete Schiller sich ein, in dem Bemühen, die Angelegenheit positiv zu betrachten. Im nächsten Moment legte Viktoria ihre Kreditkarte auf den Tresen und ließ sich den Mantel einpacken. Plötzlich fiel es dem Kommissar wie Schuppen von den Augen. Die luxuriöse Wohnungseinrichtung, ihre auserlesene Kleidung, ihre Art sich zu bewegen und zu sprechen. Es war undenkbar dass diese Frau eine einfache Kellnerin war. Wie konnte ihm das nicht früher auffallen? Sein Verstand hatte bei dieser Frau völlig ausgesetzt.

Dachers Misstrauen war womöglich berechtigt. Viktoria Suhrer war offenbar nicht das, was sie vorgab.

Um sie weiterhin ungesehen beobachten zu können, begab Schiller sich auf die Treppenstufen, die zur U-Bahn herab führ-ten. Hinter der Mauer versteckt sah er, wie Viktoria das Geschäft verließ, nur um schnurstracks im nächsten Designerladen zu verschwinden. Anscheinend hatte ihre Einkaufstour gerade erst begonnen.

Der Kommissar ließ vorerst von ihr ab.

***

Dacher kippelte aufgeregt auf seinem Stuhl vor und zurück. "Chef, endlich sind sie wieder da! Der Nachrichtenticker hat gerade verrückte Dinge ausgespuckt. Auf einem Ackergrundstück bei Neustadt wurde ein Fund gemacht!" Seine Worte hatten sich bei dieser Aussage fast überschlagen.

"Beruhigen Sie sich, Dacher, immer schön langsam. Was wurde denn gefunden, und von wem?"

"Aschereste und ein Autoschlüssel. Vom Besitzer des Grund-stücks, beim morgendlichen Kontrollrundgang."

In diesem Moment betrat eine Mitarbeiterin das Zimmer. "Herr Kommissar, die Freigabe für die Dally Konten ist eingetroffen." Sie reichte ihm das dazugehörige Schreiben.

"Danke. Dacher, interpretieren Sie nicht zu viel in diese Neuigkeit hinein. Wir lassen den Schlüssel überprüfen. Aber bedenken Sie bitte, dass es sich hierbei um einen großen Zufall handeln kann. Wir fahren jetzt erst einmal zur Bank."

***

Die Kommissare wurden prompt von einem freundlichen Bankmitarbeiter empfangen. Nach einem prüfenden Blick auf ihre Vollmacht, führte er sie in ein separates Hinterzimmer. Dort setzten die Männer sich gemeinsam vor einen Rechner. Der Mitarbeiter gab den Namen des Verstorbenen ein.

"Meine Herren, hier haben wir zunächst das Privatkonto Oskar Dallys. Wie Sie sehen, gibt es keine Auffälligkeiten. Nur Honorareingänge, kleinere Abbuchungen und ein paar durchschnittliche Überweisungen."

Schiller segnete diese Aussage mit einem Nicken ab.

"Kommen wir nun zum Geschäftskonto des Anwalts- und Notariatsbüros Dally."

Die Kommissare sahen sich an.

"Er war auch als Notar tätig?" fragte Dacher in gedämpfter Lautstärke. "Davon wusste ich gar nichts."

"Nein, ich ebenso wenig", pflichtete Schiller bei.

"Soweit ich mich erinnern kann, stand davon auch nichts an seinem Türschild."

"Da haben Sie Recht."

Der Bankangestellte setzte fort. "In den letzten Wochen sind keine erheblichen Beträge von dem Konto abgegangen. Allerdings gab es auffällig viele Einzahlungen, in beachtlicher Höhe."

Schiller und Dacher sahen sich die Zahlen an.

"Woher kommen diese Überweisungen?"

Der Bankangestellte runzelte die Stirn. "Das lässt sich leider nicht mehr zurückverfolgen."

"Ist das normal?"

"Nein, das ist nicht die Norm. Jemand hat die Rückverfolgung gesperrt."

Schiller kam langsam eine Ahnung. "Hatte er noch andere Konten bei dieser Bank?"

142

Der Mitarbeiter zögerte. Er schien angestrengt nachzudenken, während er den Blick auf seinen Bildschirm richtete.

"Es gibt noch Konten, für die er die Befugnis hatte."

"Bitte gewähren Sie uns Einblick."

Nachdem er die Suchbegriffe eingegeben hatte, spuckte der Computer die Daten aus. An die dreißig Einträge wurden daraufhin aufgelistet.

"Um Gottes Willen. Wer sind denn all diese Menschen?" Dacher konnte nicht an sich halten.

„Offenbar Klienten. Personen, für die er als Notar Vermögensverwaltung betrieben hat", erklärte der Mann. Er teilte Dachers Verwunderung nicht.

"Sind diese Konten noch aktiv?"

"Ja, das sind sie."

Schiller suchte willkürlich einen Namen, mit dazugehörigem Geburtsdatum und Anschrift, aus. Dann ließ er sich die Daten vom Meldebüro bestätigen. Nach dem kurzen Anruf verzog sich sein Gesicht. "Diese Frau existiert nicht. Sind Sie absolut sicher, dass sich keine aufgelösten Konten darunter befinden?"

"Ganz sicher."

Schiller rieb sich nachdenklich das Kinn.

"Wie sind die Kontostände?"

Mit einem Klick wurden alle Masken geöffnet.

"Bei null. Das ist allerdings ungewöhnlich."

"Leere Konten für fiktive Klienten. Wofür wurden sie benötigt? Die Frage ist außerdem, wie war es ihm möglich, diese zu eröffnen? Und weshalb ist die Rückverfolgung für eingegangene Überweisungen gesperrt. Haben Sie dafür eine Erklärung?"

Der Mann sah beschämt zu Boden. Er zögerte den Moment der Wahrheit heraus, doch dann gab er zu: "So etwas ist nur mit Hilfe der Bankleitung möglich."

"Sprich, der ebenfalls verstorbene Herbert Lüdger."

Ein zaghaftes Nicken reichte Schiller als Antwort. "Gut, werfen wir noch einen Blick auf die Konten. Gibt es weitere Auffälligkeiten, oder Besonderheiten, von denen wir wissen sollten?"

Von dem jungen Mitarbeiter wurde an diesem Nachmittag einiges abverlangt. Doch er schlug sich wacker. "Oskar Dally hatte einen Geschäftspartner. Dessen Unterschrift war grundsätzlich bei Auflösung der Kundenkonten erforderlich."

Mit ungläubigem Blick hatten die Kommissare ihm zugehört. Als der Mann seinen Satz beendet hatte, korrigierte Schiller ihn. "Das ist unmöglich. Der Anwalt hat keine Doppelkanzlei betrieben, das wissen wir mit Sicherheit."

"Ich kann Ihnen nur sagen, was ich sehe. Es handelt sich bei dieser Regelung um eine Klausel, die aus Sicherheitsgründen eingefügt wurde. Es ist ein zweiter Befugter angegeben. Ohne ihn konnte Dally nichts ausrichten."

"Wie heißt denn dieser angebliche Partner?"

"Ähm ..." Der Angestellte hatte Probleme, den Namen auszusprechen. "Herr Rod...rigo Cal...jas."

Ein gewaltiger Gedankenschwall brach über Adam Schiller ein. Mit geschlossenen Augen reflektierte er die soeben erhaltenen Informationen. Die beiden Männer musterten ihn dabei erwartungsvoll. Mit einem Mal schien seine Grübelei zu einem Ergebnis gekommen zu sein. "Darf ich Ihr Telefon benutzen?"

"Aber natürlich."

Aus Diskretion verließ der Bankangestellte den Raum.

"Karla, Schiller hier."

"Wie gut, dass Sie sich melden. Ich habe soeben erfahren, dass die Überprüfung abgeschlossen ist. Der Schlüssel gehört tatsächlich zu Teschkas Wagen."

Schiller schwieg für einen Moment.

"Gut. Bitte beantragen Sie beim BKA eine Auflistung aller verfügbaren Informationen zur Norddeutschen Bank am

Hauptbahn-hof. Sagen Sie denen, es eilt!"

Während Schiller sprach, schossen Dacher unzählige Fragen durch den Kopf. Er war sich nicht sicher, ob er seinen Chef damit behelligen sollte. Nach einigem Überlegen entschied er, damit noch zu warten.

"Kommen Sie Dacher, wir müssen los."

Schiller verabschiedete sich von dem äußerst hilfsbereiten Bankmitarbeiter. Mit gesenkter Stimme fügte er hinzu: "Kein Wort über dieses Gespräch, zu niemandem."

"Selbstverständlich ...", entgegnete dieser perplex.

Eiligen Schrittes lief Schiller über den Parkplatz. Sein Kollege war ihm kommentarlos gefolgt. Er setzte sich hinters Steuer, bereit, Anweisungen entgegen zu nehmen.

"Wohin, Chef?"

"Zum alten Flughafen. Besser gesagt, zum dort ansässigen Limousinenservice."

Es gab vier Opfer, doch bisher hatten sie nur in drei Richtungen Befragungen durchgeführt. Der vierte Ermordete hatte keine auffindbaren Angehörigen, daher wurde er bis dato außen vor gelassen. Nun würden sie diesen Mann auf der geschäftlichen Ebene genauer unter die Lupe nehmen. Dacher erinnerte sich an die Akte des Anton Sander, den Lebemann ohne Familie. Er hielt es für eine gute Idee, seine Geschäfte zu überprüfen. Es gab da einige Dinge, die er nicht nachvollziehen konnte. Die Fragen brannten inzwischen auf seiner Zunge, also ließ er sie heraus. "Denken Sie, Wladimir Teschka wurde wirklich verbrannt? Was ich sagen möchte, kann es wirklich sein, dass der echte Schlüssel das Feuer überstanden hat? Und warum hat von der Verbrennung niemand etwas bemerkt? Es dauert doch ewig, bis ein Körper zu Asche wird. Möglicherweise stammt sie nicht von ihm und er ist doch untergetaucht?"

Schiller war positiv gestimmt. Die Tatsache, dass langsam Licht ins Dunkel der Ermittlungen kam, versetzte ihn in Erklärungslaune. "Gute Gedanken, Dacher. Ich gehe jedoch stark davon aus, dass es sich hier um eine derartige Straftat handelt. Die Verbrennung wird sicherlich nachts stattgefunden haben. Mit genug Spiritus dauert so etwas, selbst bei den momentan herrschenden Außentemperaturen, nicht mehr als drei Stunden. Der Schlüssel war angesengt und hat demnach Feuer abbekommen. Er muss sich noch in Teschkas Tasche befunden haben. Der, oder die, Täter waren offensichtlich ungeschickt und haben ihn übersehen. Dies zeigt uns, dass es sich entweder um jemand Unerfahrenen handelt, oder um einen Mord im Affekt, der schnell vertuscht werden musste. Einem Schlüssel kann im Übrigen selbst ein tausend Grad heißes Feuer nicht wirklich etwas anhaben, wenn er, wie dieser, aus reinem Stahl besteht."

Der junge Ermittler hatte aufmerksam zugehört und musste zugeben, alles war plausibel.

Mittlerweile befanden sie sich in der Auffahrt zum Service-parkplatz. Drei luxuriöse Fahrzeuge standen auf den gekenn-zeichneten Firmenstellplätzen. Vor dem Gebäudekomplex, in dem sich die Vermietung befand, wurde auf einem Schild die baldige Versteigerung der Wagen angekündigt.

Die Kommissare betraten das Haus durch die offen stehende Eingangstür und stiegen die Treppen zum dritten Stock empor. Anton Sander hatte den Service allein geführt. Es gab keine Geschäftspartner, die ihnen hätten Einlass gewähren können. Ohne Durchsuchungsbefehl standen Schiller und Dacher nun vor dem verschlossenen Büroraum.

Beide zögerten. Der Behördenweg würde Zeit in Anspruch nehmen, doch sie hatten es eilig. Schiller schaute sich um. Als er sicher war, dass sie von niemandem beobachtet wurden, machte er von seinem Spezialwerkzeug Gebrauch.

"Kein Wort darüber, verstanden?"

"Klar." Dacher war ein wenig irritiert. Doch es stand außer Frage, der Nervenkitzel gefiel ihm.

"Kommen Sie."

Schiller ging voran. Er lief geradewegs auf den Schreibtisch zu. Dieser war verschlossen, ebenso der daneben stehende Aktenschrank. "Schließen Sie die Tür. Und lassen Sie bitte die Jalousien herunter."

Dacher tat, was ihm aufgetragen wurde. Nachdem er das Licht angeschaltet hatte, begann Schiller damit, sämtliche Schränke zu öffnen. Es dauerte nicht lange, bis er das Geschäftsbuch in den Händen hielt.

"Sehen Sie sich das an."

Der junge Kommissar richtete seinen Blick auf die Zahlen, doch er wusste nicht recht, worauf sein Chef hinaus wollte.

Ohne einen Kommentar abzuwarten, fuhr Schiller fort. "Sander hat in den letzten zwei Monaten in zwanzig Limousinen investiert. Haben Sie da draußen eine derart hohe Anzahl an Fahr-zeugen gesehen?" Schiller blätterte. "Hier wird aufgeführt, dass der Großteil dieser Wagen gewinnbringend weiterverkauft wurde."

"Ist das legal?"

"Nicht ganz, es sei denn, er war im Besitz einer Händlerlizenz." Er las weiter. "Es wird immer interessanter. Die Limousinen wurden aus dem Ausland bezogen und dann, ohne Ausnahme, dorthin zurückverkauft. Das ist sehr merkwürdig. Dacher, wir müssen unbedingt diesen Händler und Lieferanten in Kroatien überprüfen. Geben Sie die Daten bitte an Karla durch, sie soll sich sofort darum kümmern."

Während Dacher sich per Handy mit ihr in Verbindung setzte, widmete Schiller sich dem Kontenbuch. Hier passte alles zusammen. Für jeden im Geschäftsbuch vermerkten An- oder Verkauf war der dazu passende Betrag gelistet. Das Geld hatte genau wie dort beschrieben die Seiten gewechselt. Allerdings gab es eine Auffälligkeit.

"Karla sagt, dieser Händler existiert nicht."

"Eine Scheinfirma also. Ich habe es geahnt. Der ganze Handel war offenbar nur eine Farce und Anton Sander selbst der Inhaber des Auslandskontos. Aber das ist inzwischen beinahe nebensächlich, schauen Sie mal hier. Sander hat die Fahrzeuge nicht aus eigener Tasche bezahlt. Es gab einen großzügigen Kapitalvorstrecker, mit sehr interessantem Namen."

"Die Kobra GmbH – wie in Kobra Bar?"

"Ganz gewiss. Vermutlich sogar mit Eintrag im Handelsregister. Geben Sie gleich mal den Prüfauftrag an Karla durch."

"Seltsam, die Gelder sind oft schon kurz nach dem Erhalt an die GmbH zurückgegangen. Teilweise noch am gleichen Tag." Auch Dacher hatte einen Blick auf die Einträge geworfen.

Schiller war diese Tatsache bereits ins Auge gefallen. "Das ist nicht seltsam, Dacher, das nennt sich Geldwäsche. Lassen Sie das mit dem Anruf, wir fahren ins Büro."

***

"Hat das BKA sich gemeldet?" Schiller war kein Freund von Small Talk, sondern stets auf das Wesentliche fokussiert.

Karla wusste mit seiner Art umzugehen. "Die Unterlagen liegen bereits auf Ihrem Schreibtisch. Kann ich sonst noch etwas für Sie tun?"

"Sammeln Sie alle auffindbaren Informationen zur Kobra GmbH."

"Wird erledigt."

Schiller begab sich eilig ins Arbeitszimmer. Sein aufgeregter Kollege folgte ihm, mit erwartungsvollem Gesichtsausdruck.

"O.k., dann sehen wir uns die Sache mal an."

Thomas Dacher beobachtete, wie die Mimik seines Gegen-übers

sich veränderte. Der Inhalt des Schreibens schien die Lage zu verschärfen, denn Schillers Stirn legte sich in tiefe Falten. Hin und wieder schüttelte er den Kopf.

"Mit so etwas hatte ich beinahe gerechnet." Der Kommissar erhob sich und begann, im Raum auf und ab zu schreiten. Es förderte seine Konzentration. "Das hier ist die Bestätigung meiner Theorie. Ein Mitarbeiter dieser Bank hat sich vor gut fünf Wochen an die Polizei gewandt. Seine Aussage war mager und sehr zögerlich. Ihm seien ungewöhnliche Kontobewegungen aufgefallen, die trotz Meldung vom verantwortlichen Direktor nicht geprüft wurden. Leider hat er die Aussage am Folgetag revidiert. Allerdings hatte er zuvor die Namen möglicher Beteiligter genannt."

"Wahnsinn. Sollen wir gleich zur Bank fahren?"

Schiller antwortete nicht. Stattdessen steckte er blitzschnell seinen Kopf durch die halboffene Tür. "Irgendwelche Resultate?"

"Aber natürlich. Die Kobra GmbH ist offiziell im Handelsregister erfasst. Sie existiert seit einem halben Jahr. Es gibt zwei Geschäftsführer..."

"Lassen Sie mich raten", unterbrach er sie, "Rodrigo Caljas und Oskar Dally."

"Stimmt."

Schiller hielt kurz inne, um seine Gedanken zu ordnen. Dann wandte er sich seinem Kollegen zu. "Machen wir uns auf den Weg."

Endlich waren die Ermittlungen in Gang gekommen. Doch die Richtung, in die alles zeigte, beunruhigte Schiller. Sein Verdacht bestätigte sich mit jeder neuen Erkenntnis mehr. Er wusste, dass es von nun an bedeutend schwieriger werden würde, an brauchbare Informationen zu gelangen. Er musste es geschickt anstellen. Und er konnte nur hoffen, dass der Mitarbeiter, mit dem sie am frühen Nachmittag gesprochen hatten, über ihr Gespräch geschwiegen hatte.

Während der Fahrt zur Bank legte Schiller sich einen Plan zurecht. Dacher bat er, im Auto zu warten. Ein derartiges Manöver setzte die Gelassenheit jahrelanger Erfahrung voraus. Sie durften an diesem Punkt nichts riskieren.

15

"Einen schönen guten Tag. Wie kann ich Ihnen helfen?" Der Bankangestellte, von dem Schiller erneut freundlich empfangen wurde, hatte den Kommissar vor ein paar Stunden bereits im Foyer gesehen. Doch der Mann schien sich nicht an ihn zu erinnern.

"Guten Tag, Sommer mein Name. Ich habe ein paar Fragen zu meinem Kredit und würde gern mit meinem Berater, Herrn Ehling, einen Termin vereinbaren."

"Herr Ehling ist leider nicht zu sprechen. Sicherlich können Ihre Fragen dennoch beantwortet werden."

"Wann ist er denn wieder anwesend? Ich warte gerne."

"Bedaure, der Herr arbeitet leider nicht mehr in diesem Hause."

Schiller hatte sich bereits ausgerechnet, dass ein Mitarbeiter, der sich an die Polizei gewandt hatte, nicht länger hier tätig war. "Das ist sehr schade. Ist er versetzt worden?"

"Nein, er hat unser Haus leider verlassen. Aber kommen Sie, es gibt genug andere Mitarbeiter, die Ihnen gerne weiterhelfen."

Die Freundlichkeit des Mannes stieß allmählich an ihre Grenzen. Er wirkte genervt, auch wenn man es ihm nur unterschwellig anmerkte. Schiller warf einen Blick auf sein Namensschild. Diesen Namen hatte er soeben in einem Polizeibericht gelesen. Walter Ehling hatte ihn der Mittäterschaft beschuldigt.

"Oh, ich wurde vor kurzem von einem Herrn Rattke sehr gut beraten. Ist er zu sprechen?"

"Gewiss. Bitte folgen Sie mir."

Mit einem Lächeln wurde Schiller von Achim Rattke an dessen Schreibtisch empfangen. Der Kollege begab sich in den Eingangsbereich zurück. Als er außer Hörweite war, fixierte Schiller den Angestellten. Mit gedämpfter Stimme erklärte er: "Ich bin nicht wegen einer Beratung hier. Ich ermittle für das LKA."

Der Mann blickte Schiller mit gefrorener Miene an.

"Kriminalpolizei? Was wollen Sie von mir?"

"Darüber werden wir uns unterhalten. Seinen Sie vorab versichert, dass ihre Kooperationsbereitschaft am Ende zu Ihren Gunsten ausgelegt wird."

Der Mann sah Schiller skeptisch an. Er schien jedoch eine Ahnung zu haben und flüsterte: "Hier können wir nicht reden. Wir gehen besser in einen Beratungsraum."

Er erhob sich. Mit gewohnt professionellem Lächeln sagte er in hörbarer Lautstärke: "Kommen Sie bitte."

Als die Männer ungestört waren, wurde Achim Rattke sichtlich nervös. Er hatte einen Stift vom Tisch genommen und hantierte damit. Schiller schlug einen ruhigen Ton an.

"Wir sind auf Ihre Hilfe angewiesen, bei der Untersuchung eines äußerst schwierigen Falles. Die Aussagen, die ihr ehemaliger Kollege, Walter Ehling, der Polizei gegenüber getätigt hat, sind für dessen Klärung von großer Bedeutung. Ich benötige für die Beweisführung dringend interne Informationen. Und, machen Sie sich bitte keine Sorgen, dieses Gespräch wird streng vertraulich behandelt. Ihr Name wird in diesem Zusammenhang nicht erwähnt."

Rattke nickte schweigend. Obwohl Bankdirektor Lüdger keine Gefahr mehr für ihn darstellen konnte, schien er sich unsicher zu fühlen.

"Herr Rattke, ich weiß, dass Sie sich nicht absichtlich in diese prekäre Lage begeben haben. Wahrscheinlich haben Sie, nicht als einziger, stillschweigend zugesehen, wie eine Menge falscher Dinge passiert sind. Sie haben sich dadurch jedoch nur vermin-dert strafbar gemacht. Selbst, wenn Sie Gelder für Ihr Schweigen bekommen haben." Schiller vergewisserte sich, dass er Achim Rattkes ungeteilte Aufmerksamkeit innehatte. "Wenn Sie uns helfen, ist die ganze Misere bald überstanden, das versichere ich Ihnen."

Der Bankmitarbeiter wirkte noch immer nicht überzeugt.

"Ich möchte, dass Sie sich bewusst machen, dass Herbert Lüdger und Oskar Dally absolut keine Gefahr mehr darstellen und Rodrigo Caljas sich in Haft befindet."

Nach dieser Aussage fasste der Mann Mut. Mit einem Kopfnicken signalisierte er dem Kommissar, dass er für dessen Fragen bereit war.

"Herr Rattke, was können Sie mir in dieser Angelegenheit berichten?"

"Also gut, aber ich bestehe auf Anonymität."

Schiller nickte.

"In den letzten Monaten gab es wiederholt Unstimmigkeiten bei Transferbewegungen. Diese betrafen ganz bestimmte Konten. Zwei Mitarbeiter sind zufällig darauf gestoßen und haben es weiterverfolgt."

"Das hat Herr Ehling der Polizei gemeldet. Was bedeutet es im Detail? Und um wessen Konten handelte es sich?"

"Die Geschäftskonten der Herren Dally und Caljas. Es bedeutet, dass in auffälliger Regelmäßigkeit sehr hohe Überweisungen eingegangen sind. Bareinzahlungen gab es ebenso."

"Von welchen Beträgen sprechen wir?"

"Bis zu 100.000 Euro pro Transaktion. Es handelte sich zwar um Geschäftskonten, doch wir Mitarbeiter sind generell dazu verpflichtet, Transferbewegungen ab 15.000 Euro zu prüfen. Insbesondere, wenn sie in derartiger Häufigkeit vorkommen."

"Haben Sie es Ihrem Direktor gemeldet?"

"Ja, das haben wir. Er meinte, er würde sich darum kümmern. Allerdings trafen ungehindert immer neue Überweisungen ein. Und auf einmal war die Rückverfolgung gesperrt."

"Erinnern Sie sich zufällig, woher die ersten Überweisungen kamen?"

"Von Kontenauflösungen." Rattkes Blick wurde ernster. "Aus

dieser Filiale."

Schiller erhob sich. "Wer waren die Inhaber dieser Konten?"

"Das war im Nachhinein unglaublich schwer – nein, es war unmöglich das nachzuvollziehen. Doch mein Kollege hat nichts unversucht gelassen und eine riskante, aber wirksame, Suchmethode ausprobiert. Alle Originalverträge werden archiviert, in einem kameraüberwachten Raum. Walter hat die Anlage ausgetrickst und heimlich alle Unterlagen durchsucht. Er hat sie tatsächlich gefunden. Es existierten mehrere leere Kundenkonten, für die Oskar Dally und Rodrigo Caljas als Notare die Befugnis haben. In allen Verträgen fehlte jedoch die Unterschrift des Kunden, sie waren also nicht rechtskräftig. Es handelte sich um Scheinkonten. Doch über jedes dieser Konten war eines unserer Schließfächer angemietet. Mit hohen externen Versicherungen."

"Extern?"

"Ja, die Bank bietet ihren Kunden lediglich eine Standard-versicherung an. Für Summen, die eine gewisse Höhe über-schreiten – bei uns sind es 25.000 Euro – vermitteln wir an eine befreundete Versicherung. Das kommt selten vor, deshalb waren wir in diesen Fällen auch sehr verwundert und haben es im Auge behalten."

"Erlauben Sie eine kurze Zwischenfrage. Wer ist wir?"

"Walter Ehling und ich." Rattke pausierte. Er wirkte bedrückt.

"Wie ging es dann weiter?"

"Wir haben die Konten akribisch genau im Auge behalten. An besagte Versicherung wurden in großer Regelmäßigkeit Dieb-stähle gemeldet, die in unserem Hause überhaupt nicht bekannt waren. Die Versicherungssummen wurden in jedem der Fälle schnell und ohne Rückfragen gezahlt."

"Ist das ungewöhnlich?"

"Sehr. Im Normalfall forscht die Versicherung genau nach und lässt sich etwas mehr Zeit. Im Schadensfall müssen die Kunden dort eine Inventarliste vorlegen, manchmal sogar Original-Kaufbestätigungen und Fotos der tatsächlichen Einlagen."

"So etwas gab es in diesen Fällen nicht?"

"Soweit wir wissen, nie. Diese Dinge regelt die Versicherung, wir als Kreditinstitut bleiben dabei außen vor. Aber wie gesagt, das Prozedere ging ungewöhnlich schnell vonstatten. Walter und ich haben uns darüber gewundert. Einmal haben wir deshalb sogar etwas streng Verbotenes getan." Er unterbrach sich.

"Herr Rattke, keine Sorge, alles was Sie sagen, wird vertraulich behandelt."

"..."

"Ich gebe Ihnen mein Wort."

"Wir haben meistens die Mittagspause zusammen verbracht. Die können in unsere Filiale maximal drei Mitarbeiter gleichzeitig nehmen. Der andere Kollege pausierte außer Haus, also nutzten wir die Gelegenheit. Die geplante Unternehmung mussten wir ungestört durchführen, die Chancen standen gut. Ich zog meine Straßenkleidung über und setzte einen Hut auf, um unerkannt zu bleiben. Dann begaben wir uns in den Tresorraum. Zuvor hatten wir eines der besagten Schließfächer ausgesucht und den Schlüssel entwendet. Die Fächer lassen sich mit einem der jeweiligen Schlüssel in Kombination mit unserem Generalschlüssel öffnen. Wir fanden das Fach tatsächlich verschlossen vor, doch es war leer."

"Versicherungsbetrug", warf Schiller ein.

Rattke nickte. "Uns war sofort klar, dass der Direktor darin verstrickt sein musste, also haben wir uns von da an rausgehalten. Nun, ich zumindest ..."

"Waren Sie die einzigen Mitarbeiter, die von all dem wussten?"

"Nein. Alle haben von den immens hohen Transfersummen gewusst. Doch das Thema wurde gemieden."

"Wir müssen davon ausgehen, dass ein Teil der Kollegen von

Beginn an eingeweiht war, um einen reibungslosen Ablauf zu garantieren... Gab es nach Lüdgers Tod personelle Änderungen?"

"Bisher nicht. Nur eine Neuerung, von nun an werden immer beide Schließfachschlüssel an die Kunden ausgehändigt. Aus Sicherheitsgründen. Um vermeintlichen bankinternen Diebstahl in Zukunft zu unterbinden. Das ist eine Anweisung des neuen Direktors. Er war zuvor Lüdgers Stellvertreter."

"Verstehe." Schiller war in Gedanken. "Wie war noch gleich der Name der beteiligten Versicherung?"

"Die PBV Versicherungsgesellschaft."

Der Kommissar hielt einen Moment inne. Dann hatte er es plötzlich eilig. Bevor er sich verabschiedete, wollte er jedoch noch etwas in Erfahrung bringen. "Haben Sie noch Kontakt zu Walter Ehling?"

Achim Rattke blickte zu Boden. Er hatte sichtlich Mühe, folgende Worte über die Lippen zu bringen: "Walter wurde am 4. Januar, zwei Tage nach seiner Aussage, in einen tödlichen Unfall verwickelt. Er hatte sich am Tag zuvor geweigert, Schweigegeld anzunehmen." Tiefe Sorgenfalten legten sich auf seine Stirn. "Bitte, seinen Sie mit Ihren Ermittlungen vorsichtig und diskret. Ich habe Familie."

Er begann erneut, mit dem Stift zu hantieren.

"Herr Rattke, wir werden Sie nicht in Gefahr bringen. Seien Sie dessen gewiss."

***

Dacher hatte die letzte halbe Stunde ungeduldig wartend im Wagen verbracht. Zu gerne hätte er an dieser Vernehmung teilgenommen. Seine angestaute Neugierde platzte nur so aus ihm heraus, als Schiller sich auf dem Beifahrersitz neben ihm niederließ. "Wie ist es gelaufen, Chef? Was haben Sie erfahren?"

Der Kommissar musste sich einen Moment sammeln, bevor er in der Lage war zu antworten. "Der Fall ist geklärt. Rodrigo Caljas und Oskar Dally haben gemeinsam Versicherungsbetrug begangen, mit Lüdgers Beihilfe. Die leeren Konten, für die beide die Befugnis hatten, dienten dabei als Mittel zum Zweck. Dally galt durch seine Kanzlei offiziell als ihr Verwalter. Ihm konnte im Falle einer Prüfung nichts geschehen, denn die Konten waren, abgesehen von den fehlenden Kundenunterschriften, lupenreine Klientenkonten. Nachdem der Diebstahl offiziell gemeldet und die Versicherungsprämie eingegangen war, lösten sie diese, gemeinsam mit Lüdger, auf. Oft mehrere gleichzeitig. Das Geld wurde sofort an ihre Geschäftskonten weitergeleitet. Dass die Gelder aus einem Versicherungsbetrug resultierten, konnte man im Anschluss nicht mehr nachvollziehen, da die Rückverfolgung gesperrt war. Caljas ließ sich das Geld meist direkt auszahlen, um dies später mit Sanders Hilfe rein zu waschen. Anton Sander hat seinen Kapitalvorschuss in bar bekommen, in Form einer vorgeblichen Leihgabe für die Beschaffung von Neuwagen. Diese Leihgabe hat er Caljas daraufhin zurück überwiesen."

Dacher war von den Neuigkeiten überwältigt. "Dann waren die Morde in der Bar Zeugenmorde? Um die Angelegenheit zu vertuschen, weil sich einer der Bankmitarbeiter an die Polizei gewandt hatte?"

"Davon können wir ausgehen."

Der junge Kommissar schien verwundert.

"Was ist, Dacher?"

"Mir ist nicht ganz klar, wie das Verschwinden, beziehungs-weise der Tod Wladimir Teschkas in die ganze Sache passt."

"Darum werden wir uns später kümmern. Der Versicherungs-partner der Bank heißt PBV, Peter Kleins Arbeitgeber. Den Beschreibungen nach schien er mir nicht der Typ zu sein, der sich an derartigen Machenschaften beteiligt. Dem müssen wir nach-

157

gehen, bevor wir die Vorwürfe offiziell machen können."

***

Aufgrund der fortgeschrittenen Stunde waren nur noch wenige Versicherungsmitarbeiter anwesend. Der Direktor hatte sich längst in den Feierabend verabschiedet, doch Kleins Nachfolger, der neue stellvertretende Leiter, saß noch an seinem Schreibtisch, in Unterlagen vertieft. Als er die Männer bemerkte, legte er die Akte beiseite.

"Guten Abend, wie kann ich Ihnen helfen?"

"Wir sind von der Kriminalpolizei und ermitteln im Mordfall Klein."

Der Mann sah die Kommissare erwartungsvoll an.

"Vielleicht können Sie uns ein paar Fragen beantworten?"

"Aber natürlich. Bitte, nehmen Sie doch Platz." Die Freundlichkeit des Mitarbeiters wirkte aufgesetzt. "Ich bin bereit für Ihre Fragen, wenn Sie es sind."

Sein Lächeln war marionettenhaft.

"Gut. Wie lange arbeiten Sie schon für die PBV?"

"Inzwischen sind es gut sieben hervorragende Jahre."

"Demnach kannten Sie Peter Klein während seiner gesamten Zeit hier. Wir wissen bereits, dass er bei seinen Kollegen nicht sehr beliebt war. War dies von Anfang an der Fall, oder hat es sich ab einem bestimmten Zeitpunkt so entwickelt?"

"Nein, er war schon immer schwer zugänglich. Er hatte leider kein sehr sonniges Gemüt."

Schiller gab dazu keinen Kommentar ab. "Ihrem Namensschild zufolge, haben Sie seine Nachfolge übernommen. Da bleibt es Ihnen sicherlich nicht erspart, alte Akten durchzusehen, um vollends im Bilde zu sein?"

"Nun ja, das muss man schon tun."

"Sind Ihnen Unregelmäßigkeiten aufgefallen?"

"Nicht im Geringsten. Die Arbeit des Kollegen Klein war stets hervorragend und fehlerfrei. Er war einer unserer besten Mitarbeiter, nicht ohne Grund der stellvertretende Leiter."

"Sie sind absolut sicher, dass keine der von ihm freigegebenen Prämien auffällig schnell oder ohne gründliche Prüfung an Versicherte übergegangen ist?"

"Absolut! Was wollen Sie da unterstellen?"

"Ich spreche von auffällig hohen Geldbeträgen, die in Rekordzeit, und ohne die üblichen Prüfungen, an Schließfachkunden einer gewissen Bank ausgeschüttet wurden. Von einem Ihrer Mitarbeiter."

"Das ist Humbug und üble Nachrede!"

"Der Betrugsverdacht wurde uns von der Bank bereits bestätigt. Und die PBV war nachweislich beteiligt."

Nun hüllte der Mann sich in Schweigen. Er war kurz davor, zu kapitulieren, dessen war Schiller sicher.

"Sie haben den Schwindel längst bemerkt, habe ich Recht?"

Der frisch beförderte Versicherungsangestellte blickte erhobenen Hauptes an den Kommissaren vorbei. Er schwieg weiterhin.

"Warum haben Sie den Betrug nicht der Polizei gemeldet, wie es Ihre Pflicht gewesen wäre? Immerhin wurde der darin verwickelte Mitarbeiter ermordet."

Um die Beherrschtheit des Mannes war es nun geschehen. Seine Nasenflügel bebten. Er war empört. Zwischen den fest zusammengekniffenen Zähnen drangen energische Worte hervor. "Denken Sie vielleicht, wir legen es darauf an, den guten Ruf unserer Versicherung aufs Spiel zu setzen?"

Schiller hatte sich langsam erhoben und blickte auf den Mann herab. "Machen Sie sich auf Konsequenzen gefasst."

Ohne eine Reaktion abzuwarten, begaben die Männer sich nach dieser Ankündigung zum Ausgang.

Dacher verließ die PBV mit gutem Gefühl. Schiller hingegen war mit den Resultaten der Befragung unzufrieden. Die Tatbestände und Zusammenhänge waren weitestgehend geklärt, doch Kleins Rolle darin wirkte auf ihn wenig überzeugend. Den einheitlichen Beschreibungen seiner Kollegen zufolge, passte er keineswegs in die Täterkategorie eines derartigen Kalibers. Zudem war Klein nur der stellvertretende Leiter. Der Betrug musste demnach sehr gut vor den Hauptverantwortlichen vertuscht, oder gar direkt von jemand Höhergestelltem begangen worden sein. Im ersten Falle wären Mitwisser und Teamarbeit von Nöten gewesen. Kleins geringer Beliebtheitsstatus schloss dies jedoch aus. Möglicherweise wurde er im Nachhinein als Sündenbock deklariert und der wahre Täter befand sich noch unter ihnen. Vielleicht wurde der Betrug deshalb nicht der Polizei gemeldet. Die Begründung einer drohenden Rufschädigung erschien ihm jedenfalls äußerst fadenscheinig.

Von den Mitarbeitern der PBV würde er die Wahrheit an diesem Tage nicht mehr erfahren, deshalb beschloss Schiller, erneut die Mutter des Verstorbenen aufzusuchen. Sie war die einzige Person, die den Mann wirklich kannte. Der Kommissar hoffte inständig, dass die ältere Dame mittlerweile vernehmungsfähig war.

***

Seit dem Tod ihres geliebten Sohnes hatte Elvira Klein ihre Zeit damit zugebracht, Fotos aus längst vergangenen Tagen anzusehen und diese in ihrer Wohnung zu verteilen. Nur, wenn sie Bilder ihres einzigen Kindes betrachtete, vergaß sie die lähmende Leere, die sein plötzlicher Verlust in ihrem Leben hinterlassen hatte. An seiner statt erfüllten in Schnappschüssen festgehaltene Erinnerungen die Wände um sie herum mit etwas Lebendigkeit. Dies war der einzige Trost, der ihr nach der grausamen Tat geblieben war.

Tagelang hatte sie weder essen, noch schlafen können. Als sie den Kommissaren die Tür öffnete, sahen sie dies auf den ersten Blick. Die zierliche Frau wirkte unnatürlich blass, ihre Augen waren gerötet. Es kostete die Männer viel Überwindung, sie in diesem Zustand mit einer Befragung zu belästigen. Doch der aktuelle Ermittlungsstand ließ keine Verschiebung zu. Nachdem Schiller sich vorgestellt hatte, nahmen sie zu dritt an einem Tisch in der erdrückend engen Küche Platz.

Frau Klein hatte sichtlich Mühe, sich auf die Gegenwart ihrer Besucher einzulassen. Ihr Blick wich dem der Kommissare aus und fixierte die Bilder an der Wand.

Dacher spürte ihre trostlose Einsamkeit sehr deutlich, sie tat ihm leid. Ohne darüber nachzudenken, legte er seine Hand auf ihre. Erst durch diese Berührung schien sie sich der Realität bewusst zu werden. Ihr Blick richtete sich auf die leere Tischplatte, dann auf die fremde Hand. Tränen schossen in ihre Augen und flossen ihre Wangen hinab, ohne dass sie sich dessen bewusst war oder dafür schämte. Ihre Trauer war für sie zur Selbstverständlichkeit geworden.

Selbst Schiller ließ das gebrochene Herz dieser Frau nicht unberührt. Er war sehr bemüht, die Stille so taktvoll wie möglich zu unterbrechen.

"Wir möchten unser tiefes Beileid aussprechen." Um sich zu vergewissern, dass die Bedrücktheit der Frau durch seine Worte nicht zunahm, schaute er sie abwartend an. Die regungslose Dame nickte kaum merklich, mit geschlossenen Augen. Dann erwiderte sie Schillers Blick. "Dies ist eine schwierige Zeit für Sie, dafür haben wir vollstes Verständnis. Doch Sie könnten uns sehr weiterhelfen, wenn Sie uns ein paar Fragen beantworten. Denken Sie, das ist möglich?"

Sie nickte ein weiteres Mal. Die fest zusammengekniffenen

Lippen waren stark nach unten gebogen. Ihr Kinn bebte, sie atmete hörbar ein und aus. Wut stieg in ihr auf. Dieses Gefühl brachte sie dazu, endlich ihr eisernes Schweigen zu brechen. "Wenn es dabei hilft, das Monster zu finden, das mir ... den Sohn genommen hat" Sie beendete den Satz mit herzzerreißendem Weinen.

Schiller hielt dies für einen guten Anfang. Er reichte der Dame ein Taschentuch und gab ihr etwas Zeit, sich zu sammeln. Dann fuhr er fort. "Ich werde Ihnen jetzt ein paar Namen nennen und Sie sagen mir, ob Ihnen einer davon bekannt ist. In Ordnung?"

Sie erklärte sich bereit.

"Herbert Lüdger."

Elvira Klein schüttelte den Kopf.

"Oskar Dally."

Erneutes Kopfschütteln.

"Anton Sander."

Peter Kleins Mutter hatte von diesen Männern noch nie zuvor gehört.

Dacher bemerkte, dass die Frau bei jedem Wortwechsel große Mühe hatte, ihre Augen von den Fotos an der Wand loszureißen. Sein Mitleid für sie war größer als seine Distanz zu ihr. Er ließ seinen eigentlichen Beruf für einen Moment außer Acht und begab sich in ihre Gedankenwelt. "Erzählen sie uns doch ein wenig von ihrem Sohn, Frau Klein." Er nickte ihr aufmunternd zu.

Die Dame freute sich sichtlich, dass jemand an ihrer Geschichte Interesse zeigte. Sie seufzte, bevor sie begann. "Peter war der beste Junge, den man sich nur vorstellen kann. Immer lieb und hilfsbereit. Er war mein Ein und Alles." Sie bedeckte ihr Gesicht mit einer Hand. Der noch frische Schmerz übermannte sie. Doch sie nahm sich zusammen und fuhr fort. "Er hatte ein kleines Problem, wissen Sie. Er war nicht wie die anderen Jungen. Mochte es nicht, draußen zu toben. Er war lieber hier bei mir zu Hause. Oder allein in seinem Zimmer. In der Schule hatte er nie Probleme, zumindest was das Lernen anging. Doch die Mitschüler kamen mit seiner ruhigen Art nicht zurecht. Er wurde häufig gehänselt, manchmal sogar geschlagen ..." Die Erinnerung zwang sie erneut zu einer Pause. "Unser Arzt meinte einmal, Peter wäre leicht autistisch. Deshalb benahm er sich anders als die anderen. Mich hat das nie gestört, er war immer mein Sonnenschein. Aber er hatte so viele Ängste, fühlte sich nicht wohl draußen in der Welt. Trotz allem hat er sich wacker geschlagen, hat stets gute Leistungen gezeigt und es später in seiner Arbeit weit gebracht."

"Ja, bis zum stellvertretenden Leiter der PBV Versicherung. Das ist eine großartige Leistung."

"Das ist es. Ich war so stolz auf ihn. Aber im Grunde war er der Leiter dieser Versicherung. Mein Junge musste die Arbeit beinahe allein erledigen, übernahm die ganze Verantwortung. Der eigentliche Direktor war nur Repräsentant. Der hat sich in Wahrheit um nichts gekümmert ... Peter wurde nur ausgenutzt. Aber er hat sich nie beschwert. Er war schon immer tapfer, auch damals in der Schule."

Kommissar Schiller reflektierte darüber, wie viel Handlungsfreiraum Peter Klein als tatsächlicher Leiter gehabt hatte und wie wenig ein Missbrauch dessen wiederum zu ihm gepasst hätte. Vor diesem Gespräch hatte er bereits Zweifel gehegt, doch nach den Beschreibungen der Mutter war er dessen gewiss. Bei dem Versicherungsbetrug war etwas ganz gewaltig faul gewesen.

Auch die trauernde Mutter war in Gedanken versunken, schwelgte in Erinnerungen. Schiller überlegte, wie er sich pietätvoll von dieser armen Frau verabschieden konnte. Auf einmal trafen sich ihre Blicke. Elvira Klein schaute den Kommissar kritisch an. "Sagten Sie Oskar Dally?"

"Ja, ganz genau!" Euphorie mischte sich in Dachers explosionsartigen Ausruf. Schiller musste sich einen ungläubigen Blick in seine Richtung verkneifen. Doch auch er war erfreut darüber, dass der Dame, trotz ihrer Trauer, offenbar ein Einfall gekommen war.

"Peter und Oskar waren zusammen auf der Schule. Er hat ihn oft böse geärgert."

"Tatsächlich? Hatten die Beiden in letzter Zeit Kontakt?"

"Ganz bestimmt nicht. Peter war froh, als er nach dem Abitur vor ihm Ruhe hatte. Und ich kann mir nicht vorstellen, dass ihnen später daran gelegen war, den Zwist von damals aus der Welt zu schaffen."

"Höchstwahrscheinlich nicht. Frau Klein, hat ihr Sohn in den Tagen oder Wochen vor seinem Tod verändert gewirkt? Hatte er Sorgen?"

"Er war zu keiner Zeit wirklich unbeschwert. Doch tatsächlich war er in den letzten Wochen etwas bedrückter als sonst. Er wollte nicht verraten, was es war. Ich habe es auf die anstrengende Arbeit geschoben."

"Er hat diesbezüglich gar nichts geäußert?"

"Nein. Und ich habe ihn in Ruhe gelassen. Er mochte es nicht, ausgefragt zu werden. Aber er wusste, dass ich immer ein offenes Ohr für ihn gehabt hätte. Vieles hat er mit sich allein aus-gemacht, wissen Sie. So war er eben."

Sie senkte den Kopf. Die anfängliche Bedrücktheit schien sie wieder unter Beschlag zu nehmen. Nun war es für die Kommissare an der Zeit, sich zu verabschieden.

Schiller hinterließ ihr die Nummer des psychologischen Dienstes, dann verließen die Männer Elvira Kleins Wohnung.

Einen Teil der Trauer nahmen sie mit sich. Die einsame, alte Dame tat Beiden aufrichtig leid. Für eine Weile herrschte zwischen den Männern betroffenes Schweigen. Doch als sie sich im Auto niederließen, begannen sie sich wieder auf den Fall zu konzentrieren.

"Was machen wir jetzt?"

"Karla soll bei der Telefongesellschaft unverzüglich eine detaill-ierte Rechnung für Oskar Dallys Geschäftsanschluss anfordern. Für mich steht ganz eindeutig das Wort Erpressung im Raum. Klein wurde von Dally zu dieser Tat gezwungen, da bin ich sicher. Er wird dafür nicht persönlich in sein Büro marschiert sein, also müssen wir herausfinden, ob es Anrufe gab. Ohne dies steht jedoch fest, dass alle Männer für die Caljas Brüder gearbeitet haben. Oder mit ihnen. So oder so, die Tötungsdelikte in der Kobra Bar sind ganz eindeutige Zeugenmorde. Nachdem der Bankmitarbeiter den Betrugsverdacht der Polizei gemeldet hatte, wurde ihnen die Situation zu heikel. Also lockten sie die Männer in die Bar, um sie während ihrer Abwesenheit beseitigen zu lassen. Wir müssen uns in den nächsten Tagen nach Mitwissern umsehen, doch vorerst haben wir genug getan. Es ist schon spät, am besten machen wir für heute erst mal Feierabend."

Der Vorschlag, nun nach Hause zu seiner Freundin zu fahren, klang in Dachers Ohren unbeschreiblich gut. Er war erschöpft. Aus diesem Grunde sparte er sich weitere Fragen und nickte zustimmend. Er fuhr zuerst Schiller, dann sich selbst nach Hause und ließ den Fall, sowie alle dienstlichen Angelegenheiten, für den Rest des Tages hinter sich.

***

Für Adam Schiller begann nun die Nachtschicht. Den Feierabend hatte er eingeläutet, um Dacher eine Pause zu gönnen. Doch für ihn selbst war dies nicht eingeplant. Den ganzen Tag über war es ihm unsagbar schwer gefallen, die flüchtige Begegnung mit Viktoria Suhrer zu vergessen. Nun wollte er sich damit auseinandersetzen, ohne seinen Kollegen einzuweihen.

Die Frau hatte bei ihrer Einkaufstour sehr entspannt gewirkt. Von der Verfolgungsangst der letzten Tage war keine Spur geblieben. Etwas musste passiert sein. Möglicherweise hatte sie nun jemanden an ihrer Seite, der ihr Schutz bot. Und Geld. Ein unangenehmes Ziehen durchfuhr Schillers Magenregion. Wenn es so war, hatte sie mit ihm nur gespielt. Doch was war ihre Motivation? Mit den Morden konnte sie kaum etwas zu tun haben ... Vielleicht war sie an der Geldwäsche beteiligt. Womöglich rührte ihr unerklärlicher Wohlstand daher. Schiller musste mehr erfahren. Musste klären, was es mit all dem auf sich hatte. Deshalb beschloss er, sie zu besuchen.

Nach dem zweiten Klingeln meldete sie sich über die Gegensprechanlage.

"Guten Abend Viktoria. Adam Schiller hier."

"Hallo Herr Kommissar. Was verschafft mir die Ehre?"

Aufgrund der Beobachtungen am Nachmittag war Schiller von ihrem formellen Ton nicht sehr überrascht. Dennoch nahm ihre Distanziertheit ihm ein wenig den Wind aus den Segeln.

"Nun, ich war gerade in der Nähe und wollte mich nach Ihrem Befinden erkundigen. Wie geht es Ihnen?"

"Ach, bei mir ist alles hervorragend, danke."

Das konnte ich sehen, dachte Schiller bei sich.

"Ihnen geht es hoffentlich auch gut?"

"Ja, alles bestens."

Viktoria schwieg. Offenbar hatte sie gänzlich das Interesse verloren. Die frostige Atmosphäre erlaubte es dem Kommissar nicht, sie um Einlass zu bitten. Unverfängliche Fragen über die Herkunft ihres Vermögens oder den Grund ihrer neu gewonnenen Sorglosigkeit musste er vorerst herunterschlucken. "Schön, dann wünsche ich Ihnen noch einen angenehmen Abend."

Schiller hörte ein Klacken. Viktoria hatte sich ohne Worte verabschiedet.

Derartige Gleichgültigkeit hatte er, trotz seiner Vorahnung, nicht erwartet. Er zog für einen kurzen Moment in Betracht, ihren Stolz gekränkt zu haben, durch den unglücklichen Ausgang des gemeinsam verbrachten Abends. Sie hatte ihm seine Konsequenz möglicherweise übel genommen. Schillers wiedererweckter Instinkt hielt eine andere Theorie jedoch für wahrscheinlicher.

***

Ausdauerndes Klingeln riss den Kommissar am darauffolgenden Mittag aus dem Schlaf. Er fühlte sich wie gerädert, war wieder die halbe Nacht wach gewesen.

Kurz nachdem er den Hörer unwillig abgehoben hatte, um dem unliebsamen Geräusch ein Ende zu bereiten, redete Dacher aufgeregt auf ihn ein: "Ich bin auf dem Weg zu Ihnen. Wir müssen sofort in die Haftanstalt, Rodrigo Caljas hat ein Geständnis abgelegt."

"In Ordnung." Die Neuigkeit wirkte auf Schiller wie starker Kaffee. Er war noch immer abgeschlagen, doch allmählich kam er in Gang. Ihm blieb gerade genug Zeit, sich zu waschen und frische Kleidung überzuziehen, bevor sein Kollege an der Haustür Sturm klingelte. Etwas kraftlos, aber erwartungsvoll gestimmt, lief der Kommissar die Treppen hinab. Als er den Dienstwagen erreicht und sich neben seinem Kollegen niedergelassen hatte, trat dieser aufs Gaspedal, noch bevor Schiller die Tür schloss. Vor Aufregung achtete der junge Ermittler nicht auf derartige Details, denn mehr als eine Stunde zuvor hatte er die Neuigkeiten er-fahren und versucht, Schiller zu erreichen. Endlich waren sie beide startklar, nun wollte er keine weitere Sekunde verschenken. In Rekordzeit legte er die Strecke bis zur JVA zurück, sprang aus dem Wagen und ging voran.

Sein übereifriges Verhalten ging dem inzwischen hellwachen Schiller massiv gegen den Strich. An Ehrgeiz war nicht das

Geringste auszusetzen, doch den Ton gab noch immer er selbst an. Und wenn es darum ging, in Aktion zu treten, ging noch immer er vorneweg. Gewisse Hierarchien mussten dringend beachtet werden, das stellte er sofort klar.

"Dacher, halten Sie sich verdammt noch mal zurück!"

Schillers schroffer Tonfall erinnerte Dacher immer wieder daran, dass er lediglich die Rolle eines Assistenten innehatte. Demütig begab er sich in den Hintergrund und lenkte ein. "Tut mir leid, Chef. Kommt nicht wieder vor."

Sie passierten den Sicherheitseingang. Auf der anderen Seite des Tores wurden die Kommissare bereits erwartet. Der Gefängnisleiter hatte sich für sie Zeit genommen, denn der betroffene Insasse war auch für ihn von besonderem Interesse. Um über seinen Fall bestmöglich informiert zu sein, wollte er am anstehenden Gespräch teilnehmen. Er begrüßte zuerst Schiller, dann Dacher mit Handschlag und bat sie, ihm zu folgen.

Während sie den trostlosen Gang entlang liefen – belegte Zellen zu beiden Seiten – erklärte der Gefängnisdirektor den Ermittlern, was sie zu erwarten hatten.

"Herr Caljas wurde ruhig gestellt und ist nun für die Vernehmung bereit. Vorab sollten Sie jedoch wissen, dass er sich in einem überaus labilen Zustand befindet und es, trotz der Beruhigungsmittel, zu gefährlichen Kontrollverlusten kommen kann. Schon auf kleinste Provokationen oder leichtfertige Äußerungen reagiert er unerwartet aggressiv. Sehen Sie daher bitte davon ab, es sei denn, es ist unvermeidlich. Zwei Mitarbeiter unseres Sicherheitspersonals werden für alle Fälle vor der Tür in Bereitschaft stehen."

Schiller und Dacher waren sich dem Ernst der Lage bewusster, als der Mann ahnen konnte. Sie drückten nickend ihr Verständnis aus.

"Weiterhin tendiert er dazu, ins Spanische zu verfallen. Deshalb haben wir einen Dolmetscher engagiert, der uns bei der Behandlung behilflich ist. Wenn Sie wünschen, steht er ihnen auch für das Verhör zu Verfügung."

Schiller nahm das Angebot dankend an. Inzwischen hatten die Männer Rodrigos Zelle erreicht. Alle angekündigten Personen waren dort bereits versammelt. Einsilbigen Begrüßungen folgte nachdenkliches Schweigen. Die Situation verlangte jedem Einzelnen höchste Konzentration ab. Jeder traf im Stillen letzte Vorbereitungen.

"Sobald Sie bereit sind, geht es los." Der Direktor wollte die heikle Befragung schnellstens in Angriff nehmen. Auch Schiller hatte kein Interesse daran, das Gespräch unnötig hinaus zu zögern und gab das Kommando.

Bevor der Gefängnisleiter die Zellentür öffnete, warf er durch das Sichtfenster einen Blick auf Rodrigo Caljas. Dieser saß ruhig auf seinem Bett, das Gesicht in den aufgestützten Händen vergraben. Es schien ihm sehr schlecht zu gehen, aber er wirkte friedlich.

Alle Anwesenden, bis auf die Sicherheitskräfte, traten behutsamen Schrittes ein. Als Rodrigo sie wahrnahm, brach er schlag-artig in Panik aus. Er schien sich bedrängt zu fühlen, setzte sich ruckartig kerzengerade auf und begab sich in Verteidigungshaltung.

Schiller schaltete schnell. Im Flüsterton bat er Dacher, draußen zu warten. Der Direktor zog sich ebenfalls zurück. Die Männer nickten sich in stiller Übereinkunft zu. Nun waren lediglich der zierliche Dolmetscher und der, durch seine Verletzung angeschlagene, Ermittler anwesend. Rodrigo schien damit einverstanden zu sein. Sein Oberkörper sackte wieder in sich zusammen, sein Blick richtete sich auf den Boden.

Es fiel Schiller alles andere als leicht, unter diesen Umständen eine Befragung einzuleiten. Er zog einen der bereitgestellten Stühle zu sich herüber und positionierte ihn zu Rodrigos rechter

Seite. Die Luke in der Eingangstür war noch immer geöffnet, er setzte sich absichtlich davor. Der Dolmetscher nahm hinter ihm Platz, somit war eine vertrauliche Atmosphäre geschaffen, die den Verlauf des Gesprächs begünstigen sollte.

Adam Schiller beobachtete Rodrigo aufmerksam. Caljas schien sich in einer anderen Welt zu befinden, oder gedanklich vollends zum Stillstand gekommen zu sein. Zumindest hatte er sich aus der momentanen Realität zurückgezogen. Sein Blick war leer. Schillers Menschenverstand riet ihm, diesen Mann in Ruhe zu lassen. Doch er musste den Vermutungen nachgehen. Es war unvermeidlich, den Häftling mit gewissen Fragen zu konfrontieren. Das Verhör musste jedoch so einfühlsam wie möglich durchgeführt werden. Seine eigene Wut über die Schussverletzung, die dieser Mann ihm vor kurzem zugefügt hatte, musste Schiller dafür großmütig beiseiteschieben.

"Erinnern Sie sich an mich, Rodrigo?"

Caljas' Blick wanderte mit einiger Verzögerung zu Schiller, ruhte für einen Moment auf dem verbundenen Arm, um sich dann erneut auf den Fußboden zu richten.

"Ja." Schuldbewusst und leicht verschüchtert, wie ein Kind, das bei einer Dummheit ertappt wurde, setzte er fort: "Das tut mir leid."

Das Verhalten des Mannes löste Mitleid in Schiller aus und stimmte ihn versöhnlich. "Halb so wild."

Rodrigo sah den Kommissar verunsichert an. Stillschweigend machte er ein Friedensangebot, das Schiller nicht ausschlug. Nun war der Weg zu einem vertrauensvollen Gespräch geebnet.

"Sie wissen sicherlich, aus welchem Grund ich hier bin?"

"Ja, ich denke schon."

"Worüber haben Sie heute Vormittag mit Ihrem Therapeuten gesprochen?"

Er war sichtlich nervös, bemühte sich jedoch um eine Antwort. "Wladimir Teschka."

"Gut, Rodrigo, das ist gut." Schiller war froh darüber, dass der Mann sich öffnete. Er wollte ihn das Tempo vorgeben lassen, also bohrte er nicht weiter nach. Diese Methode schien eine besondere Wirkung zu haben, denn kurz darauf platzten die entscheidenden Worte aus Rodrigo heraus.

"Er ist nicht untergetaucht. Er ist tot!" Von seiner unbedachten Aussage erschreckt, verschränkte er die Arme und bewegte seinen Oberkörper ruckartig vor und zurück, in dem Versuch, sich zu beruhigen.

Adam Schiller sah ihn besorgt an. Dieser sonst so beängstigend wirkende Koloss von einem Mann stand vollkommen neben sich. Er war nicht wieder zu erkennen. Ihn in diesem Zustand weiter zu befragen war undenkbar. Die einzige Chance, die dem Kommissar blieb, war das geduldige Warten auf ein freiwilliges Geständnis.

Mehr zu sich selbst, als an irgendjemanden gerichtet, sprach Rodrigo unverständliche Worte aus. Schiller blickte sich nach dem Dolmetscher um. Dieser schüttelte den Kopf und hob ratlos die Schultern.

Rodrigo brummelte weiter in sich hinein, während er seinen Körper schaukelte. In dem Kauderwelsch, den er von sich gab, waren einige Wortfetzen, mit denen der Muttersprachler etwas anfangen konnte. Er setzte sie für den Kommissar zu verständlichen Sätzen zusammen.

"Ich habe getreten, bis er sich nicht mehr bewegt hat. Keine Atmung. Ich musste ihn loswerden. Auf dem Acker ist er verbrannt. Schrecklicher Gestank ... Widerlich."

Nun schüttelte Rodrigo anfallartig den Kopf. Sein Oberkörper zuckte dabei. Die Bilder der Tat schienen wie ein Film vor seinem geistigen Auge abzulaufen. Die Männer beobachteten ihn, unentschlossen, unsicher. Beiden war unbehaglich zumute.

Der Dolmetscher geriet in Panik. Kalter Schweiß bildete sich auf seiner Stirn. Er zog die Möglichkeit einer unbemerkten Flucht in

Betracht. Er starrte auf die verschlossene Zellentür, zu allem bereit.

Derartige Gedanken hatte Schiller nicht, ihn beschäftigte die Unvollkommenheit der Aussage.

Beide Männer saßen angespannt auf ihren Stühlen und sahen dabei zu, wie der Gefangene allmählich zur Ruhe kam. Schiller gab ihm Zeit, diesen Zustand zu festigen, dann sprach er ihn mit sanfter Stimme an. "Rodrigo, wo war ihr Bruder Gonzales währenddessen?"

"Er hat damit nichts zu tun!"

Rodrigo Caljas sah Schiller zum ersten Mal direkt in die Augen. Dem Kommissar war klar, dass er es ernst meinte. Ihm schien einiges daran zu liegen, seinen Bruder aus dieser Angelegenheit herauszuhalten.

"Natürlich. Vergessen Sie die Frage."

Sein Kommentar wurde mit einem fahrigen Nicken abgetan.

Unzählige offene Fragen brannten Schiller auf der Zunge. Trotz aller Risiken plante er, seine Chance beim Schopf zu packen. Er musste die Morde in der Bar aufklären und die Caljas Brüder zur Verantwortung ziehen. Rodrigos momentaner Zustand, so heikel er auch sein mochte, ermöglichte es ihm, ehrliche Antworten zu bekommen. Antworten, die er unter anderen Umständen nie erhalten würde. Er beschloss, es einfach zu wagen. "Erinnern Sie sich an den Vorfall in Ihrer Bar?"

Rodrigo nickte. Er schien nicht zu ahnen, worauf der Kommissar hinaus wollte.

"Wir haben herausgefunden, dass Sie die Opfer doch kannten. Möchten Sie dazu etwas sagen?"

Rodrigo schlug sich mit voller Wucht die Hände gegen die Schläfen. Der Dolmetscher ergriff ohne zu zögern die Flucht, er hatte genug gesehen. Schiller blieb standhaft. Sein Gefühl sagte ihm, dass Rodrigos Aggressionen sich auch weiterhin gegen ihn selbst richten würden. Damit konnte er umgehen. Sollte sein Verhalten an Intensität zunehmen, würde er abbrechen. Doch er hoffte, nicht an diesen Punkt zu gelangen. Er versuchte es erneut.

"Wenn Sie uns entgegenkommen, wird Ihnen das später nützen." Schillers Tonfall kam dem eines väterlichen Freundes sehr nahe. "Helfen Sie uns, Rodrigo."

Caljas lauschte diesen Worten mit überraschender Ruhe. Er war an einem Punkt angelangt, an dem gutes Zureden genau das war, was er brauchte. Er begann, Zugeständnisse zu machen. "Ja, ich kannte die Männer."

"In wie fern?"

"Sie haben für mich gearbeitet." Nachdem er diese Worte ausgesprochen hatte, spannte sich Rodrigos Körper an. Seine Füße trippelten nervös auf den Boden. Sein Gesicht verriet, dass er angestrengt nachdachte. Er sah unbeholfen zu Schiller hinüber. Dessen mitleidiger Blick brachte seine Füße zum Stillstand.

"Wir wissen von der Geldwäsche."

Nun senkte der Mann den Kopf. Er war ertappt. Er atmete tief durch. Es schien beinahe so, als wäre er froh, sein Gewissen von dieser Last zu befreien.

"Dann versuche ich mal, zusammenzufassen. Die Mordopfer haben für Sie Geld gewaschen. Als die Delikte von einem der Bankmitarbeiter bemerkt und gemeldet wurden, haben Sie Angst bekommen, dass Ihr Betrug auffliegt. Um dies zu verhindern, haben Sie alle Zeugen aus dem Weg geräumt."

Rodrigo Caljas Augen weiteten sich. "Ich habe mit diesen Morden nichts zu tun!"

"Sie erwarten nicht wirklich, dass ich Ihnen das glaube?"

Schiller biss sich für diese unbedachte Bemerkung auf die Zunge. Der Befragte war aufgesprungen und stürmte auf den Ermittler zu. "Desgraciado! Bastardo! Si te cojo ..."

Seine prankenartigen Hände umschlossen Schillers Hals mit

173

festem Griff.

16

Fanny atmete erleichtert aus. Der Landeanflug auf Miami erweckte ihre müden Lebensgeister – es fühlte sich wie eine Heimkehr an. Ihr eigentliches Zuhause hatten sie leichtfertig aufgegeben, doch inzwischen vermissten sie es sehr. Florida hatte sich als guter Ersatz erwiesen. Tief im Inneren wusste sie, dass es ihr hier schon bald besser gehen würde.

Als sie den Flughafen verließen, war die stimmungs-aufhellende Sonne bereits im Meer versunken. Der Klimawechsel bewirkte dennoch erste Veränderungen. Während die milde Abendluft sich wie eine wärmende Decke sanft um ihren Körper legte, entspannte Fanny. Sie fühlte sich geborgen. Die gesamte Taxifahrt über waren ihre Augen geschlossen. Dabei lächelte sie, denn ihre Gedanken richteten sich auf die nahe Zukunft. Bald würde sie am Meer spazieren gehen, die Sonne auf ihrer Haut spüren. Es würde wieder so sein, wie zu Beginn ihrer Reise.

Ihr Bewusstsein entledigte bis zum Zubettgehen, wie von Zauberhand, all der hartnäckigen Ängste und unangenehmen Erinnerungen. Sie schlief tief und fest.

Im Traum spazierte sie einen schneeweißen Strand entlang. Eine leichte Brise verwehte ihr Kleid. Der Himmel zog sich zu. Die Brise verwandelte sich in einen Wirbelsturm, der sie vom Boden aufhob und mit sich riss. Fanny schreckte auf. Regen prasselte laut gegen die Fensterscheibe. Tropfen für Tropfen ertränkte er ihren neugewonnenen Optimismus in altbekannter Hoffnungslosigkeit. Die kurzzeitig verbannte Melancholie nahm ihren Platz wieder ein und sorgte dafür, dass Fanny stundenlang schlaflos in ihrem Bett lag und angstvoll in die Zukunft blickte.

Am Morgen fand Kalle sie regungslos, auf dem Rücken liegend und an die Decke starrend. Ihm war klar, dass er handeln musste.

Seine Frau weigerte sich, das Bett oder gar das Zimmer zu verlassen. Es war nun höchste Zeit, etwas zu unternehmen. Der nächtliche Regen hatte noch immer nicht nachgelassen. Eine dichte Wolkendecke kündigte an, dass sich dieser Zustand nicht sehr bald ändern würde.

An der Rezeption lieh Kalle sich einen Schirm. Am nächsten Kiosk deckte er sich mit Tageszeitungen ein, dann begab er sich auf die Suche nach einem Café, um zuerst einmal etwas in den Magen zu bekommen. Bei starkem Kaffe und Donuts durchforstete er die Wohnungsannoncen. Offenbar war die Zeit für Suchende günstig, denn er hatte einige Angebote zur Auswahl. Im Handumdrehen hatte er zwei Besichtigungstermine verabredet. Der Erste war noch am selben Vormittag, also machte er sich auf den Weg.

Als Kalle das Haus betrat, hatte er sofort ein gutes Gefühl. Es war gepflegt, ruhig gelegen – hier würde Fanny sich wohl fühlen und er selbst allemal. Auch der Preis war angemessen. Er hatte im Kopf bereits alles berechnet: sie konnten hier von ihrem verbliebenen Geld problemlos drei Monate leben, bevor sie zusätzlich Geld verdienen müssten. Das erschien Kalle durchaus machbar. Auch der Vermieter machte einen sympathischen Eindruck. Er war bereit, den Mietvertrag an Ort und Stelle zu unterschreiben.

Doch das Gespräch nahm eine unerwartete Wendung. Die Frage nach Sicherheiten brachte es zu einem abrupten Ende, denn sie hatten keine vorzuweisen. Ihre Touristenvisa reichten zwar aus, um eine Wohnung zu mieten, doch sie hatten nicht genug Vermögen. Weder ein Einkommen, noch Referenzen. Ganz abgesehen von einem amerikanischen Konto oder einer Sozialversicherungsnummer. Je mehr Fragen Kalle negativ oder unzureichend beantwortete, desto misstrauischer wurde der Mann. Um sich keine Probleme mit den Behörden einzuhandeln, verabschiedete Kalle sich bald und sah zu, dass er schnell verschwand.

Seriöse Vermieter stellten einige Ansprüche, das hatte er hieraus gelernt. Möglicherweise konnten sie in einer schwer vermittelbaren Wohnung, in einer unbeliebten Gegend, eine Bleibe finden. Doch wohl fühlen würden sie sich dort nicht. Darunter würde Fanny nur noch mehr leiden. Ihre Visa erlaubten es ihnen nicht, zu arbeiten, außerdem hatten sie keine Kontakte. Den Traum von einer eigenen Wohnung in Miami mussten sie wohl oder übel aufgeben. Kalle war ernüchtert. Es gab in diesem Land für sie keine Perspektive, Fanny hatte Recht gehabt.

Er legte den Heimweg zu Fuß zurück, er musste nachdenken. Ihnen blieb keine andere Möglichkeit, als das Rückflugticket nach Hannover in Anspruch zu nehmen. Dieser Gedanke ließ das Blut in seinen Adern gefrieren. Er stoppte, senkte den Schirm. Der Regen strömte unaufhaltsam an ihm herab. Kalle schloss die Augen. Er spürte seinen Körper nicht. Die Straßengeräusche um ihn herum hörte er wie durch einen Schalldämpfer. Menschen nahm er nicht wahr, ebenso wenig deren besorgte Blicke.

Als der Moment vorüber war, setzte er seinen Weg fort. Eine halbe Stunde später war er am Hotel angelangt. Fanny hatte ihre Liegeposition noch immer nicht verändert. Doch als ihr Mann das Zimmer betrat, drehte sie den Kopf in seine Richtung. Ihre Augen waren müde und leer.

Kalle konnte in seinem Zustand nicht die nötige Überzeugung aufbringen, sie aufzumuntern. Hastig entledigte er sich der durchnässten Kleidung und nahm eine ausgiebige, heiße Dusche. Allmählich kehrten seine Lebensgeister zurück. Er weigerte sich, die Hoffnung zu verlieren. Wenn sie alles dafür täten, musste die Situation einen positiven Ausgang haben. Schließlich waren sie

Gelegenheitsdiebe, nicht mehr. Sie hatten nie böse Absichten gehegt oder unter Vorwand gehandelt. Wo-möglich würden sie sich vor Gericht verantworten müssen, damit war zu rechnen. Vielleicht hatten sie aber auch das Glück, ungesehen die Wohnung zu kündigen, ihre Sachen zu packen und den nächsten Flieger nach Stockholm nehmen zu können. Der Verlust des Geldes war, außer der eigentlichen Besitzerin, möglicherweise niemandem aufgefallen.

Er gelangte zu der Überzeugung, dass er und seine Frau sich zu viele Sorgen machten. Über ihr Befinden machte er sich jedoch ernsthaft Gedanken. Sie war nicht mehr sie selbst. Er hätte etwas zu Essen mitbringen sollen, dacht er. Doch wahrscheinlich hätte sie es abgelehnt. Er legte sich neben sie ins Bett, gab ihr einen Kuss auf die Stirn und hielt sie im Arm.

Fanny regte sich nicht. Auch nicht, nachdem eine Stunde vergangen war. Kalle kam zu dem Schluss, dass sie ärztliche Hilfe brauchte. Ihr Zustand war besorgniserregend. Natürlich hatten sie keine Krankenversicherung, doch er fand eine Möglichkeit, den Arztbesuch zu umgehen.

Es dauerte eine Weile, bis er eine Apotheke ausfindig gemacht hatte. Die verständnisvolle Mitarbeiterin beriet ihn dafür sehr ausführlich. Sie gab ihm pflanzliche Stimmungsaufheller und ein gut verträgliches chemisches Schlafmittel, dessen Wirkung sich für gewöhnlich rasch einstellte.

Kalle fühlte sich bestens ausgerüstet. Nun musste er nur noch etwas zum Abendessen besorgen.

Mit zwei Esspaketen vom Chinaimbiss kehrte er ins Hotel zurück. Sie aßen ohne ein Wort zu wechseln. Kalle langte zu, sie begeisterte das Essen deutlich weniger. Nachdem er Fanny eine Weile beobachtete hatte, sprach er ihre Veränderung endlich an.

"Ich kann nicht mehr mit ansehen, wie du dich quälst. So kann es nicht weitergehen. Ich mache mir wirklich Sorgen."

"..."

"Schatz?"

"Es tut mir leid." Sie sah beschämt zu Boden.

"Du brauchst dich nicht schämen. Das ist ja eigentlich nur normal. Die letzten Wochen waren einfach zu verrückt."

Fanny erwiderte nichts. Sie nahm die von ihm besorgten Medikamente dankbar an.

Über die erfolglose Wohnungssuche verlor Kalle kein Wort. Am nächsten Tag, wenn sie etwas ausgeruhter war, würde er mit ihr darüber reden. Darüber, und über die Tatsache, dass sie am darauffolgenden Nachmittag nach Deutschland zurückfliegen würden.

17

Zu später Stunde klingelte es an Viktoria Suhrers Tür. Sie erwartete keinen Besuch, doch ihre Neugierde ließ sie aus dem Bett aufstehen, einen Bademantel überziehen und nachsehen. Als sie durch den Spion schaute, war niemand zu erkennen. Nur ein großer Strauß Blumen streckte sich ihr entgegen. Ohne zu ahnen, wer sich dahinter versteckte, aber von dem Mitbringsel geschmeichelt, öffnete sie dem Besucher.

"Hallo, schöne Frau."

Plötzlich schnellte ein Kopf um die Ecke.

"Andrej, was machst du denn hier? Es ist mitten in der Nacht!"

"Ich wollte mich bei dir entschuldigen, mein Engel. Du weißt schon, für den letzten Besuch."

Er lächelte so charmant er konnte. Viktoria wehte dabei ein übler Geruch entgegen. Er hatte sich offenbar einige Tage nicht die Zähne geputzt oder anderweitige Körperpflege betrieben. Sie schüttelte angewidert den Kopf und drehte sich dabei leicht zur Seite.

"Ach was, nicht weiter schlimm." Ihre Worte unterstützend, wedelte sie unauffällig mit der Hand vor ihrem Gesicht umher. Seine Blumen nahm sie entgegen, um sie sich unter die Nase zu halten.

"Also ist zwischen uns alles wieder gut, ja?"

Ihre Mimik war versteinert, aber sie nickte.

"Prima! Gleich nachdem ich erfahren habe, dass Jerrys Tod als Drogenunfall abgehakt ist, hab ich mich hierher auf den Weg gemacht. Jetzt bin ich froh, dich endlich wieder zu sehen. Darf ich reinkommen? Es gibt so viel, worüber wir reden müssen. Wie geht es dir denn? Gibt es Neuigkeiten? Mann, ich könnte jetzt ein Bier vertragen. Wie sieht es mit dir aus?"

Kaminski gab Viktoria keine Gelegenheit, auf das von ihm

Gesagte zu reagieren. Er redete in einem fort. Nicht, dass es sie störte, an dem Gespräch keine Beteiligung zu finden. Das war ihr vollkommen gleichgültig. Doch sie musste feststellen, dass Andrej sich stark verändert hatte. Nicht aus Sympathie, aus reiner Neugierde ließ sie ihn eintreten und auf ihrem Sofa Platz nehmen.

"So, wie läuft es bei dir, Schnuckimaus? Du sagst ja gar nichts? Hast mir ja noch nicht mal einen Begrüßungskuss gegeben, hm? Wenn du doch noch böse bist, sag es einfach. Und wenn wirklich alles wieder gut ist, dann komm endlich her zu mir. Warum sitzt du denn so weit weg? Komm schon. Komm etwas näher. Von mir aus darfst du dich auch gerne auf meinen Schoß setzten." Er schlug mit den Händen auf seine Oberschenkel.

Viktoria lehnte sein Angebot ab. Um nicht ihre Glaubwürdigkeit zu verlieren, rückte sie näher an ihn heran und gab ihm widerwillig einen Kuss auf die Wange.

"Was denn, das ist alles? Dafür bin ich extra den ganzen Weg aus München hergekommen? Wir sind doch nicht im Kindergarten. Du und ich haben doch schon ganz andere Sachen gemacht – hast du das etwa vergessen? Oder hast du vor, Spielchen zu spielen?"

"Nein. Ich bin nur müde."

"Müde? Na von mir aus können wir zwei gerne ins Bett gehen, dagegen hätte ich rein gar nichts einzuwenden. Aber eigentlich bin ich noch nicht müde, wenn du weißt was ich meine. Na, wie sieht's aus, wollen wir deinem Bett mal zeigen, wie man ordentlich Spaß hat?"

"Ich bin wirklich müde. Ein andermal, ja?"

"Na, wenn du das mal nicht bereust. Du weißt ja gar nicht, was in mir steckt. Aber du bist doch bestimmt nicht zu müde, um mir mal schnell ein bisschen Freude zu bereiten, oder? Komm, lass mich nicht so zappeln. Du weißt doch ganz genau, warum ich hier bin."

Viktoria saß inzwischen auf der äußersten Kante des Sofas. Ihr

Körper war von ihm abgewandt. Andrej musste einsehen, dass er an diesem Abend nicht bei ihr landen konnte.

"Okay, dann eben nicht. Sag mal, hast du eigentlich dein Geld wiederbekommen? Hat sich da irgendwas getan? Ich hab mich nämlich gefragt, ob du mir mit dem ein oder anderen Scheinchen aushelfen könntest. Ich hab im Moment einen kleinen Engpass. Wie sieht's aus?"

"Das Geld ist weg, Andrej. Dadurch bin ich selbst etwas knapp bei Kasse. Tut mir leid."

"Ach so, ja. Nein, schon klar. War nur eine Frage."

"Was ist mit dir los, hast du irgendwas genommen? Du bist anders als sonst ..."

"Ah, nicht mehr der dumme Stummfisch, was? Gefällt es dir? Ja, also wenn ich ehrlich bin, hast du Recht. Ich hab mich bei Jerry bedient, weißt du. Er brauchte das Zeug ja dann nicht mehr. Haha. Also, ich muss los. War schön bei dir, mein Schatz. Wir sehen uns auf jeden Fall bald wieder. Nicht traurig sein, ja? Und ich tu was ich kann, damit du dein Geld wiederbekommst. Kannst dich auf mich verlassen, das weißt du ja. Also dann, mach's gut. Zum Abschied will ich aber mal einen richtigen Kuss."

Sie zögerte. Er zog sie zu sich heran, presste seine Lippen auf ihre, schob seine Zunge in ihren Mund und packte ihren Po mit beiden Händen. Ihr angewidertes Stöhnen missverstand er als Begeisterung. Schnell brachte ihn seine Erregung dazu, seine Hose herunterzuziehen, sich zwischen ihre Beine zu zwängen und seinen lang ersehnten Wunsch zu erfüllen. Als er fertig war, drückte er Viktoria einen Kuss auf und verschwand.

Sie schnappte sich die Whiskyflasche und spülte den widerlichen Geschmack herunter. Die Wut steckte jedoch in ihrer Kehle fest. Sie lief den Flur hinauf und schmiss ihr Glas gegen die verschlossene Wohnungstür. Danach fühlte sie sich besser. Dennoch, Andrejs Übergriff war zu viel des Guten. Zwar hatte sie sich all das selbst eingebrockt, hatte seine Hilfe dringend gebraucht und dafür einiges in Kauf genommen. Aber nun musste sie sich schleunigst etwas einfallen lassen, um ihn loszuwerden.

***

Kommissar Schiller nahm einen Schluck aus seiner Flasche. Es war kalt geworden im Auto. Seit mehreren Stunden parkte er nun bereits in der schlecht beleuchteten Straße, bei ausgeschaltetem Motor und Nachtfrost. Er hatte eine Decke bei sich, in die er fest eingewickelt war. Doch die reichte schon lange nicht mehr aus. Er hatte Mühe, sich zu konzentrieren. Müdigkeit und Kälte hatten ihren Kampf gegen ihn aufgenommen – waren drauf und dran, ihn zu besiegen.

Es war inzwischen ein Uhr morgens, die Straßen waren menschenleer. Normalerweise kannte er die Sehnsucht, sich in ein warmes Bett zu begeben, nicht. In dieser Nacht machte sie sich mit ihm bekannt. Er drehte den Zündschlüssel um, trat aufs Gaspedal und fuhr vorsichtig nach Hause.

Leicht verkatert erwachte er am nächsten Morgen, ausnahmsweise nicht auf dem Sofa. Der Schlafkomfort eines Bettes hatte seinem Rücken gut getan, er fühlte sich wie neu geboren. Dieser Zustand würde sich jedoch schon bald ändern, denn ein erneuter Zahnarzttermin war für den späten Vormittag angesetzt. Er frühstückte ein paar kalte Wiener mit Senf, dann begab er sich widerwillig zur Praxis. Unterwegs gab er die Speicherkarte seiner Kamera zur Schnellentwicklung beim Fotografen ab.

Nach der schmerzhaften Behandlung musste Schiller sich in seinem Wagen kurz ausruhen. Der Arzt hatte seinen Nerv ordentlich bearbeitet. Die Betäubung ließ allmählich nach. Nur mit Hilfe von Schmerzmitteln würde er den Rest des Tages überstehen. Auch wenn er es nicht gern tat, sollte er sich wohl oder übel an den Gedanken gewöhnen. Er nahm eine Tablette aus der Verpackung und betrachtete sie. Er hasste diese Dinger, wegen der Nebenwirkungen, die sie bei ihm verursachten.

Voll Verachtung feuerte er die Pille in die Ecke und startete den Wagen. Wenig später traf er erneut im Fotogeschäft ein.

Er hielt die entwickelten Aufnahmen in den Händen. Sie waren gelungen. Jedes der Gesichter war genau zu erkennen. Er hatte ganze Arbeit geleistet. Die Bilder waren für ihn jedoch nutzlos, solange es niemanden gab, der die Männer identifizieren konnte. Er dachte nach. Die einzige Person, die etwas über Viktoria Suhrers Privatleben wissen könnte, und die Schiller kannte, war Kata Jahnke, ihre Kollegin aus der Bar. Möglicherweise hatte sie zu den Fotos etwas zu sagen.

Die junge Kellnerin war am Telefon sehr überrascht, doch sie willigte ein, sich mit Schiller in einem Café zu treffen. Als sie auf seinen Tisch zusteuerte, begrüßte er sie euphorisch. "Hallo! Es freut mich sehr, dass Sie kommen konnten!"

"Kein Problem. Aber ich bin mir nicht sicher, wie ich Ihnen helfen kann."

"Das werden wir sofort herausfinden. Möchten Sie auch einen Kaffee?"

"Ja, gerne."

Schiller gab die Bestellung auf. Nach ein wenig Smalltalk über die frostige Jahreszeit wurden ihre Getränke gebracht. Nun, da sie ungestört waren, begann er, die Lage zu erklären.

"Frau Jahnke, es gibt in den Ermittlungen einige Ungereimtheiten. Sie werden verstehen, dass ich Ihnen gegenüber nicht auf Details eingehen kann. Ich möchte Sie nur bitten, sich ein paar Fotoaufnahmen anzusehen und mir zu sagen, ob Ihnen jemand bekannt vorkommt – möglicherweise im Zusammenhang mit Viktoria Suhrer."

Er reichte ihr einen Umschlag, Kata willigte ein. Sie schaute jede der 14 Fotografien aufmerksam an.

"Tut mir leid, Herr Kommissar. Ich habe diese Männer noch nie gesehen."

Sein desillusionierter Blick tat ihr ebenso leid. Aus Verlegenheit schaute sie den Fotostapel noch einmal durch. Dabei schien ihr etwas einzufallen. Kata nahm das letzte Foto in die Hand und sah genauer hin. "Moment, warten Sie. Den hier habe ich schon mal gesehen. Allerdings sah er da anders aus. Etwas gepflegter. Seine Haare waren nicht so fettig wie hier und er hatte keinen Bart. Aber er ist ganz klar ein Bekannter von Viktoria. Er hat sie einmal nach Feierabend in der Bar abgeholt. Seinen Namen weiß ich leider nicht."

"Großartig! Vielen Dank, sie haben uns damit schon sehr geholfen."

Die Beiden tranken ihren Kaffee aus. Dann zahlte Schiller, verabschiedete sich von der jungen Frau und begab sich zu seinem Wagen.

Die Freude hatte ihn seine Schmerzen kurzzeitig vergessen lassen, doch nun kehrten sie in doppelter Intensität zurück. Es machte keinen Sinn, Tapferkeit vorzutäuschen. Schillers Kopf fühlte sich an, als würde er jeden Moment explodieren. Auch sein Arm bereitete ihm noch Probleme, deshalb meldete er sich für den restlichen Tag krank, fuhr nach Hause und legte sich ins Bett.

18

Fanny war, im Vergleich zu den Vorabenden, relativ schnell eingeschlafen. Doch die Wirkung der Mittel hielt nicht lange vor, die
Tabletten waren zu schwach. Sie hatte eine weitere Nacht beinahe ununterbrochen wach gelegen. Die nervenzerfetzenden
Grübeleien zehrten, ihr ging es zusehends schlechter. Die
Neuigkeiten, die Kalle ihr am Morgen überbrachte, nahm sie nur
verschleiert wahr.

Er hatte gepackt und alle Vorkehrungen für die Abreise getroffen. Sie saß währenddessen apathisch auf dem Bett, später im
Taxi und dann in der Wartehalle des Flughafens. Es war kaum
möglich, Zugang zu ihr zu bekommen. Ihre Mimik war
ausdruckslos. Der Schlafmangel zeigte sich durch dunkle Augen-
ränder. Ihr Teint war blass. Kalle versorgte sie in regelmäßigen
Abständen mit den Beruhigungsmitteln. Er hatte das Gefühl, sie
halfen zumindest ein wenig. Immerhin hatte das nervöse Fuß-
tippeln nachgelassen. Doch das bereute er fast, denn nun regte
Fanny sich überhaupt nicht mehr. Sie saß mit verschränkten
Armen auf ihrem Stuhl und starrte vor sich hin.

Den Check-in hatten sie hinter sich gebracht. Nun warteten sie
darauf, das Flugzeug zu betreten. Kalle entgingen die Blicke der
anderen Passagiere nicht. Einige schauten besorgt, andere
schienen sich durch Fannys Anwesenheit gestört zu fühlen,
beinahe so, als würde sie eine Gefahr darstellen. Er versuchte,
sein Umfeld zu ignorieren. Zur allgemeinen Beruhigung, gab er
seiner Frau einen Kuss auf die Wange, nahm sie in den Arm und
lehnte ihren Kopf gegen seine Schulter. Fanny ließ es geschehen.
Als sie Kalles warmen Körper spürte, schloss sie die Augen.

Fanny hielt die Augen geschlossen, auch später im Flugzeug.
Sie hatte die Blicke der Anderen nicht registriert. Das Hier und
Jetzt ging an ihrer Wahrnehmung vorüber. Sie dachte aus-

schließlich an die Zukunft. Und diese Gedanken lähmten. Im Gegensatz zu ihrem Mann, hatte sie alle Hoffnung auf einen glimpflichen Ausgang verloren. Bisher hatten sie nur darüber nachgedacht, wem das Geld gehörte, jedoch nicht, welche Rolle es spielte. Sie mussten durch ihre Einmischung schmutzige Geschäfte sabotiert haben. Inzwischen war Fanny sogar zu der Überzeugung gelangt, dass die Morde mit dem Geld zusammenhingen. Sie waren unglaublich naiv gewesen. Naiv, der Polizei den Fund zu verschweigen. Und dumm, das Geld zu behalten, um es auszugeben.

Die Gedankenspirale, in der Fanny gefangen war, führte sie in ungeahnte Tiefen. Mit Kalle konnte sie darüber nicht reden. Sie wollte ihn nicht mit ihrer Angst anstecken. Allein seine positive Sicht der Dinge war der Grund, der sie noch atmen ließen. Die in ihr brütende Panik wurde währenddessen unkontrollierbar. Auch wenn die äußeren Anzeichen durch die Mittel gemildert waren, ihre innere Unruhe ließ sich nicht abschalten. Die Enge des Flugzeugs löste starke Beklemmungsgefühle aus. Nur mit geschlossenen Augen konnte sie die Situation halbwegs ertragen.

Kalle döste schon kurze Zeit nachdem das Licht gedämpft wurde. Fanny saß mit verkrampftem Körper neben ihm. Die Dunkelheit machte ihr zu schaffen. Sie fühlte Blicke auf sich. Panisch umklammerte sie Kalles Arm, in dem Versuch, sich zwischen ihm und dem Sitz zu verstecken. Die ältere Dame neben ihr bemerkte Fannys Misere. Sie tätschelte tröstend ihren Rücken und flüsterte in verständnisvollem Ton: "Keine Angst, mein Kind, bald ist ja alles überstanden."

Fanny drehte sich irritiert um. Die gutherzige Dame hatte ihre Panik offenbar für Flugangst gehalten. Fanny gab keine Antwort von sich. Sie vergrub das Gesicht in Kalles Schulter und stellte sich für den Rest des Fluges schlafend.

Die turbulente Landung weckte bald alle anderen Passagiere. Es war 7:35 Ortszeit, der neue Tag war bereits angebrochen. Sie hatten ihr Ziel erreicht.

***

Die Wiedereinreise verlief ohne Probleme. Offenbar war noch keine Fahndung nach ihnen eingeleitet worden. Kalle beruhigte dieser Gedanke ungemein, für Fanny machte es keinen Unterschied.

Er wollte keine Zeit verlieren, seine neben sich stehende Frau keine Minute länger den lästigen Blicken aussetzen. Schnell griff Kalle die vorbeifahrenden Gepäckstücke, stapelte sie auf einen Wagen, schnappte sich Fannys Hand und ging eiligen Schrittes auf den Ausgang zu. Kurz bevor sie den Taxistand erreicht hatten, machte er kehrt. Beinahe hätte er das Wichtigste vergessen. Einer der vielen Verkaufsschalter bot Flüge in ihre Heimat an. Er buchte zwei Plätze für denselben Abend und zahlte in bar, dann nahmen sie ein Taxi zu ihrer Wohnung. Dort bat er den Fahrer, mit Fanny und dem Gepäck vor dem Eingang zu warten, bis er wiederkam.

Die Haustür stand offen, was ungewöhnlich anmutete, zu dieser Jahreszeit. Kalle ging die Treppenstufen hinauf. Seine Schritte waren geräuschlos, das Geländer berührte er nicht. Wie ein Geheimagent schlich er an der Wand entlang, hellhörig und wachsam. Auf dem letzten Treppenabsatz vor dem Dachgeschoss blieb er stehen. Von hier aus konnte er, wenn er sich auf die Zehenspitzen stellte, die oberste Etage überblicken.

Es war niemand zu sehen. Er atmete durch. Doch es war noch nicht überstanden, noch war er nicht in der Wohnung. Er setzte seinen Weg fort.

Das Schloss sah unversehrt aus. Er schob sachte den Schlüssel hinein und drehte ihn um. Die Tür war abgeschlossen. Er öffnete vorsichtig. Mit drei Blicken hatte er Bad, Wohnzimmer und Flur überschaut. Dort war niemand. Ein Schlafzimmer gab es nicht, wenn hier also jemand auf sie wartete, musste derjenige sich in der Küche aufhalten.

Kalle durchquerte das Wohnzimmer und schaute um die Ecke. Er war allein. Offenbar war niemals jemand hier gewesen, alles war an seinem Platz. Die Schränke waren verschlossen und der Inhalt unverändert. Es gab nicht den geringsten Grund zur Besorgnis.

In Windeseile sprang er die Treppen hinab und rannte zum Taxi. Er konnte es kaum erwarten, seiner Frau die guten Neuigkeiten mitzuteilen.

Fanny stieg nur zögerlich die Treppen hinauf. Kalles Versuche, sie zu beruhigen, schlugen nicht an. Es wird sich bessern, wenn sie es erst mit eigenen Augen gesehen hatte, dachte er und ließ ihr geduldig alle Zeit die sie brauchte.

Sie waren endlich zu Hause und alles war friedlich. Dennoch weigerte sich Fannys Körper, Entspannung zuzulassen. Während sie zögerlich, wie ein ungebetener Gast, auf dem Sofa Platz nahm, setze Kalle Teewasser auf. Mit zwei vollen Tassen setzte er sich zu ihr und flüsterte: "Alles wird gut. Mach dir keine Gedanken. Trink etwas Tee, ruh dich aus. Ich packe und erledige alles. Heute Abend sind wir hier weg. Bald ist das alles nur noch eine Erinnerung."

Fanny folgte seinem Rat. Währenddessen kümmerte er sich um das Nötigste. Ihre Eltern informierte er bewusst nicht über die Rückkehr. In Fannys momentanem Zustand konnte sie ihrer Familie nicht gegenübertreten. Ihnen würden Fragen gestellt werden. Fragen, auf die sie nicht antworten konnten. Deshalb mussten sie warten, bis sie sich von den Strapazen erholt hatten und Kalles Praktikum offiziell beendet war. Für die nächsten Wochen würden sie erst einmal anderswo unterkommen, vielleicht in einer Jugendherberge.

Es war Nachmittag geworden, ihr Flug ging in weniger als fünf Stunden und sie hatten noch viel zu erledigen. Alle wichtigen Dinge waren gepackt, der unbrauchbare Rest entsorgt. Bis auf das Mobiliar, das ihnen nicht gehörte, war die Wohnung leer. Kalle lud alles Gepäck in ein Taxi. Dann ließen sie sich zu ihrem, ein paar Straßen entfernten, Vermieter fahren, um Kündigung und Schlüssel persönlich zu übergeben.

Der Mann war von Kalles Besuch überrascht.

"Es tut mir leid, dass es so überstürzt wirkt. In meiner Familie ist ein schwerer Krankheitsfall eingetreten, ich muss noch heute nach Schweden zurück und mich um einiges kümmern."

"Das verstehe ich natürlich. Tut mir leid für Sie. Der Mietvertrag ist hiermit beendet. Sie sind mir allerdings noch die letzte Miete schuldig."

Kalle legte fast das komplette übrig gebliebene Geld auf den Tisch. Dann verabschiedete er sich eilig, denn die Zeit drängte.

"Zur Norddeutschen Bank am Hauptbahnhof, bitte", wies er den Fahrer an. Bei diesen Worten lief Fanny ein kalter Schauer über den Rücken. Sie hatte nicht gewusst, dass dieser Ausflug eingeplant war und bat Kalle um Erklärung. Glücklicherweise verstand der Taxifahrer kein Schwedisch.

"Reg dich nicht auf, Schatz, wir müssen zur Bank. Das Schließfach läuft auf meinen Namen, genauso wie das Konto. Ich muss beides auflösen, damit wir keine Spuren hinterlassen. Das wäre einfach zu riskant. Stell dir vor, in ein paar Monaten, wenn wir die Angelegenheit längst vergessen haben, steht bei uns die Polizei vor der Tür. Oder schlimmer." Die letzten Worte bereute Kalle noch während er sie aussprach. "Das wird natürlich nie passieren, wenn ich nur eben alles kündige."

"Und was ist mit dem Geld?"

"Ich habe überlegt, es anonym an die Kobra Bar zurück zu schicken – an Viktoria adressiert. Wie findest du die Idee?"

Fanny hob die Schultern. Sie schaute aus dem Fenster. Die vorbeiziehenden Gebäude lösten wohl bekannte, unliebsame Gefühle aus. Sie bemühte sich, einen klaren Kopf zu bewahren. Obwohl sie ein ungutes Gefühl bei der Sache hatte, konnte sie Kalles Gedankengänge sehr gut nachvollziehen. Der Bankbesuch war in der Tat unumgänglich.

Kalle wollte die Angelegenheit allein erledigen. Fanny beschloss, das Taxi zu verlassen und mitsamt dem Gepäck vor der Bank zu warten. Sie konnte frische Luft gebrauchen.

***

Als er die Bank betrat, wurde ihm mulmig. Sein Verstand versicherte ihm, dass keine Gefahr im Verzug war. Niemand konnte wissen, was sich in dem Fach befand – er besaß beide Schlüssel. Mit aller Selbstverständlichkeit, die er sich auf die Schnelle einreden konnte, steuerte er auf einen der Mitarbeiter zu.

"Guten Tag. Wie kann ich Ihnen helfen?"

"Ich möchte bitte mein Schließfach leeren und mein Konto kündigen."

"Das ist sehr schade. Sind Sie denn mit unserem Service nicht zufrieden?"

"Nein, das ist nicht der Grund. Ich war nur für ein Praktikum in Deutschland und fliege heute zurück."

"Verstehe. Kommen Sie bitte."

Kalle hatte das Gefühl, der Mitarbeiter am gegen-überliegenden Tisch würde ihre Unterhaltung mitverfolgen. Seine Wahrnehmung schien ihn auszutricksen. Er folgte dem Berater in den Tresorraum.

"So, hier ist das Schließfach 44. Haben Sie beide Schlüssel dabei?"

"Ja."

"Dann lasse ich Sie für einen Moment allein. Wenn Sie das Fach geleert haben, können Sie die Schlüssel einfach stecken lassen."

Nachdem der Mann die Tür hinter sich geschlossen hatte, nahm Kalle den Schuhkarton heraus. Der Inhalt schien vollständig zu sein. Schnell steckte er sich ein paar der Scheine in die Jackentasche, das Geld konnten sie für die nächsten Wochen gut gebrauchen. Den Rest verstaute er in einer Tüte. Dann verließ er den Tresorbereich und kehrte in den Beratungsraum zurück.

"Ist alles zu Ihrer Zufriedenheit?"

"Ja, alles bestens."

"Dann kümmern wir uns jetzt um Ihr Konto. Wie ist Ihr Name?"

"Kalle Larsen."

"Herr Larsen, auf Ihrem Konto befinden sich derzeit 108,16 Euro. Sollen wir das Geld auf ein anderes Konto überweisen?"

"Nein, ich nehme es gleich in bar mit."

"Das ist kein Problem. Dann brauche ich bitte hier eine Unterschrift." Der Mitarbeiter hielt Kalle einen Ausdruck entgegen, er unterzeichnete. "Gut, das war es schon. Dann wünsche ich eine angenehme Reise."

Kalle verabschiedete sich.

Beim Verlassen der Bank richteten sich drei Augenpaare auf ihn. Die wartende Fanny schaute fragend, bis er mit einem wissenden Lächeln versicherte, dass alles gut gegangen war. Sie umarmten sich erleichtert. Dann gesellten sich zwei kräftig gebaute Männer zu ihnen.

***

Die Zwangspause hatte Adam Schiller gut getan. Sein Backenzahn war ruhig gestellt und die Schmerzen gehörten der Vergangenheit an. Er fühlte sich wieder einsatzbereit. Was die Caljas Brüder anging, gab es vorerst keinen weiteren Handlungsbedarf. Es war nur eine Frage der Zeit, bis Rodrigo ihm die fehlenden Geständnisse liefern würde, davon ging er aus. Abwarten hieß nun die Devise. Dies musste er jedoch nicht im Büro tun, also nahm er erneut vor Viktoria Suhrers Haus Stellung auf.

Die Dunkelheit gab ihm gute Deckung. Schiller war tief in den Sitz gesackt, verharrte absolut ungesehen und beobachtete das Geschehen. Jeder Passant ließ ihn aufmerksam werden. Doch niemand betrat das Gebäude.

Viktoria war zu Hause, dessen hatte er sich vergewissert. In ihrem Apartment brannte Licht als er ankam. Durch seinen Besuch bei ihr wusste er, welches der Fenster zu ihrer Wohnung gehörte. Von draußen konnte er das gerahmte Portrait Marilyn Monroes erkennen, dass sich über ihrer Küchenzeile befand.

Seitdem er hier war, hatte sie das Haus nicht verlassen. Er schaute auf die Uhr. Halb neun. Zwei Tage zuvor war Viktorias Besuch erst bedeutend später eingetroffen.

Der Gedanke, noch mehrere Stunden in der momentanen Sitzposition, in seinem unmenschlich kalten Auto, zu verbringen, verdarb dem Kommissar jegliche Laune. Mürrisch betrachtete er die schwach beleuchtete Straße. Er nahm eine Gestalt wahr. Sie bewegte sich entschlossen auf den Eingang zu. Schiller hatte Mühe, das Gesicht zu erkennen, doch er begab sich in Alarmbereitschaft. Sobald der Mann das Haus wieder verließ, würde er ihn abpassen.

Eine Viertelstunde später öffnete sich die Haustür. Viktoria stürmte heraus. Der Namenlose folgte ihr. Zorn stand ihr im Gesicht geschrieben, ihr Schritt war eilig. Als sie den Eingangsbereich verließen, trennten sich ihre Wege. Viktoria Suhrer bog rechts um die Ecke und stieg an der Hauptstraße in ein Taxi, der Unbekannte ging in die entgegengesetzte Richtung. Es machte den Anschein, als hätten sie sich gestritten.

Sobald Viktoria außer Sichtweite war, sprang Schiller aus seinem Wagen. Er rannte dem Mann hinterher, bis er ihn eingeholt hatte und verstellte ihm den Weg. Es war der Mann, den Kata Jahnke identifiziert hatte.

Viktorias Bekannter war von diesem Überfall wenig begeistert. Doch er blieb stehen und verzichtete darauf, den Fremden beiseite zu stoßen.

"Adam Schiller, Kriminalpolizei. Ich muss Sie bitten, mitzukommen."

Andrej Kaminski schreckte in sich zusammen. Er war fest davon überzeugt, dass die Ermittlungen im Mordfall Jerry Hawks abgeschlossen seien. Er hatte sich sicher gefühlt. Die selbstbestätigende Wirkung des Pulvers, dass er sich kurz zuvor durch die Nase gezogen hatte, schien sich nun ins komplette Gegenteil umzukehren. Andrej folgte dem Kommissar widerstandslos zu dessen Wagen.

Die Männer nahmen auf den Vordersitzen Platz. Schiller verriegelte vorsichtshalber die Türen, schaltete zuerst das Aufnahmegerät, dann die Deckenbeleuchtung ein und begann die Befragung mit Kaminskis persönlichen Daten.

"Wie ich soeben sehen konnte, sind Sie mit Viktoria Suhrer bekannt. In welcher Beziehung stehen Sie zu dieser Frau?"

"Oh, wir sind ... Ähm, ich weiß nicht genau. Es ist kompliziert."

"Verstehe." In Schillers Innerem kämpften Unverständnis, Eifersucht und äußerste Konzentration gegeneinander an. Seine Mimik verriet davon nichts. "Wie lange kennen Sie Frau Suhrer?"

"Ungefähr einen Monat."

"Haben Sie beide sich eben gestritten?"

"Nein." Andrej schaute zu Boden.

"Waren Sie in ihrer Wohnung?"

Kaminski bejahte.

"Was halten Sie von Ihrer Einrichtung?"

Schillers Frage verwunderte den Mann. "Sehr nett ..."

"Sie wissen vermutlich, dass Frau Suhrer mit dem Kellnern ihr Geld verdient. Kennen Sie viele Kellnerinnen, die derart luxuriös eingerichtet sind? In einer schicken Gegend wie dieser?"

Kaminski schüttelte den Kopf. Nun ahnte er, worauf der Kommissar hinaus wollte. Er bemühte sich jedoch nicht, dessen Gedankengängen zu folgen, denn ihm war übel.

"Entstammt Sie gutem Hause?"

"Keine Ahnung."

"Ist Sie an illegalen Geschäften beteiligt?"

Andrej antwortete nicht, doch sein Gesicht wurde kreidebleich.

"Sagen Ihnen die Namen Rodrigo und Gonzales Caljas oder Wladimir Teschka etwas?"

Kaminski zögerte. Es fiel ihm schwer, sich zu konzentrieren. "Ja. Die ersten beiden leiten die Kobra Bar. Die Bar, in der Viktoria gearbeitet..."

"Darum geht es nicht", unterbrach Schiller ihn abwinkend. "Ich denke, Sie wissen ganz genau, worauf diese Frage abzielt."

Andrej Kaminski hielt sich den Kopf. Das alles war zu viel für ihn. Er hatte sich am frühen Abend eine ordentliche Dröhnung verpasst. Auf so etwas war er nicht eingestellt.

"Hören Sie, wir wissen beide, dass da einige krumme Geschäfte gelaufen sind. Machen wir uns nichts vor. Ich möchte nur von Ihnen hören, was Sie darüber wissen. Das ist alles."

Kaminski gab noch immer keine Antwort. Um etwas Druck auf ihn auszuüben, log Schiller. "Ich weiß schon jetzt mehr über Sie, als Ihnen lieb sein kann. Glauben Sie mir, Sie haben wirklich nichts zu verlieren. Wenn Sie kooperieren, kann sich das nur positiv auswirken."

Andrej war verunsichert. Er hatte in der Tat einiges auf dem Kerbholz.

"Also gut, Kaminski, dann noch mal von vorne. Für wen arbeiten

Sie? Die Caljas Brüder?"

"Nein."

"Na sehen Sie, das Antworten ist doch gar nicht so schwer. Arbeitet Frau Suhrer noch anderweitig für die Brüder – abge-sehen von dem Job in der Bar?"

"Nein."

"Aha. Wissen Sie denn, für wen sie sonst arbeitet?"

Andrej war sich seiner Sache nicht mehr sicher. Er schwankte zwischen Geständigkeit und dem Wunsch zu fliehen.

"Ich weiß vielleicht, für wen sie gearbeitet hat."

Schiller verlor allmählich die Geduld. Er hatte es satt, dem Mann alles aus der Nase zu ziehen. Er drehte sich Kaminski zu und erhob die Stimme. "Für wen?"

"Wladimir Teschka."

Der Befragte war eingeknickt. Schillers Mimik änderte sich schlagartig von wütend zu verblüfft. Er hatte erwartet, den Namen Lüdger oder Dally zu hören. Doch damit hatte er nicht gerechnet. "Sind Sie sicher?"

Kaminski nickte.

"Was genau hat sie für ihn getan?"

"Spioniert."

Diese Aussage kam wie aus einer Pistole geschossen, der Mann sagte die Wahrheit.

"Inwiefern?"

Nun hüllte Andrej sich erneut in Schweigen.

"Kommen Sie, reden Sie weiter. Was meinen Sie damit – spioniert?"

In Schillers Worte mischten sich derbe Autorität und impulsiver Nachdruck. Andrej Kaminski war sichtlich unwohl zumute. Sein inzwischen toter Boss stellte keine Gefahr mehr dar, doch diese Bedrohung war akut.

"Sie hat Teschka geholfen, einen Schwachpunkt zu finden, um

den Brüdern das Genick zu brechen."

"Moment, fangen Sie von vorne an, ja. Und bitte nichts auslassen. Los geht's."

Schweigen wurde nicht toleriert, darüber war Andrej sich im Klaren. Was er auch tat, er konnte nur verlieren. Zu verlieren hatte er wiederum nicht viel, also riss er sich zusammen und verriet, was er wusste.

"Sie hat die Caljas Brüder für Teschka ausspioniert. Vor ungefähr einem Jahr wurde der Tresor in seinem Haus geknackt. Er hat dabei viel Geld verloren. Die Brüder waren gerade frisch aus dem Gefängnis entlassen. Wladimir hatte gegen sie keine Beweise, aber er war sicher, dass sie hinter dem Einbruch steckten. Seitdem hat er auf eine Gelegenheit gewartet, es ihnen heimzuzahlen. Er wollte ihr Geschäft und ihren Ruf schädigen, sie einfach vernichten. Nachdem die Bar eröffnet wurde und gut lief, hat er Viktoria auf sie angesetzt. Sie sollte ihm Informationen liefern. Das hat wohl bestens funktioniert."

"Wie meinen Sie das?"

"Viktoria hat ziemlich schnell eine sehr brauchbare Schwachstelle ausfindig gemacht, hat Wladimir einen Namen geliefert. Der Kerl war ihm gegenüber sehr gesprächsbereit."

"Hat er ihm von der Geldwäsche erzählt?"

Kaminski war überrascht. Der Kommissar schien in der Tat sehr gut informiert zu sein. "Ja. Daraufhin hat Wladimir ein paar Männer in der Bank platziert. Sie sollten Details und Namen herausbekommen."

"Wladimir Teschka ist also für die Morde in der Bar verantwortlich?"

Beide schwiegen.

"Kann ich gehen?"

"Noch nicht." Schiller lenkte die Befragung zum eigentlichen Thema zurück. "Das war also Viktorias Einnahmequelle?"

"Im Grunde ja."

"Was meinen Sie damit?"

"..."

"Reden Sie!"

"Das Geld wurde ihr nach der Übergabe gestohlen."

"Wann und wo ist das passiert?"

"Am Abend der Morde ... In der Bar."

Diese Tatsache erklärte ihr seltsames Verhalten nach der Befragung, als sie völlig überraschend die Nerven verlor. Nun wusste Schiller, woran es gelegen hatte. Große Geldsorgen konnte sie, trotz alldem, nicht haben. Ihre ausgiebige Einkaufstour vor drei Tagen sprach dagegen.

"Hat sie den Dieb ausfindig machen können?"

Andrej musste kräftig schlucken.

"Kommen Sie, was wissen Sie darüber?"

Ihm war nun alles egal, er wollte es nur hinter sich bringen. "Das Geld wurde in einem Schließfach in der Norddeutschen Bank gelagert – die Bank, in der Wladimirs Männer arbeiten. Es wurde genau einen Tag nach dem Diebstahl angemietet. Der Verdacht wurde wegen des Datums geschöpft. Es war das einzige Fach, das an diesem Tag als Erstanmietung geöffnet wurde. Teschkas Männer hatten keinen Zugang dazu, konnten sich also nicht vergewissern. Aber sie waren in Alarmbereitschaft. Als die Diebe das Geld holen wollten, wurden sie bereits erwartet." Kaminski ließ seinen eigenen Beitrag zu dieser Entwicklung außen vor.

"Aha. Die Lagerung in einem Bankschließfach ist etwas unüblich, aber interessant. Frau Suhrer hat den Dieben dann sicherlich gehörig den Marsch geblasen, nehme ich an – so, wie es in Ihren Kreisen üblich ist." Schiller schüttelte den Kopf. Derartiges Milieuverhalten kannte er aus den Anfängen seiner Laufbahn nur zu gut. "Dann wird die Polizei in den nächsten Tagen wohl ein paar unidentifizierbare Leichen finden?"

Schillers zynischer Unterton verwunderte Andrej.

"Möglicherweise."

"Das können wir dann wohl unter ausgleichender Gerechtigkeit verbuchen ... Wohin war Viktoria vorhin eigentlich unterwegs?"

Andrej sprach nachdenklicher als zuvor. "Sie trifft sich mit einer ehemaligen Kollegin."

"Na sowas. Ich hatte den Eindruck, die Damen verstünden sich nicht sonderlich gut."

Der Kommissar brauchte einen Moment, um zu begreifen. "Um Gottes Willen, welche Kollegin?" Schillers fragender Blick durchbohrte Andrej.

"Fanny Blixen."

"Sie ist die Diebin?" Schiller war fassungslos. "Wo treffen sie sich?"

Andrej wurde noch blasser, als er inzwischen ohnehin war. "In einem Garagenkomplex, der kurz vorm Abriss steht. In Hainholz. Mehr weiß ich nicht." Daraufhin wandte er sich ab und rüttelte an der Türverriegelung. "Machen Sie auf!"

Der Mann schien verzweifelt. Adam Schiller reagierte schnell und entsicherte die Verriegelung. Kurz darauf riss Kaminski die Tür auf und stolperte auf die Straße. Er wirkte, als hätte er Probleme, die Balance zu halten. Er taumelte, beugte sich vorn über. Dann erbrach er sich im Gebüsch.

"Geht es Ihnen nicht gut?"

Bevor Kommissar Schiller seine Frage vollends ausgesprochen hatte, war Andrej Kaminski in der Dunkelheit verschwunden.

***

Viktoria Suhrer ließ sich an einem Mietshaus, unweit des Garagenkomplexes, absetzen. Als das Taxi außer Sichtweite war, legte sie den restlichen Weg zu Fuß zurück. Dabei wuchs die Wut in ihr zu monströser Größe an. Ihr Gang war entschlossen, die in ihrem Mantel vergrabenen Hände zu Fäusten geballt. Der Wind zerzauste ihr offenes Haar, doch daran verlor sie keinen Gedanken. Zielstrebig bewegte sie sich auf die Einfahrt zu.

Das Geräusch ihrer Absatzschuhe auf dem Betonboden verriet den Wartenden, dass sie sich näherte.

Tief im Inneren der Baracke wurden bei ihrem Erscheinen mehrere Leuchtstäbe zu Boden geworfen. Sie erhellten die Umgebung und zeigten ihr den Weg. Zwei in schwarz gekleidete Männer hielten vor einer der Garagentüren Stellung. Sie gaben ihr ein Zeichen, Viktoria nickte ihnen zu. Während sie sich auf die Männer zu bewegte, richtete sie ihr Haar.

"Die beiden sind da drin." Mit dem Kopf zeigte der Sprecher auf die betreffende Tür. Dann reichte er ihr eine Plastiktüte, in der sich ein Schuhkarton befand. "Hier ist dein Geld."

"Gute Arbeit, Jungs!"

"Versteht sich. Der neue Boss hat einen dringenden Auftrag für uns. Kommst du alleine klar?"

"Ja, das geht in Ordnung." Viktoria holte ein Bündel Geld-scheine hervor. Die Hälfte davon übergab sie ihrem Gesprächspartner.

"Wenn du später Hilfe brauchst, meld dich bei uns."

Viktoria Suhrer nickte beiläufig. Sie starrte gegen die dünne Wand, die sie von ihren Opfern trennte. Dabei sah sie aus dem Augenwinkel einen Karton voller Leuchtstäbe, garniert mit zwei geladenen Pistolen.

Die Männer begaben sich zu ihrem Wagen und fuhren davon. Die quietschenden Reifen gaben Viktoria das Startsignal. In blinder Wut riss sie die Garagentür auf.

Kalle und Fanny waren in der Dunkelheit kaum auszumachen. Viktoria nahm eine Handvoll Knicklichter aus dem Karton, aktivierte sie und warf sie den beiden vor die Füße. Sie saßen gefesselt am Boden. Ihre Gepäckstücke waren um sie herum verteilt.

Fanny war mit den Nerven am Ende. Die stundenlange, ungewisse Warterei hatte sie derart mitgenommen, dass sie froh war, diese nun beendet zu sehen. Sie hatte sich oft genug ausgemalt, wie Viktorias Rache aussehen könnte. Jetzt war der Moment gekommen. Im Stillen betete sie, dass ihre eigenen grausamen Phantasien sich als übertrieben erweisen würden.

Die Dunkelheit machte es den Beiden unmöglich, Viktoria zu sehen. Sie hörten lediglich ihre Stimme. Der angestaute Zorn darin ging ihnen durch Mark und Bein.

"Was fällt euch Kretins ein, mit meinem Geld durchzubrennen? Ihr miesen kleinen Drecksschweden!"

Fanny und Kalle schauten panisch in die schwarze Leere.

"Hat's euch die Sprache verschlagen? Ich werd euch helfen!" Viktoria näherte sich ihnen mit wütend stampfenden Schritten.

Mit weit ausgestrecktem Arm gab sie Fanny eine Reihe schallender Ohrfeigen. Ihre Ringe verursachten dabei blutende Kratzer auf Fannys Wange. Schon bald liefen Tränen darüber hinweg. Doch ihrer Peinigerin schien dies keine Genugtuung zu verschaffen, sie wandte sich angewidert ab. Nun war Kalle an der Reihe. Ihm trat sie, mit spitz zulaufenden Schuhen, beherzt in den Bauch.

Als sie auch davon genug hatte, verschwand sie wieder in der Dunkelheit.

"So, ihr mieses Pack, was denkt ihr, was jetzt kommt?"

Kalle hatte Schmerzen, Viktoria war nicht zimperlich mit ihm umgegangen. Doch so schnell gab er nicht auf. "Bitte, wir können alles erklären!"

"Erklären? Wie kommst du darauf, dass ich eure Erklärungen hören will? Die interessieren mich einen Scheiß!"

Er kämpfte weiter. "Wir haben das Geld nur aus Versehen mitgenommen, das schwöre ich! Wir wollten nicht, dass es so weit kommt."

"Ach so, na dann ist ja alles wieder gut. Lasst euch umarmen."
Sie lachte schallend. "Spiel nicht den Helden, Freundchen, du
bewegst dich auf ganz dünnem Eis."

"Wir wollten das Geld zurückgeben, wirklich!"

"Ihr wollt mich wohl verarschen, was? Meine Leute haben euch
mit gepackten Koffern geschnappt! Für wie blöd haltet ihr mich
denn?"

"Es stimmt", mischte sich nun auch Fanny ein.

"Haltet die Schnauzen, ihr Missgeburten!"

Viktoria Suhrers Wut hatte neuen Zunder bekommen. Sie konnte
die Erklärungsversuche der Beiden nicht ertragen. In einem der
Koffer fand sie für jeden ein Knäuel Socken. Sie öffnete gewaltsam
ihre Münder und stopfte sie damit.

"Ich denke, jetzt habt ihr die Regeln verstanden."

Für einen kurzen Augenblick verließ Viktoria die Garage. Als sie
zurückkehrte, hielt sie sich seitlich des Eingangs verborgen. Von
der Dunkelheit geschützt blickte sie ungesehen um die Ecke. Dann
schob sie ihren Gefangenen über den Boden die Pistolen zu.

Kalle und Fanny sahen sich an. In beiden Gesichtern war eine
düstere Vorahnung abzulesen.

"Wenn einer von euch auf dumme Gedanken kommt, kriegt er
sofort die Quittung, damit das klar ist! Nehmt die Pistolen in die
Hand!"

Keiner der beiden rührte sich.

"Jeder eine! Sofort!" rief die Stimme aus der Dunkelheit.

Viktoria war ungeduldig, doch ihre Opfer taten nicht, was ihnen
befohlen wurde. Das reizte sie immens. Sie nahm ihre eigene
Pistole aus der Jackeninnentasche und zielte auf Kalles Fuß.

Der Schuss war ein Treffer. Fanny schrie auf.

"Halt verdammt noch mal die Schnauze und reiß dich
zusammen! Tut gefälligst, was ich euch sage!"

Die beiden weigerten sich nicht mehr.

"Okay, Freundchen, entsichere deine Waffe."

Kalle zögerte.

"Den Schalter am Griff, leg ihn um. Na los!"

Widerwillig tat er, was sie ihm befahl.

"Fanny, dreh dich mit dem Rücken zu ihm. Und du, mein Freund, setzt den Lauf an ihren Hinterkopf."

Sein Zögern provozierte Viktoria erneut. "Soll ich dir den anderen Fuß etwa auch noch durchlöchern? Los, mach schon!"

Ihr Wille wurde befolgt.

"Hier ist das Angebot: Wenn du abdrückst, bring ich dich ins nächste Krankenhaus und wir sind quitt."

Kalle stand kalter Schweiß auf der Stirn. Er zitterte, zögerte jedoch keine Sekunde. Die sichere Strafe in Kauf nehmend, senkte er die Hände.

"Wie enttäuschend ... Na gut, dann ein anderes Angebot. Richte die Pistole gegen dein eigenes Kinn ... Wenn du den Mut hast, abzudrücken, lass ich deine kleine Freundin laufen."

***

Nach Kaminskis plötzlichem Verschwinden musste der Kommissar sich stark konzentrieren. Er hatte vom geplanten Abriss einiger Hainholzer Garagen gehört. Leider wusste er nur in etwa, wo sie sich befanden. Eilig startete er den Motor.

Er fuhr einhändig, dennoch mit rasantem Tempo. Er durfte keine Zeit verlieren. Die ihm bekannten Strecken musste er deshalb zügig zurücklegen. Den Zoopark und mehrere Stadtteile passierte er auf halsbrecherische Weise. Er überquerte den Mittellandkanal – dann begann der schwierige Part. Der Kommissar drosselte sein Tempo erheblich. Nachdem er hinter dem Kanal links abgebogen war, befand er sich auf unbeleuchtetem Industriegelände.

Um die fremde Gegend in der Dunkelheit ausmachen zu können,

bewegte er sich schleichend voran. Die menschenverlassenen Gebäude konnte er nur ansatzweise ausmachen, ein Garagenkomplex schien jedoch nicht darunter zu sein. Schiller begann zu zweifeln. Er kannte diesen Stadtteil nicht besonders gut, doch er war sicher gewesen, das richtige Ziel vor Augen zu haben. Nun war er nicht länger davon überzeugt. Er hatte sich verirrt.

***

Kalles Hände hielten die Waffe fest umschlungen. Er hob sie an. Seine Augen waren geschlossen. Das gesamte Leben spulte sich im Zuge dieser Bewegung vor seinem geistigen Auge ab. Aus diesem Grund bemerkte er nicht, wie sich die Sicherung an Fannys Pistole löste. Erst der laute Knall brachte ihn ins Diesseits zurück. Langsam, beinahe gegen seinen Willen, drehte er den Kopf.

Der Oberkörper seiner Frau war zur Seite gekippt. Ihr Blut strömte in alle Richtungen. Der nervliche Druck war für sie zu groß geworden.

Es dauerte einige Sekunden, bis Kalle dem verstörenden Anblick eine Bedeutung zuordnen konnte. Mit schmerzverzerrtem Gesicht wandte er den Kopf ab – nur um wenig später erneut hinzusehen. Seine Hände sanken kraftlos zu Boden. Er weinte ungeniert.

"Sei ruhig! Hör auf zu flennen! Sofort!" Kalles Schluchzen brachte Viktoria immer mehr in Rage. "Hör verdammt noch mal auf mit dem Theater!"

Jede Träne, die er vergoss, steigerte ihre Wut. Sie zog beide Schuhe aus und schmiss sie laut knallend gegen die Metalltür. Kalle reagierte nicht darauf. Sie zündete eine Zigarette an und begann, wütend stampfend auf und ab zu laufen. Mit einem Mal stoppte sie. Kalle weinte noch immer und beachtete sie nicht. Ihr Gesicht verzog sich zu einer hässlichen Grimasse.

Sie ging auf ihn zu und richtete ihre Pistole auf. Sekunden später traf ihn die unerwartete Kugel.

***

Trotz schlechter Sichtverhältnisse hatte Schiller sich bis zum anderen Ende des Geländes vorangetastet. Plötzlich hörte er ein Geräusch das ihn aufhorchen ließ. Ein Schuss war gefallen, in nicht allzu weiter Entfernung.

Seine Augen waren inzwischen an die Dunkelheit gewöhnt. Von seinem Standpunkt aus konnte er zwei Gebäude sehen. Eines wirkte intakt, das andere sah verwahrlost aus. Es konnte sich dabei um den abrissbereiten Garagenkomplex handeln. Schiller fuhr dicht an die Baracke heran, parkte seitlich der Einfahrt, außer Sichtweite der Straße. Dann verließ er seinen Wagen. Er bemühte sich, dabei so wenige Geräusche wie möglich zu erzeugen. Es war größte Vorsicht geboten. Die geplante Unternehmung war sehr risikoreich, dessen war er sich bewusst. Auf wie viele Personen er treffen würde und wozu diese Menschen bereit waren, konnte er nur ahnen. Bevor er jedoch Verstärkung anforderte, wollte er sicher gehen, dass Andrej Kaminski die Wahrheit gesagt hatte. Er musste so unerkannt wie möglich herausbekommen, was an diesem Ort vor sich ging.

Er pirschte sich lautlos zum Eingang vor. Die Hebetür war verschlossen, doch die schmale Eingangstür auf der anderen Seite der Einfahrt war aus den Angeln gehoben. Beinahe wäre Schiller darüber gestolpert. Sie war nach einem mühevollen Kraftakt offenbar einfach zu Boden geworfen worden. Der Kommissar kam nicht umhin, Schlüsse über die Statur Viktorias potentieller Helfer zu ziehen. Vorsorglich nahm er seine Pistole aus der Halterung und hielt sie vor die Brust. Dann nahm er an der Tür Position ein.

In seiner Umgebung herrschte absolute Stille. Mit einer vorsichtigen Drehbewegung verschaffte er sich Einblick ins Innere

205

des Gebäudes. Es war niemand zu sehen. Doch blaues Licht strahlte aus einer der Garagen, circa 15 Meter von seinem Standpunkt entfernt. Eine Gestalt bewegte sich nun daraus hervor. Es sah so aus, also würde sie etwas vor sich her schieben, in die Garage hinein.

Schiller hatte vorerst genug gesehen, er forderte Verstärkung an. Dann begab er sich erneut auf seinen Posten.

Seinen Beobachtungen zufolge war die Person allein. Zumindest schien sie mit niemandem zu kommunizieren. Das ermutigte Schiller, trotz seiner körperlichen Einschränkungen, die Baracke zu betreten.

Vorsichtig setzte er einen Fuß vor den anderen. Doch er blieb nicht lange unbemerkt. Die Schattengestalt hielt inne und schaute in seine Richtung. "Ah, Jungs, gut dass ihr zurück seid! Ich könnte etwas Hilfe gebrauchen!"

Der Kommissar erkannte Viktoria Suhrers Stimme. Mit ihrer Anwesenheit hatte er gerechnet, seine Überraschung hielt sich deshalb in Grenzen. "Ich bin allein."

Diese Antwort schien Viktoria für einen Moment zu irritieren. Sie stand regungslos da. Doch dann hatte auch sie seine Stimme erkannt. Sie begrüßte den Ermittler euphorisch, während sie die Hebetür hastig nach unten drückte.

"Moment, die Tür bleibt auf!"

Als Adam Schiller durch den blauen Schein der Leuchtstäbe sichtbar wurde, sah Viktoria ihn mit feindseligem Blick an. Ihre Hände hielten derweil die Tür nach unten gedrückt.

Er hielt ihrer Fixierung stand und wiederholte die Aufforderung. Sie ließ los. Die Verankerung war noch nicht ins Schloss eingerastet, also bewegte sich die Garagentür nur langsam nach oben. Schiller sorgte mit dem nötigen Schub dafür, dass sie nicht zurückschnellte.

Als sein Blick dabei auf die Opfer fiel und kurz verweilte, richtete sich ihre Pistole blitzschnell gegen seine Schläfe. Die Sicherung wurde gelöst.

"Eine falsche Bewegung und Sie können sich dazulegen!" Viktorias Stimme klang besorgniserregend. "Sind Sie allein gekommen?"

"Ja."

"Wissen Ihre Kollegen, dass Sie hier sind?"

Schiller zögerte. Währenddessen schaute er Viktoria Suhrer aus dem Augenwinkel an. Ihr Blick war hasserfüllt. "Ja."

Viktoria drehte den Kopf zur Seite, um ihr zorniges Gesicht zu verbergen. Nach ein wenig Bedenkzeit machte sie einen Schritt zurück. Als sich ihre Blicke trafen, neigte sie leicht den Kopf. "Sie kennen mich, Adam. Sie wissen doch, wie ich wirklich bin. Es handelt sich hier um ein ganz furchtbares Missverständnis."

Schiller konnte seine Irritation nur mühsam verbergen. Er ging nicht auf ihre Worte ein.

"Gott, wenn ich doch nur früher gekommen wäre." Sie hielt ihre freie Hand über den Mund.

Adam Schiller konnte nicht glauben was er sah und hörte. Viktoria hatte offenbar den Verstand verloren. "Sie wollen mir ernsthaft weismachen, dass Sie nicht für diese Morde verantwortlich sind? Und wie erklären Sie dann die Situation? Sie waren zufällig in der Gegend und haben sich spontan dazu entschlossen, die Spuren eines Verbrechens zu bereinigen, mit dem Sie nichts zu tun haben? Für wie naiv halten Sie mich?"

"Die haben es verdient!", zischte Viktoria, für den Kommissar unhörbar.

Plötzlich regte sich etwas im Inneren der Garage. Schmerzvolles Stöhnen brachte die Beiden dazu, genauer hinzusehen.

Kalle hatte sich aufgerichtet.

Viktoria machte einen Schritt auf Schiller zu. "Adam, es war nur ein Versehen. Seien Sie nicht so hart mit mir. Ich wollte das alles doch nicht, das müssen Sie mir glauben."

Schiller konnte nur mühevoll seine Abscheu verbergen, während Viktoria Suhrer verzweifelt versuchte, ihn zu bezirzen. "Die gemeinsamen Abende haben Ihnen doch auch gefallen. Wir könnten das wieder haben, es liegt ganz an Ihnen. Niemand muss je erfahren, dass ich hier war. Sie werden es nicht bereuen, Adam, das verspreche ich Ihnen."

Ihre Worte prallten an Schiller ab.

Seine Gleichgültigkeit reizte sie enorm. Sie begann, auf ihn einzureden. "Du denkst wohl, du weißt alles? Du kennst mich nicht im Geringsten! Mein Vater war in meinen Kreisen ein angesehener Mann. Alle haben zu ihm aufgeschaut. Keiner hat es gewagt, sich mit ihm zu messen. Ich brauche nur mit den Fingern schnippen und du bist totes Fleisch!"

Auch diese Ansprache ließ Schiller unberührt. Wenig beeindruckt hob er die Augenbrauen. Viktoria verzog das Gesicht. "Die Geschäfte waren sein Leben, waren ihm wichtiger als seine Familie. Wichtiger als ich! Nach der Scheidung hat er sich gar nicht mehr um uns gekümmert. Ich war ihm völlig egal ... Ich wollte doch nur Kontakt zu ihm haben. Wollte, dass er stolz auf mich ist."

Nun weinte sie, wie ein kleines Kind, völlig in Selbstmitleid aufgelöst.

Ihr jämmerlicher Anblick war Schiller zuwider. Ohne den Blick von ihr abzuwenden, holte er seine Handschellen hervor. Unter höllischen Schmerzen nutze er beide Hände, um sie dieser widerwärtigen Person anzulegen.

Bei der ersten Berührung stieß sie Schiller mit vollem Körpereinsatz gegen die Wand. Sein verletzter Arm prallte ungeschützt gegen den harten Beton. Die Schmerzen machten ihn für einen Moment gedankenlos.

Viktoria nahm seine Waffe an sich. Sie zielte auf seinen Kopf. "Ich mach dich kalt, du Hurensohn!" kündigte sie an.

Plötzlich bekam sie einen Hieb von hinten, die Pistole fiel ihr aus der Hand.

Kalle war aufgestanden und dem Kommissar zu Hilfe geeilt, obgleich er Probleme hatte, die Balance zu halten. Auf einem Bein hüpfte er zurück, um etwas Abstand zu Viktoria Suhrer zu bekommen.

Nachdem sie sich gesammelt hatte, ging sie ihn an: "Du kleiner dreckiger Penner! Was soll das?" brüllte sie aus voller Lunge. "Warte nur, bis ich dich erwische!"

Bevor sie sich weiter echauffieren konnte, richtete Kalle seine Waffe gegen ihre Stirn. Sie schwieg. Er sah ihr direkt in die Augen. Es waren keine Anzeichen von Reue erkennbar. Das Menschenleben, das ihretwegen ausgelöscht wurde, war ihr vollkommen egal. Er jedoch hatte das Wichtigste in seinem Leben verloren. Durch ihre Schuld.

"Na los, drück doch ab, du Feigling!" provozierte sie.

Kalle schaute ein letztes Mal auf die blutverschmierte Fanny. Der Schmerz verwandelte sich für den Bruchteil einer Sekunde in mörderische Wut. Er drückte ab.

Viktoria fiel tot zu Boden.

Zwei Streifen- und Krankenwagen bogen mit Blaulicht in das Garagengelände ein. Kalle hörte das lärmende Geräusch wie durch Watte. Seine Hände zitterten. Er atmete hörbar. Adam Schiller betrachtete den erschütterten Helden. Er schwor sich, alles dafür zu tun, dass dieser Junge wieder auf die Beine kam. Nicht zuletzt, weil er ihm sein Leben verdankte.

Schillers Blick wandte sich den Notärzten zu. Mit allen ihnen möglichen Mitteln versuchten sie, das junge Leben zu retten. Fanny Blixen hatte versucht, sich ins Herz zu schießen. Dies war, laut der Gespräche die Schiller vernahm, nicht geglückt. Sie hatte viel Blut verloren und musste sofort Transfusionen bekommen. Ohne Zweifel schwebte sie in Lebensgefahr. Doch die Ärzte rechneten ihr Chancen aus, wenn sie schnellstmöglich in ein Krankenhaus kam.

Viktoria Suhrers Leiche wurde abtransportiert. Schiller schaute schweigend zu. Gedanken an die Abende, die er mit der krankhaft egomanen Gestörten verbrachte, trieben Kälteschauer über seinen Rücken. Er war ein Narr gewesen. Überarbeitet und einsam, auch wenn er es sich nicht gerne eingestand. Dacher hatte, was diese Frau anging, Recht behalten. Er selbst hatte falsch gelegen und seinen Kollegen haushoch unterschätzt. Von nun an würde er seinen Worten mehr Beachtung schenken. Die vielen Jahre in der Mordkommission und der tägliche Umgang mit Kriminellen hatten ihren Tribut gefordert. Er war abgestumpft. Nahezu leblos. Dieser Fall hatte ihm gnadenlos den Spiegel vorgehalten. Doch noch war es nicht zu spät, sein Leben zu ändern. Es war an der Zeit, sich ein paar Wochen Urlaub zu gönnen. Vielleicht würde er alte Bekannte kontaktieren oder eine Reise unternehmen und einfach mal abschalten.

Sina Graßhof, Jahrgang 1981, ist eine aufstrebende deutsche Jungautorin. Seit ihrem neunten Lebensjahr verfasst sie Kurzgeschichten sowie Prosa. Nach dem Abschluss ihres Germanistik/Anglistik-Studiums in Hannover schrieb sie Kobra Bar – ihr Erstlingswerk. Ausgebrannt, ihr erster Roman, ist ebenfalls im Twentysix Verlag erhältlich. Momentan schreibt sie an einer Kurzgeschichtensammlung.

Bibliografische Information der Deutschen
Nationalbibliothek: Die Deutsche Nationalbibliothek
verzeichnet diese Publikation in der Deutschen
Nationalbibliografie; detaillierte bibliografische Daten
sind im Internet über dnb.d-nb.de abrufbar.

TWENTYSIX – Der Self-Publishing-Verlag
Eine Kooperation zwischen der Verlagsgruppe Random
House und BoD – Books on Demand

© 2015

Herstellung und Verlag:
BoD – Books on Demand, Norderstedt

ISBN: 978-3-7407-0817-7